九歌
一〇八年
小說選

張惠菁　主編

得獎感言

黃麗群　搬雲記

除了心生惶恐之外，確實不知道說些什麼才好。作品成為九歌《一〇八年小說選》的年度小說，感覺接過來的與其說是肯定，反而接近一份些許沉重的期待（我自己正是讀九歌的各種年度文選長大的呀……），這份期待並非僅降落於一篇小說或一個人的創作生活之中，而是鬼使神差的提醒：還不能停止成長，還不能停止較真，還不能停止自疑，還不能心無罣礙無有恐怖，恐怕也還不能停止上氣不接下氣地奔跑。我已至中年，這並不容易，但是盡力而為。感謝九歌出版社與《一〇八年小說選》主編張惠菁，感謝好事與壞事，感謝時間。

目錄

張惠菁　世紀之初，羈旅之年——《九歌108年小說選》編序　7

1　黃麗群　搬雲記　17
2　羅浥薇薇　失戀傳奇　59
3　陳淑瑤　芳鄰　69
4　洪昊賢　之後　85
5　胡淑雯　富家子　101
6　劉芷妤　火車做夢　115
7　寺尾哲也　州際公路　125
8　張亦絢　淫婦不是一天造成的　146

9 王定國 生之半途 157
10 劉旭鈞 猴 187
11 何敏誠 探病 226
12 鍾文音 最後的訪客 252
13 伊格言 再說一次我愛你 259
14 黃錦樹 大象死去的河邊 282
15 高翊峰 奈落 303
附錄 一〇八年年度小說紀事 邱怡瑄 342

《九歌108年小說選》編序

世紀之初，羈旅之年

——張惠菁

二〇一九年是中文世界難忘的一年。其原因不用再多說了。世界變動不止，中文閱讀者也在其中經歷了極大值的希望與絕望。當我選出這一年的小說，發現其中多篇都有種羈旅之感。我們在這個不確定的年代裡前行，小說家的虛構敘事是其中一些魔幻的舟楫。一晃眼二十一世紀已經開始了近二十年了。我們從哪裡來，往何處去？

伊格言〈再說一次我愛你〉將一則二〇一八年真實發生過的新聞事件，引入故事，成為觸動未來的關鍵點。那則新聞，我們當中或許有人仍然記得，即是二〇一八年八月發生的一件既離奇又悲傷的真人實事。西雅圖機場的一位地勤人員劫走一架小客機，在沒有執照、沒有經驗，也沒有預警的情況下飛向天際。在塔台與他聯繫，試圖引導他降落的期間，他多次在對話裡提到，很想去看一頭帶著夭折子鯨在大洋中洄游十七日方才放手的母鯨。他就這樣一直飛到油料耗盡，墜毀在無人煙處為止。整個「劫機」事件像一則真實的小王子童話。而伊格言從我們的整個的現實世界裡打撈出這件事，作為引子去開啟一個未來。這個敘事起點的選擇，有種「重要但無人知曉」的況味——會否，在小說的維度裡，我們的世界在發生過那起悲傷而奇異的事件過後，便觸發了某個特定的未來（就像電影《二〇〇一太空漫遊》裡，那塊黑石板之作為一種前哨站般，人性到達某個臨界點了）。在讀〈再說一次我愛你〉時，我持續有這樣故事內外、現實與虛幻對話的感覺。

有幾篇作品讀之似是關於當下此刻的現實，但也提供了一個幽微的視角重新檢視日常。胡淑雯〈富家子〉講了一個社會優勢、食物鏈般的故事。一群久別重逢的同學們，身分財富地位與過去不同了，「優勢」的順位重新洗牌。會有那混得好的，成為人群中規則的定義者。且會有那彷彿置身事外，與優勢順序全然無關的，反而最能牽制他——食物鏈的下層游離分子牽制最上層。順著那無聲的「優勢」規則，一切像魔術般在眼前上演又消失。胡淑雯非常擅寫人際關係中的權力排序，與在那隙縫之間纏繞著攻防著的，超權力的情感流動。

洪昊賢〈之後〉則是寫香港社會最底層，一個在物質與情感上都極為稀薄的，漂移的人。他的工作、落腳處，乃至人際關係都是流動的，全都可能隨時失去。城市示威抗議的人潮也無法和他產生關聯。他漂游在城市底緣，最終也（有些奇幻地）走入無人知曉、無人共享的命運與藏身地。不會有人注意到他的消失。這是我非常喜歡的一篇。我是第一次讀到這位作者洪昊賢的作品，他的聲音非常貼地，呼吸細微，讀之令人難忘。

陳淑瑤的〈芳鄰〉是長篇小說《雲山》中的一段，但在單獨發表時改易了結尾的句子。雖然把〈芳鄰〉當成短篇小說讀也是可以的，但我特別想推薦讀者在讀完這則選篇後，仍然要去完整閱讀《雲山》，找出它是拼圖中的哪一塊位置。《雲山》是一本非常寧靜的小說，情節大抵由瑣事構成。故事發生在台北市盆地邊緣的一棟樓，與它所正對著的一座山丘、特別是緣山而砌的一段石階之間。樓中有戶人家，陽台窗戶正對著那段山路，年復一年看山路上的人，向上、向下移動。其中有規律爬山運動的，也有偶爾出現的。從山路上也能看見這戶人家。如果是認識的，在爬山時就會回望，和陽台上的人相互揮手。這樣的尋常風景，距外相望，其間容納著角色的時間流逝生死聚散。任何人在世間的位置總同時也是一個相對的位置，觀看者本也是被觀看者。人在空間上星布地分散，關係上也是不等的牽掛或懷念。〈芳鄰〉這一段，是整本《雲山》之中又格外家常的一段。在陳淑瑤那節制、如常、永遠彷佛無事的敘事之中，實則每一個字，就像我們此刻人體裡的每一個細胞，都是寫著時間必逝，萬物必移的作用的。

有幾篇是關於一趟具體的旅程。劉芷妤的〈火車做夢〉是其中較短，也是令人難忘的一篇。劉芷妤小說中的人物把每次火車進入隧道、窗外變得漆黑之時，映照在玻璃上的倒影，比擬為火車的夢境。火車的夢反映了什麼呢？一個失眠女孩無法被靠近的內心，與一個陌生女孩無法發出口的呼喊。火車的夢，是否看似無形無影，實則是社會之中約定俗成，難以突破的硬殼表面呢？

王定國〈生之半途〉是一個在旅途中被留下的人。剛來到五十歲約莫的一個男人，妻子在三十五歲的時候別戀離去，後來有一天他接到電話，被通知久別的妻子已經辭世，於是他要踏上一趟一個人的送別之旅。這是個悼亡的故事，也是關於一場中途而止、無聲消亡的關係的重負，久久無法重新開始的恐懼。在這篇小說中，男子同時在心裡對兩位女性說話，彷彿不斷對著她們整理儀容。你可以在閱讀此篇之中，不斷感受到他的止步，猶豫躊躇，與他那但願這一次能夠跨過那止步、從破碎走向完整的心願。

另一篇也是非常好的、關於悼亡之旅的小說，是寺尾哲也的〈州際公路〉。在這篇小說中，悼亡的主角和〈生之半途〉是完全不同的人物。一群大學的同學、計算機領域的資優者們，年少的時候經常一起參加競賽，但其中只有一個人是天才之中的天才。這個人會在每次的競賽中全無懸念地擊敗所有人。他們全都崇拜景仰他，又被他的才能（與自己之技不如人）深深碾壓和傷害。然而天才早亡。在天才死後多年，他的過往同學們都是世俗意義上的成功者了。悼亡之旅每年一度，同學間一邊說著垃圾話，一邊開上州際道路。那是一趟什麼樣的旅程呢？離開美國大城市的邊界，駛入那些哪裡也不是的地帶，在路上掩蓋心跡地自白，卻又不肯完全地說破。終點不知何時才能抵達，或是永遠跨不過，有沒有機會去到不一樣的結局？這篇小說有一種非常不同的空氣。讀之就像在深夜的高速公路上行駛，黯淡暈黃的路燈持續地、無盡地、緩慢地，朝後退去。

有幾篇是關於一趟介於生死之間，或甚至接近幽冥的空間。鍾文音〈最後的訪客〉，寫照顧久病母親的女兒，與盲按摩師之間的相處。盲按摩師似乎能看見她所看不見的。似乎有些什麼一直在越界：越醫病關係的界、越盲者理應目不能視的界。似乎有什麼被知道了，但又難以具體靠近。在盲按摩師之後可還會有訪客？「這最靠近母親身體的一師撤退了，而度亡師還遠在天邊。」

何敏誠〈探病〉改寫了小紅帽探病的童話故事。這個小紅帽不是孩子而是少女，她走進的不是森林，而是疏離的人世、零落的關係。在故事中她出了家門一路走，直到走入外婆的病房。病房是個充滿可愛魔幻，但也像是一個卡在生與死之間的空間。或許那裡本應是通往彼岸的渡口，但船一直不來。童話中吃掉外婆與小紅帽的大野狼，在這個故事中並不可怕，反而更像個願意溫柔收受一切的死神。「在微妙地偏離了通往愛的航向的普通命運中，你並不孤獨，你有數不盡的同行者。」或許，也只有死亡（大野狼？）懂得小紅帽在疏離佻達輕盈穿越之中的一種不完整之感。即使如此，她連那不完整感也不會／不願交付出去。不會擁有，不會失去，不會受傷，不會快樂，不會睡著，永遠的小紅帽。

高翊峰的〈奈落〉也是一個幽冥的空間。這是一個奇妙的布局，應是更大書寫計畫的一部分，雖然還不知道故事的走向，已經可以看到小說家在一一放入支架，使空間立體起來，並在其中移動著一名潛行的偷盜者。我們隨偷盜者進入一個生與死不截然兩分的世界，看到他的記憶／紀錄似乎會從紙上流動起來，被偷盜者目睹或經驗。

黃錦樹〈大象死去的河邊〉，一個被百年難得一見、血月月光喚醒的老婦人，想起了遺忘的童年記憶，其中糾纏著殖民地、反抗軍，陣營之多難以線性表述的過往，與她的魔術師父親。羅浥薇薇的〈失戀傳奇〉，在紐約相遇的男女要從手稿中辨讀翻譯一段文革時代的往事。二十世紀的歷史也是旅途，往它跋涉而去，不知道會抵達哪裡。

最後，我們來到另一些往不可知處而去的旅途。這樣說有語病，因為上述作品也都多少有一些不可知的旅途之意味——上述有些小說之中的不可知，是在最日常的風景裡日夜隙生的變化。我選了劉旭鈞的〈猴〉。這篇和寺尾哲也〈州際公路〉、何敏誠〈探病〉、洪昊賢〈之後〉同是去年在文學獎中出現的作品。〈猴〉假設了一種動物／人類學的觀察田野，把由人類操控、高逼真度的仿生猴放入猴群裡，去「觀察」。「觀察」改變了猴群，或許，也改變了作為觀察者的人。

我想特別說一下張亦絢的〈淫婦不是一天造成的〉。張亦絢在二〇一九年出版的《性意思史》，我認為是近年台灣文學界太重要的一本作品了。張亦絢講過一個故事，當德希達被問道，如果他可以召喚來古往今來所有的哲學家，他想問他們什麼問題。德希達回答，他想問每個哲學家他的性生活。張亦絢由此而說：德希達所選擇的這則「千古一問」說明了，性是重要的，但思索性也是極端之困難的。《性意思史》正是小說家直面這個困難的驚人的嘗試，充滿了官能，也充滿了思索。我原來想選進來的是〈風流韻事〉，但一來它比較長，二來我很希望讀者讀完這個選篇後，去讀整本《性意思史》，且是按著書中的順序，在最後一篇才讀到〈風流韻事〉。「性」非常凶猛，它可以讓一個人顛顛簸簸於滿足與不足之間，彷彿在浮世繪神奈川沖浪的浪頭下浮沉。張亦絢《性意思史》駕馭著「性」這道大浪／這個主題，〈淫婦不是一天造成的〉是一個相對輕盈帶著喜趣的開端，到〈風流韻事〉卻慢慢地流動出一種沉鬱的哀傷，如深海汪洋。無論如何，二〇一九年小說選不選張亦絢是不可能的。我因上述（希望讀者去讀全書）的理由，在這裡選的是篇幅較短的〈淫婦不是一天造成的〉。這個短篇本身也極好，雖然原就知道這篇小說與《金瓶梅》之間有交叉隱喻，特別是人名，但當結局的人物／人名轉換忽然出現時，還是讓我大吃一驚。張亦絢真是個厲害的衝浪手。

最後就要說到黃麗群的〈搬雲記〉了。這篇是我心目中二〇一九年的年度小說。這個選擇不只因為它是一篇好小說，也是因為它在這個（被我私自定義為）世紀初羈旅的一年之中，是特別殊異的一道啟程。就如前面說的，二〇一九這一年，現實世界裡不斷有驚濤拍在亂石岸上，我們屢屢被破碎的水花打了一身，才意識到所在地形原來那麼惡。或是彷彿已被推移著來到已知世界的邊緣，茫茫不知前路何在。此時小說這借虛構航行的舟楫出現在地平線上，而〈搬雲記〉即是其中那艘會在你踏入時忽然飛起，進入另一個宇宙次元，落在滿天不同星座之下的。〈搬雲記〉設想了一種人的狀態：即，在未來某世界裡一個人的組成是可以被「搬」動的。他的恐懼、嫉妒、憤怒、悲哀、負面情緒，可以由具備特殊技能的代理人代為搬走。因此一個人可以藉代理人的服務，去怨去怒、去嗔去恚，乾乾淨淨零負擔。負擔得起這樣做的人，大抵家境富裕，表情無菌真空。但世上仍然存在另一種人，他們靈魂的內容物不常被「去」，黃麗群形容他們的臉，七情上面，是一種「日常的琳瑯滿目」，他們是被稱作「行樂商」的人，交易各種好感覺，好心情。「行樂商」這名字也有種賣貨郎的感覺，比較不「數位」，比較「類比」、比較「有菌」。

現在能讀到的〈搬雲記〉，是一個更大作品的局部。黃麗群用她獨特的非常「及物」的文字展開敘事。舞台燈剛亮，故事中的角色初登場，其外型的一個部分、其人生的幾個段落，初初顯露。一個新的文明剛開始被小說家考古出來，人物依序出列，成為我們當今此世的對照。是，現在是世紀之初，在此羈旅之年，正是那樣的閱讀時刻，我們敞開自上個世紀攜帶而來疲憊的心中丘壑，容許故事探手其中，為之搬雲。

搬雲記——黃麗群

01一種搬運工作

關鍵是不能被彷彿有象徵性的裝置或擺設迷惑，不要注意特殊位置發生的事。好比，直立插入藍色蛋糕的彎刀，其刃頹頹，腥鏽鑠金。從天花板中央垂落地板一袋貌似巨型動物胃部的褶囊。也不要無聊去割開。螢幕持續溜出濕魚的真空管電視。三面鼠。看起來象徵性愈強往往愈錯誤，主要是，大多時候客戶無法對你描述他們到底需要搬運的是什麼，甚至有時他們也難以對自己啟齒，接觸那些裝置當然沒有什麼關係，只是浪費時間，大家時間很少。事實上它們也的確無非一些破碎無效的邊際的感官資料，在對譯過程無法兌換出合邏輯的符號。以上大概都是天空所記得經常受到孔雀提醒的原則。

孔雀說：「代理人這種工作，就是不要多做也不要少做。不必覺得自己有什麼了不起，不過也不必認為自己沒什麼了不起。」

孔雀又說：「我們就是把要找的那樣東西拿出來，搬到自己這邊。你也可以想像是一種特別的搬運工人。」

「搬雲，為什麼是搬雲。」

「搬運。不是搬雲。」

「喔。搬運。」

那時說到這裡，孔雀便起身應門，進來一個男人，男人每個月來見孔雀一次，天空給他一個代號「無聊的男人」，男人的五官裡除了五官幾乎沒有其他東西，這樣的人還需要搬運什麼，天空十分好奇，雖然孔雀不講，根據接下來幾天她的狀態，能猜測一二。有時她很憤怒。有時她哭半個白天。

無聊男人說：「天空你好。」

天空垂著頭：「你好。」

「你今天午飯吃了什麼。」

「三明治。」

「好吃嗎？」

天空聽此問，仍垂頭，聳聳肩。

「你要不要猜硬幣在哪個拳頭。」無聊男人前遞兩手。

天空仍垂頭。

孔雀說：「好了媽媽要工作了。」

孔雀拿小指勾住天空的襯衫後領，拎了一拎：「你先上樓睡午覺。」然後，與無聊的男人經過一層一層的玻璃走廊，到大宅最內的房間裡去。

其實已經黃昏了，沒有什麼午覺可以睡，這只是代表今天不會有晚餐，因為孔雀往往工作到很晚，工作結束後，就一直喝茶，大量地吃著奶油餅乾，一句話都不說，睡下一場相當長的覺。天空躺在客廳沙發上，使用視線把天花板邊緣凹凸起浪的灰色飾版花樣照樣描寫一遍，孔雀告訴說那叫做宇宙灰。接著他去廚房踮起腳拖出餅乾罐，也吃許多奶油餅乾，又酥又甜又大塊，天空儘管很注意，餅乾依舊不斷跌落，他拿棉襯衫兜住殘渣，倒進漂亮的透明垃圾桶，只是短短幾分鐘，下襬就印出星星點點黯淡的油漬，還是兒童的天空當時無法組織足夠詞彙來描述，但仍有一種直觀形成的感受，就是與其將那種陰陽怪氣面無表情的灰色描繪成宇宙，襯衫上的油星還比較像許多天體死在那裡的銀河亂葬崗。

●

天空十六歲第一次真實代理的對象是母親，他當時並不緊張、恐懼、躍躍欲試或者惶惑。可能因為孔雀一直說明當然不會為難他，也不複雜。

孔雀說：「我猜想那會是個很簡單的房間，說不定比你從前登入的每個缸腦都簡單。」

「可是缸腦是死的，練習用的，裡面只有一樣東西，」天空申辯：「活著的人那麼亂七八糟，我怎麼知道要搬什麼出來。」

「我哪有亂七八糟，」孔雀說：「你一定會知道，你放心，你進去後就是會知道，這種能力是遺傳，沒有遺傳也做不了這件事。我第一次就知道，你外公說他也知道，你外公說外公的爸爸也知道。」

孔雀又說：「總之你不要注意那些看起來象徵性很強很詩意很像隱喻的事就對了。那些都沒有用。都是花拳繡腿。」

「那你會要我搬什麼？」

她微笑：「應該是很輕微的東西。」

他們經過一層一層的玻璃走廊，走廊外的花樹適處於輝煌季節，像正與自然締結宏大的約定，如果非要說，天空不是緊張、恐懼、躍躍欲試或者惶惑，是牴觸感。他不太想登入自己的母親，這當然很正常，一般來說沒有一個青春期小孩想要登入他們的父母親，他心生惡行之感，孔雀臉上的平淡也使他不適。而且這與缸腦的練習究竟不一樣。

孔雀很富裕，這個工作吃的是血統飯，世襲罔替，收費不菲，像所有這一行的模範父母一樣，孔雀為天空買過非常多缸腦。缸腦必須新鮮現摘，死亡不超過七十二小時，安裝後孔雀會自己登入一次，不做任何動作，就是確定它清晰、簡單、不太複雜、不過度刺激、沒有任何東西超過輔導級。不合標準，就不讓天空操作，往往十取一二，不憚靡費。

彷彿很玄似的，其實就是善終或死得乾脆。這兩種人當然一直都很少。

每一次練習魟腦的搬運，天空都百無聊賴。他躺在代理艙，注射藥劑，進入將睡未睡的黃昏狀態，代理系統會將這種幽明的精神位置形象，在意識中轉化為一間密室，取古佛學語，稱其為「中有之間」，其處有門，門一打開，走出去，天空便正式登入了魟腦的裡面。其實說登入，也勉勉強強，語言能去到的極限總是勉勉強強。最貼近的解釋恐怕是：魟腦內最集中最凝結的情緒，透過代理系統，被翻譯成一套虛新的世界，天空所見，也不是現實，也不是記憶的餘瀝本身，或者可以說是記憶的一個譬喻，而他重要的工作是摘掉這譬喻裡的關鍵字，將其中最騷擾的情緒移到自己這一側，關門，下線，不過能量守恆，這是強制快速讓它們跳過時間的磨滅作用，終究消打不去，故必須由代理人代為承擔，慢慢消化。魟腦如果是個大活人，將不再受那情緒所苦，好處是記憶不受損害，生命裡的人物事件時序不斷片，但傷害已經不成立，你記得一切，但心內一無所感，冷酷，不過非常實用。很久很久以前，要達到這個狀態，只能硬生生等著帶刺的時間慢慢碾壓你。那些遍布刮傷的時間。現在的話，今天失戀晚上就站起來，明天失戀下午就站起來，離婚談判桌上也不必大打出手，大家都很光明文明。

只可惜那些魟腦都已經死光光了，雖然其中也沒有大不了的事，多半如橫柴入灶，粗直枯燥，讓天空仍甚感疲勞徒勞。有一次，天空開門，走出去是間空教室，角落一張舊課桌，天空嘗試開抽屜但梗梗地卡住，最後將整張桌子搬走，接下來幾天他只有一個餓，時時的苦餓，木頭也想吃，石頭也想吃，天空猜想那可能是一個非常衰弱的老人，死在對少年期繁榮食慾的懷念裡。也可能就是個噎死的人。

「如果你做得夠好，就算客戶早上才被拉著頭髮拖下樓梯，晚上也能繼續在對方身旁睡熟。身上的瘀青都能被看成吻痕。」孔雀說。

「什麼啊，這明明很糟糕。」

「糟不糟糕也不是我們決定的，」孔雀推開內室的門。「反正你不要也不必問客戶發生什麼事，就算他們想講給你聽最好也不要聽。絕對不要告訴客戶你搬走什麼樣的東西，不要讓語言在他們心裡把那個狀態又種植回去。」

「但我等下可能會有點想問你到底要我搬什麼。」

「到時候再說。」

進入代理艙前，孔雀輕聲說：焚香。天空便取一束金絲沿階草點燃，擲入沉水青瓷爐，爐中堆置香末，名為蘋藻椒桂。孔雀又輕聲道：無祟。天空便持晶石墜，輕擊黃銅寬皿，金聲迴轉連環，如三十六佳禽鳴。

進入代理艙後，孔雀再輕聲道：覆面。天空手握暗紅獸舌色長練，將鼻息以上全部掩蓋。長練名為絕繡。

艙內音箱又傳來輕聲。「準備好了嗎。」「好了。」「那就開始。」天空將左手食指插入身側一孔槽，大約三分之一指節深，由於實在太像人類掏鼻子的動作，原該產生的輕微穢褻感，都無從措意。他找到孔槽底部的金屬刺突點，按下去，在天空意識到些微麻痛的零點幾秒裡，已經順利登入了系統。

天空嘆口氣，打開門，門外與過去許多次練習同樣不出所料是另一所密室，他儘量不去想自己正登入母親的意識這件事。這只是最普通的小教堂，雖說小教堂，但花窗玻璃的結構顛三倒四，並非聖人或聖經故事，也不懸掛十架苦像，地面粉沙及踝，其色似白非白，大清大寒。天空看見一束大綻的棉花枝條半埋其中，馬上明白孔雀說「你一定知道」的意思，他涉行上前拾起，回到中有之間，把它插入柔軟肉質的牆面，看它一點一點被吸收。

「奇怪，我感覺很好，覺得很安全。」登出系統後，天空十分困惑。

「沒有錯，你應該會感覺還不錯。」

「這是正常的嗎？」

「當然不正常。」孔雀說，「因為照理而言沒有人會要你代理這樣的東西。」

「所以到底是什麼。」

「就是呢，不是每次登出後都很累嗎，大概是你用釭腦練習那種累的，五十倍吧，或六十倍也可以。所以我工作完吃很多奶油餅乾。剛剛讓你搬走的是我每次吃完奶油餅乾的心情。」母親舔舔門牙，「現在想起那些奶油餅乾，我嘴裡都沒有味道。」

「幹嘛叫我搬這個。」

「滿好的嘛。是不是。」

「以後你吃餅乾都不好吃了嗎。」

「不會。下次再吃就又存一點那個感覺起來，跟熱量一樣。你看見什麼？」

「不是說不能講？」

「我是在教你。我是你媽有什麼不能講。」

「教堂裡有很多白色的沙子，沙子很厚，後來有一枝棉花跑出來，我就拿走那枝棉花。」

「那很不錯，普通人大概最多最多，也只能看見沙子。」

「不過我現在好想睡覺。」

「去睡。」

接下來的三天，天空都睡得黏，如瀝青膠住黑紙，飲食也甚感鮮美。屋外下雨密密麻麻，園子裡的草菌爭先恐後。

如果是古時候，孔雀有時候會說，如果是古時候，當時的人類將那時期稱為「現代化」，「現代」這種詞彙完全是一種自覺承先啟後的得意表情，難道其他的現世就不算現世了嗎？孔雀說，那時候的人實在很自我中心。不過這不是重點。總之，孔雀說：「如果是古時候，我們日子不會太好過。」當時有各種名詞，術士。陰陽師。尪姨。師婆。通靈人。薩滿。乩身。靈媒。神棍。思覺失調。王祿仔仙。降靈。撞邪。除靈。驅魔。但後來就不一樣了。因為他們進行人體實驗時發現九成九的人在中有之間裡連個鳥屎也看不到，大量失敗，無數的只是睡著，超級挫折，實驗室把每個能夠成功完成搬運與代理工作的受試者，背景攤開來比對，想破頭，撕破紙，搥垮牆，找不到共通點。

最後，聽說故事是這樣。兩個在實驗中成功的年輕人，一男一女談起了戀愛。談戀愛廢話特別多，噗噗地傾吐著關於自己與家族的無用泡沫，於其中，兩個人忽然意識到彼此都有奇視異聽的遺傳，偶爾是發現人腦後方放出紅綠藍黑黃白灰的色光，或是挽手而行時，路上所見，該說是一尾霧狀蛇或蛇狀霧呢，總之就這樣鑽入途人口中，途人一無所覺。如此這般。「後來科學者恍然大悟，按捺不甘願，承認做這一行確實要往我們這種人裡去找，或者反過來說，只有我們做得來這一行。所以現在我們地位不同，賺光明正大的錢，權力也保護我們，有權力的人最需要我們。你應該很高興我把你生對時代。」

孔雀晚年臥床難起，在床上躺一整年，天空開始執業，孔雀因無事可做，頻頻對他敘事。孔雀說你生父性格好，才能很高，可是內心太軟弱，做不了這種工作，但我們是好朋友，我就說我應該跟他要一個孩子，就是你，如果用普通人的精子有一半機率失敗，還好你很成功。不曉得為什麼這些在天空童年時顯得壓抑的資訊，許多年後，孔雀忽然以描述瓜果青菜的田園樂口吻說了起來。

其實天空又不傻，他一直都能猜出拳頭裡根本沒有硬幣，那無聊男人，天空童年經常不想直視他，因為偶爾會看到另一張老人的臉像描圖紙虛空降落，疊在對方臉上，擠眼揪鼻頭，老人的臉不恐怖，甚至煩傻到可笑，還會嘶嘶出聲：「我四爺爺。」「我四爺爺。」某日天空忽然想通，並非「我四爺爺」，而是「我是爺爺」，無聊男人應該即生父，但其時，對方已不再來家裡。然而對於這些，天空心裡沒事。在代理人出現的時代，痛苦或者不痛苦，哭泣或者不哭泣，怨恨或者不怨恨，真正過眼雲煙，你付得起錢，你有合適的代理人（就像合適的髮型師），即使打落牙齒，只需要看醫生，不必和血吞。何況母親本身就是一個手腳最俐落的代理人，有時孔雀讓天空登入自己，讓他搬走一些關於絨毛睡衣的心情，或者野貓舔了一下腳跟的心情，或者少女時拿到一副古董象牙耳墜的心情。當然象這東西是早就沒有了。孔雀告訴他老話中這些俗稱小確幸。有時孔雀也登入天空，為他代理各種「精神性不良資產」（此處為契約上的法律用語），也告訴他老話中這些俗稱負能量。天空日日晴，無憂無慮。

孔雀晚年臥床難起，虛弱如蒲公英絮，在床上都躺了快兩年，只對談話有興趣，談話中只對天空如何看待她有興趣。

「你不要覺得我很現實。」孔雀說。

「也還好。」

「也還好就是那個意思。我不是自私，我把你養得很好，社會需要我們，需要有天賦的人做這個工作。我們這樣的人對社會有責任，我生你養你是有責任的，我們讓那些最有財富最有權勢的人精神非常安定，他們精神安定，大家就比較安全。」

「但是小時候你常常說這沒有什麼了不起。」

「你小小年紀，不想讓你驕傲。你不要一直在房間裡走過來走過去，我看了很煩。」

「喔。」天空在孔雀床尾的寶翠綠絲絨沙發長腳凳上坐下，手掌輕輕地按在布面上感受某種要壓不壓的張力。「我也確實是不覺得有什麼了不起。媽媽你想別人的事情也想太多了。」

「人老了每天沒有事，就想很多。有時候躺在這裡，想反芻一下這一生裡有意思的事情，也都沒有味道，好像在嚼紙屑。」

天空不語。過了一會兒，說：「媽媽，心裡真的很不舒服的話，真的不要代理嗎。」

「不要。我說過很多次你不要再問我這個問題了，」孔雀說，「我們這種人，一生就是活在別人的喜怒哀樂裡。現在這樣子，不舒服，也是自己的不舒服。滿好的。」

天空不語。這陣子，母親漸顯散亂，想法九不搭八。他發現自己從來沒問母親這一句：「媽媽你愛我嗎？」也沒有問這一句：「媽媽你愛過我嗎？」問出前面那一句的人，心裡有答案，知道其實是愛的，問出後面那一句的人，心裡也有答案，知道其實不愛的。他想，像自己這樣，不管哪一句都沒想過要問，是什麼樣的人呢，他也不知道。或許是一個不需要愛的人，沒有受過傷的人不會渴望愛。也或許沒有那麼複雜，只是不愛問廢話的人而已。

孔雀趨近神脫的不起之日，天空違逆了母親一直以來的意志，將其推入內室，他說：「媽媽，要集中在你最不舒服的感覺裡面。媽媽記得，加油，最不舒服的感覺。」他又說：「媽媽我希望你最後是放鬆的，是很平靜的。」

天空心中相當地起伏，忽高忽低，他從來沒有嘗試在如此不穩定的狀態工作，但那畢竟是孔雀，是給他奶油餅乾與小貓舔腳踝的母親，他沒有猶豫，所幸一切順利，進入中有之間後，推開門，母親的房間裡擠滿了人與物與非人與非物，有舌頭的都在尖叫，有手指的都在刨，地面一直吞陷，他沒有時間去觀察什麼，快速地抓出他要的那只達摩不倒翁後就離開。

天空將一息尚存的母親還給他們的私人醫護，自己回到房間裡躺著，冬天了，房間很大，空氣冷，時間貼地行走，那枚達摩不倒翁眼中塗的深色是什麼，很快就從天空身體裡面滲透出來，他把蓬鬆得像一樣的雪白被子拉起來那就是很簡單的憎恨，對於健康者的憎恨，以及對於雙足的憎恨。這憎恨是臥床三年的母親最後的尊嚴。當然，天空不可能分辨那憎恨裡是否包括他在內。他仍然反射性哭了一場，接著指示ＡＩ助理打電話給一位最擅長代理悲傷的同業，敲定下週一的時間。這種緊急預約是同業間的特權，而醫生已經告訴他母親撐不過即將到來的禮拜天。

02 石子

石子知道自己總有一天會見到天空。這不是命運的戲劇化的浪漫故事預感，未來兩人真正面對面的時候，石子心裡完全不會出現「在認識他之前已經認識他了」之類獨白，它並不適合這個時代。石子知道這件事只是因為從千里手中收到了天空的聯絡方式，應該說，從千里的眼睛裡收到了天空的聯絡方式。他們躺在千里的床裡，石子那時說，你這個床非常好，你這個床叫紅眼床，頂蓋龜甲紋，四足獅子腳，遮風木鑲木，茄冬入石柳。千里說，我不知道耶。千里又說，好睡就好，此刻千里半翻起身，對住石子，臉照臉，眼睛對眼睛，雙目楚楚而視。石子說幹嘛。千里說，我介紹你一個人，你開一下虹膜接收器。石子抬起右手食指尖，一二，三四五，輕觸五下左眼尾端。千里說，咦，你眼角原來有個痣。千里又說，好了送出了，這個人叫天空，你要賣，他可能會買，你說叫我介紹客戶，我介紹了。石子說，眼尾這個位置叫奸門，管夫妻關係，痣長在這裡在以前會被嫌到死。千里說，你好多廢知識，奸門這兩個字聽起來十分討厭。

石子說：「講這麼多，那你去跟機器人睡。」

千里說：「那你自己怎麼不去跟機器人睡。」

石子說：「機器人沒你強。」

千里說：「謝謝喔。」

石子說：「所以你幹嘛不跟機器人睡。」

「不是睡不睡的問題，」千里說，「這個是，怎麼講，是情願不情願的問題。也就是對方必須要有獨立的意志你才會爽。有一種爽是硬去把對方原本的意志折斷，看對方屈服於你做出違反本心的事。有一種爽是你不必說就發現另外一個主體跟你想的事情很配合，那就知音，結善緣。」

「打個比方。」

「就假如你碰到一隻貓，兩種情況會讓你開心，一種是牠根本不想給你抱但是你硬抱著牠牠也不敢跑。一種是牠自己跑到你懷裡窩著不走。機器人沒有這種……意向。我不是很喜歡。」

「你只是老派。而且重點是貓不夠兇。」

「很兇就把牠關起來餓到牠沒有力氣，然後再抱。」

「你爛死了。但你就是這麼爛才能當代理人。」

「我超棒的好不好。」千里說。

其實石子與千里都非常疲倦，石子是物理性的疲倦，源自二十分鐘前凶暴相待的性行為。千里的疲倦則因前幾日天空來過，同業默契，互助合作，收費對半。不過千里後來想一想覺得很不合算，天空的專長，他不太用得上，而且他事後沒有原因就特別累。

千里對天空的第一印象是口齒拙慢。天空說：「你的聯絡方式是我母親留給我的，不過我母親已經不在了。」明白人一聽就明白，千里說：「那我知道了。」

天空又道：「我應該不必告訴你發生什麼事。」

「是不必。古時候神棍騙人才打聽那麼多事。」

「我的客戶常常想跟我說。」

「那不一樣。」千里說，「我跟別人不一樣。我專門做的悲傷，悲傷是唯一真正的隱私，大家都給自己留一點底牌比較好。而且我猜想，你不要怪我冒昧，他們愛跟你找話說多半是你年輕好看。你聽不聽他們說呢？」

「是有點想聽。但我不聽。」

「我跟你一樣又不一樣，」千里說，「我不聽，而且我一點也不想聽。我們開始吧。」

千里一見天空就懂他的空白，被教養出的刷白，很典型，這一行許多人這樣，都是終於成器的人，確實地成為了器物。千里則有些許不同，在這方面，他屬於真才。甚小時，父母多次問他登出缸腦後為何沒有哭。千里回答為什麼要哭。父母困惑，又漸漸駭異，他們顯然有一個天生完全對悲傷免疫的小孩，這是偉大的天賦，也是絕對的殘酷，也是反社會。在不自覺中，千里的父母處處顯得退讓，他們開始不太拒絕千里的要求，千里有時不妨晚睡，常常能吃甜食，千里走進客廳父母的身體會無意識地彼此挪近一點，像一枚貝類闔上兩蓋花殼。這使千里深感彆扭，他想或許每次練習後我適當地哭一哭就好了，然而所有人都看出那是假哭，所有人都不說破，其實假哭令父母更加恐懼。法令規定，恐懼攸關生存本能，絕對禁止代理，一等到千里成年，他們就客氣地搬去另一座城市，一年見一次面，輪流在彼此住處吃一頓飯，兩葷一素，一種湯，一道甜點，留宿一晚。千里記起今年應該由他拜訪父母，想到這件事他就睏。這時候石子的聲音投了過來：

「話說回來，說是睡，我們也沒有在睡覺。根本沒有任何睡覺的成分在裡面。真無聊，為什麼我們就是忍不住要用這種修辭呢。」

「嗯。」

「你還真睡著了？」

「沒有。忽然想到事情。」

「你剛說的這個什麼，這個叫天空的，你覺得他會買？」

「很難講。」

「他擅長什麼。」

「喔，你猜，真的是看不出來，」千里忽然有點高興起來，將下巴擱在石子背對他的肩弧上。「主要是恨。廣義的痛苦。還有嫉妒。很hardcore。」

「靠，嫉妒。」

「就是聽到這個我才覺得你可以賣他，他可能會是好客戶。我很久以前做過嫉妒，非常受不了，很討厭，那東西怎麼說，就很餿。我要休養很久。」

「像你這樣的人說受不了嫉妒啦，說嫉妒很餿啦，都是很輕鬆。」

「我這樣的人是怎樣的人。」

石子頓了一頓：「感覺不到悲哀的人。不傷心不難過的人。」

「放屁。你要說的是有錢的人。生下來註定繼承家業不必煩惱生活的人。讓更有錢的人日子過得更舒服的人。」

「那是你自己說的不是我說的。」

「所以我應該要為我投胎的位置不同跟大家或跟你抱歉嗎。」

「你是不用抱歉，但也不必把嫉妒說得那麼不堪。」

「但我確實覺得那非常不堪。你不能選擇生在哪裡，但你可以選擇自制與鍛鍊，或是選擇要賴讓自己酸下去放水流。你一天不承認嫉妒是髒的就永遠會跟它一起髒。」

「算了我不跟你講。鍛鍊個屁，只要找你們人人都能意境高潔。以前有錢人還是裝出來的高潔，有你們這些人之後，他們還真的很高潔了。他們是心無罣礙，我們就是沒救奸惡壞。」

「不然你要是那麼嫉妒就去找他代理好了，代理完再回來找我睡。不對，沒有睡。再回來找我幹。」

「你去死，我最好有那個錢。」

「你賣一賣不是就有錢了。」千里十分謹慎，即使在這樣的場合，也只是很隱晦地說「賣一賣」，這雖然是石子向來讚賞的一點，但他還是不很高興。

「你不要講這種蠢話。」石子說。

「你記不記得我跟你講過一個人叫良辰。」千里說。

「你以前的一個女人。」

「對。他就是非常排斥代理人，他覺得非常邪惡。那時候他養了十一年的狗死了，哭個沒完，我說捨我其誰，他說絕對不要，我想想確實也是，好像也不合適，我就在別人那邊買了否認憤怒迷茫沮喪的精裝版代理送給他，他居然生氣，氣到要死，吵吵鬧鬧跑去把合約作廢。我也很不爽，那套就算是我去買也很貴，作廢還不退錢。」

「他絕對是因為這件事後來才離開你。」

「想太多，才不是。」

「一定是好嗎。」

「不是。」千里翻一個光滑的白眼，「分手是因為我跟別人上床被發現。」

「這跟我們剛剛講的事情有什麼關係？」

「沒有什麼關係，我只是轉移話題。我不想跟你吵。」

「是『我不想跟你吵』，還是『我不想跟你吵架』。」

「這差別在哪？」

「差別在哪？所以說你不懂。」石子坐起身，伸伸懶腰，後腰凹陷的形狀像古庭園的池塘。「對方一定不是因為你在外面睡才跟你分手的。不過像你這樣的人實在也是沒誰了。我要走了。」

●

石子在路上不時想著千里說的那些話，自己是否嫉妒千里，或是否嫉妒千里那些美麗的女人呢，石子要爬十八層樓才回到家，這一段距離足以想想他們的距離。石子想著有句話叫千里之行始於足下，千里的生活大概就像每一種出發，而石子是足下。這裡到了七樓。石子又想送君千里終須一別，千里的所有都是種依依不捨，而石子的所有，只是一別。這裡到了八樓。

樓房有一百零一層。在各類舊的觀光地圖上經常被不合比例地放大，好像插進島嶼左眼或右眼的一根雕花綠鐵條，後來這高樓漸漸放荒了，放荒了，蟻民聊生，大家首先圈的是低樓層，每間店面後的辦公空間一早就被占滿，隱密，有隔牆，能住一兩家人。還有一些儲物室，服裝店的試衣間，小歸小，但有門，能上鎖，一個人嘛，還可以，住試衣間的人睡覺時，腳從門板底下伸到走道，臉看不到就沒事，大家相當文明小心翼翼跳竹竿舞一樣避開一條一條列隊的小腿，都有在控制踩下去的衝動。其他大片大片的空間，也有紙板，也有營帳，也有貨櫃，甚至有幾台露營車，有人說大樓建築技術在當時，相當進步昌明，所以從前有個外號是萬年大樓，另一人說不是吧萬年大樓應該完全位在另外一個方向是另外一棟建築，另一人說根本沒有萬年大樓這個地方。電梯一開始壞了幾台，大家也不怕，後來摔掉幾次梯廂，又有幾部卡在半天位置無法移動，誰也不搭電梯了，幾個好心人合力找來材料將門封死，但也有人嫌他們狗拿耗子，不願意死的人，自然喘著氣爬樓梯，願意死的人，一點俄羅斯輪盤的樂趣也沒有了。那時候每個人都覺得要完蛋了世界要毀滅了，然而事實上，沒有哪個時代的人不覺得一切很完蛋，大家都認為自己雙手扒在末日邊緣，宇宙的腳抖一抖，就要甩出去，可惜一直都沒有甩出去。宇宙愛演，可是歹戲拖棚。

石子搬進來的時候，人已經往上推到將近二十層，這快要接近生活的極限，再往上出入就非常困難，沒有電梯的情況下，還有人運薄木板上來釘造許多隔間，重拉水電，設置得很整齊，每一間有爐灶，床鋪，馬桶，每六間有一間淋浴間。也不曉得誰那麼幽默，弄來一座白紋石的尿尿小童石像，雕工粗，石是劣質，尿路當然也不通，於是在那小手握住的器具中央焊一叢銀鐵絲，銀鐵絲被每個人一手一把摸得發亮，彎折的模樣比真正的水還柔情，還要波光閃閃，鐵絲末端指向的地上本來空盪盪的，後來大概另一個更幽默的人福至心靈，在那位置擺一個園藝用具的錫桶，不時還往裡面加一點水，一下子故事就清楚了，錫桶就一副正言厲色的樣子。若沒有這層寫意，鐵絲尿也沒什麼說服力了，所有的人就這樣在無意義中努力，努力地無意義。石子經過時，踢了那錫桶一腳，每個人左邊走過來右邊走過去，都踢它一腳，位置反而一直八九不離十。

石子弄了一座老冰箱在屋裡，冰箱是好東西，放在床腳，馬達低頻運轉嗡嗡嗡嗡嗡，晚上枕著這聲音睡，比較心安，至少石子覺得比聽著人類的呼吸心安，雖然說住在這裡其實也沒有什麼不測，每五層樓有一支守望相助隊，大多數人做一份或兩份日職或夜工，都不是赤腳，但也沒皮鞋穿，而是拎著僅剩一隻襪子想辦法在髒衣服堆裡翻出另一隻，誰都不敢輕舉妄動。有冰箱的另一個好處是可以租給鄰居保存點稀罕東西，例如住在R18號的綢緞，綢緞得了一枝白裡透明的一葉蘭，分外愛惜，存在石子這裡。R27的金蘗也拿來一鉢蕈子保管，石子在這裡已住了五年，信用很好，從來不少誰一粒鹽。

大概聽見石子回來，有人敲門，果然是綢緞。綢緞一天都不能不來。「可以看一下嗎？」

「好。」石子讓開一條縫，綢緞像綢緞一樣輕飄飄地滑入，也不多說，房間很小，綢緞敞開冰箱蹲著看花的背影悲哀又快樂。

「你最近還去千里那邊嗎？」綢緞說。

「去啊。」

「他怎麼樣。」

「他就那樣。」石子說。最早最早也就是綢緞介紹石子給千里認識。那時綢緞每週去千里家打掃兩次，其實已經沒有人僱用人類為灑掃奔走等等勞務，聽綢緞說起這事的人，都認為千里腦子有問題很怪，但是怪人準時給錢，那就不怪了。後來，綢緞身體不太好，做不動，千里說，綢緞你幫忙找個可靠的人代替你吧。綢緞想起對門整天進進出出不知道做何營生的石子，就問打不打零工。石子正中下懷。去了幾次，生意沒做成，只是不知為何，變成另外的一種關係。千里後來又另找其他人來打掃。這似亦無從與綢緞講起。

「他其實根本也不是需要人打掃，他就是喜歡看見眼前有人的位置比他低，拿他的錢，做他的事。看機器轉來轉去沒有意思。」石子又說。

「這樣嗎，那他就不是怪，是討厭。但他這個人好像又很難討厭他。」

「對。不過這一點又讓他更討厭了。」石子說。

綢緞站起身，從口袋掏一枚硬幣給石子：「今天的租金給你。我走了。」一枚硬幣雖不多，石子一時忽然有些不忍，最後還是收下了。千里每次代理收的費用是這枚硬幣的萬倍數萬倍，石子是想到這一層，覺得若不收，就辱沒了這花，也辱沒了生活在這樓裡的一切。

綢緞走後，石子打開冰箱，手指繞開蘭花，掏出兩枚剝了殼的白煮蛋，一包海苔，拿海苔裹著蛋吃，蛋白質、碘、維他命B。石子靠著床頭的鐵書桌，對著窗，雙腿抬起搭在窗台上，玻璃外的霾在今日格外降得低，又格外密，罩在窗外，像綁架犯拿浸哥羅芳的厚手帕捂住人的臉，石子一口一口吃蛋，吃海苔，這滋味很奇怪，但也還不錯，平常很少想千里的事，到底嫉妒，或者說妒忌千里嗎？石子舔一舔唇瓣周圍的鹽粒，那一點也不重要，或許沒有一點嫉妒心，沒有一個人想從另一個人身上啃點什麼、剝奪什麼的惡意，沒有另一個人以那種忍耐而夷然的傲慢表情，俯瞰對方的徒勞，若沒有這些，他們睡起來大概不會那麼好，那麼不可開交。有一點恨反而是最鮮的。想到這裡，石子忽然還想吃點什麼。要熱的。決定叫外賣，在等待無人機拖著雞湯拉麵飛上十八樓的這段時間，他把天空的資料投出來看了一看，天空在全息顯影中的表情，給予石子某種難以說明的印象，好像看見了器物的內側：那是一種現實中確實存在，但在意識中又往往不存在的位置，本來對千里的話聽聽而已不抱期待的石子，感覺很有意思，在不遠的未來，他會挑一個好日子拜訪天空。

03天空開門

這一天是種晴朗到沒有心肝的晴天，陽光突飛猛進，過於美麗的程度像是冷嘲每一個在今日哭泣的人，今日天空開門，第一件事是把孔雀的執業名牌從門上撬掉，那是藍綠色掐絲琺瑯鐫的兩個字「孔雀」，天空的則是刀刻在深黑色的御影石上。他把拆下來的名牌放在收拾出來的衣裳什物中間，一時之間也沒有什麼特別的想法，既沒有全部丟棄的衝動，也不特別惜留，只是擱在那裡。

見過千里後，這些事做起來都很簡單，沒有任何心理負擔，拖到現在只是因為那枚達摩不倒翁不好消化。理智上天空知道那些恨不是他的，但有幾次他忽然醒覺自己瞪著自己的雙腿長達兩個小時，這算是職業傷害的其中一種：天空分不清楚這憎恨單純屬於孔雀，或也有出於自己的部分，難道他也憎恨自己的生活嗎，事實是他過著一種理論上最理想的生活，他很富有，多年前島嶼邊緣逐漸被水淹沒，海水從河口倒灌進來，盆地漸漸變成了大大小小的湖區，人口紛紛往深處與高處移動，良好的居住空間相當稀缺，不過他住在高起雲間的大宅，廳與廳之間有半懸天腰的玻璃走廊與空中花園銜接。他以世人的痛苦、嫉妒與憎恨賺錢，而這世界上源源不絕、最不缺乏的就是世人的痛苦、嫉妒與憎恨。

他有點後悔不曾聽孔雀的話，最後為何還是搬運了母親，是溫柔或者愛嗎，或許也是吧，但內心深處天空知道——其實根本不必到內心深處，僅止於水面都能看到清楚的倒影：自己做這件事是不想見到或聽到死後的母親，因未曾釋然離世，在家中游移不安，那會使他非常困擾。天空想著「釋然」這兩個字非常好，像小孩鬆開手而汽球飄向天空。在這層意義上，孔雀確實是比死更死了：比死更死就是沒有人期待你的鬼魂來拜訪。

不過，天空總算漸漸恢復得差不多。沒有指向與明確事件的、屬於他人的怨怒，半衰期比較短，當然多少也有雜質陸續累積在身體裡，他經常不可遏抑，塊壘難平，也開始明白孔雀為何自小至今將他區隔在這遙遠的山境，若非如此恐怕分分鐘內爆。但這了解的同時也讓他對於自己的過去與未來的一生甚為不解，一句永恆的庸問：一切有何意義。

不過，只要每日開門工作，天空便不想這些。他站在鏡牆前告訴自己：我承擔著他人的痛苦（雖然收費），但仍然是很有意義的，世界上沒有比承擔他人痛苦更有意義的事了。今天有一門預約，預約的人叫做石子。

石子來了，站在那裡，很謙恭的樣子，穿著一件很好的白長衫，一路過膝，向腿脛蓋去，彷彿一場冷霧往山腳下淹。墨綠色平底布鞋。然而天空感覺有哪裡不太對，一眼就看出石子不可能是他的客戶，天空內心忽生一念，似乎孔雀留下來的衣服裡，有幾件應該給石子穿。但轉瞬又認為這想法十分失禮，且馬上意識到，問題不在裝束，在於石子的臉。在那時，財富的象徵，都不是什麼別的，而是一種與其說是安詳不如說是真空無菌的表情，這表情代表你可以經常一次花費常人近一年的薪水僱用代理人。不過這件事也騙得了人，坊間自有各種競相的模仿方式，也有專門的臉部肌肉訓練師，例如天空今天早餐時想打開光幕投像看看新聞，正好是最近一個很有名的廣告，廣告演員亭亭玉立站在客廳中間說：「先天沒抽到人上人的籤，後天更該有張人上人的臉。」

但天空是行內人，分得出差別。石子力求平淡的面部仍有各種七情上面的遺跡，不是物理的紋路或者滄桑，可以說是一種日常的琳琅滿目，是餐桌與花園。他的客戶幾乎都從滿十四歲的青少年時期就開始接受代理，這也屬於新式貴族教育的一環，這幾年，不時有人主張愈早開始愈好，不過法令尚未下修。石子的一張臉一看就知道不來自那個世界。天空很遲疑，同業轉介基本還是可靠，但他仍然比較喜歡有來歷的客戶，不喜歡半路富起來的客戶，他在工作中學到一件弔詭的事情是：富裕狀態不是正面列舉，而是負面列舉；它並非「擁有這個、擁有那個、擁有多少」，而是「沒有感覺過匱乏」。忽然富起來的客戶，經歷一段從無到有的過程，那通常會讓他們變得十分複雜。雖然天空自己也知道這樣想很不好。

「你好，我是石子。」

「你好。」

「你這裡真不好找。」

「是的。是不太好找。」

「但這裡非常美，」石子環顧四周，會客室四面是玻璃鑲在銀色窗框裡，像一組水晶盒子，人在中間也彷彿一抖擻成為了珠寶。窗外顏色明媚，可以遠眺大大小小的湖群，據說那些湖以前全部都是陸地，石子很難想像。「我都不知道還有這樣的地方。」

「這一帶在舊地圖上叫做貓空。不過天氣倒是很少這麼好，這邊很常下雨，不下雨的時候霧也滿大的。」

「這名字好好笑，」石子笑道，「貓空，對面那座山難道叫狗空。」

天空聳聳肩。「很有可能。」

「我要說實話，我今天來，雖然說是千里介紹的，但我不是在找代理人。」

「我有點感覺到。」天空點點頭，「所以，有什麼事嗎……」

「我想跟你做個生意，」石子出言後，表情的改變很輕微，卻與此前截然兩人，是餐桌上添了燈燭，花園裡來了蜂。

「做生意？」

「嗯，」石子點點頭，「你聽過行樂商嗎？」

「聽過。黑市。」石子說。

行樂兩字貌似蕩漾，其實也很樸素。行樂商們私下尋找代理人為買家，賣的東西，恰好相反，是各種的好心情，高昂者，鬆馳者，一切模糊的融洽的快樂。這件事非法，一般認為代理人是高貴的職業，他們承擔的心理負重（儘管有對價關係），顏色陰暗之餘也不無悲劇感與宗教性的高貴霧面拉絲光澤。行樂商的本質則彷彿恰好相反，他們為了錢，販賣兒女的貼頸擁抱，父母的珍惜，情人的碰觸，幼時的沙灘或者青春的決志，其中自然不乏有人為了源源不絕地供貨，尋求各式各樣的極端的取樂之道，許多人認為行樂商是徹底的反人類與敗德。與行樂商交易被視為嚴重的倫理問題，情節重大者，代理人執照或將吊銷，行樂商則幾乎均面臨長期的徒刑監禁。天空認為石子實在非常大膽。

「你都不怕嗎？」天空說。

「怕什麼？」石子說。

「你是來兜生意的吧，你不怕我檢舉你嗎。」

「你要檢舉我什麼？」石子的表情很詫異，「你怎麼沒想過，我也可能是便衣稽查員，為了業績來這裡做個圈套讓你上。」

「可是我感覺你不是啊。」

石子笑了，「對，我不是。而且我同樣不認為你會檢舉我。」

天空也笑了笑，考慮到安全問題，他認為不應該再繼續這個話題，同時應該禮貌地請石子離開。不過既然這個預約時段眼見已經浪費，或許當作休息時間的閒談也不壞，孔雀離世後，他很少再與人聊天。這是他給自己的說法。

於是天空說：「好吧，假設你是便衣稽查員，有個問題我很好奇，我猜你應該很了解。」

「請說。」

「行樂商該怎麼保障買家？我的意思是說，一旦代理完成，萬一搬來的東西根本不對，代理人不是吃大虧了嗎。」

「通常不會有這種事發生，」石子清清喉嚨，拉拉衣領，坐直腰，馬上形成一種官僚的外觀：「有些行樂商會與代理人簽一款合約，包括手寫版本與生物驗證版本，這時候兩方會各自存進一筆等同代理人單次服務的金額到第三方支付帳戶作為擔保。交易結束如果沒有問題，這筆錢會撥付到行樂商的戶頭。如果行樂商搞鬼，貨不對辦，代理人就沒收這筆擔保金，這也不算吃虧。合約本身就是對雙方的挾制，交易完成後馬上銷毀。當然有更多人完全是靠雙方都可信的中間人作為仲介。」

「這聽起來好複雜，而且還是非常有風險。」

「非法交易當然有風險。」石子笑道，「所以最好是跟很清楚自己要什麼的人交易。其實通常事情也很簡單，一個要貨，一個要錢，買家黑吃黑，冒的風險太大了，大家都是有錢有地位的人，為了這一點事情拿自己的執照開玩笑，不合算。至於走上行樂商這條路的人，誰不是無奈使然呢，無非就是想賺錢，很少惹事，不會為了騙人免費代理而鋌而走險的，被抓要坐很久的牢的。當然他們也通常慎選買家。不過總體說起來，還是打赤腳不怕穿皮鞋，如果事情揭開，代理人這一方冒的風險與損失終究大一點。」

「你剛剛說誰會為了騙人免費代理鋌而走險去坐牢。其實我相信會有的，如果你是我的話你就會明白為什麼。何況人做的事情如果都這麼有道理也不會有我們這一行了。」

聽了此話，石子側頭不語，過了半晌，才微笑說：「那就算是我太天真。」

「像你——嗯，你最常看到的交易方式是什麼呢。」

「還是中間人。大家都不想留下任何把柄。可靠的中間人比任何機器都可靠。因為機器可能會落到不可靠的人手上。不過機器若像人一樣同樣不可靠。」

「這樣說起來也沒錯。像機器的人總是比像人的機器更可信。」天空說。

「是啊。」

「我一直不明白為什麼，以前的人花那麼多力氣追求『讓機器變得像人或有人性』這件事。人性這麼惡劣，人的良率這麼低。」

「我母親說以前的人就是太自戀了。」

石子頷首稱讚：「很有道理。」

「總之，這些故事真是增廣見聞。不過——」

「你有沒有考慮過真正地增廣見聞一下呢？」石子剪掉天空的話尾。

「⋯⋯沒有。」

「為什麼，你沒有需要嗎，還是害怕。」

「因為你是便衣稽查員，我當然只能說沒有。」天空回答。他其實根本沒有幽默的意思，但這樣講給石子聽，莫名地顯得像一種對人不對事的風趣。一個穿著一件很好的白長衫的陌生人，會施加給另一個陌生人一種力，拖曳出他自己從來沒有看過的痕跡。人與人的關係恐怕經常如此。大概都只是為了看見自己意料中或意料外的各種樣子，才需要他人的存在，所有的觀看都只是想更深更痴情地凝視自己。這個想法很孤獨。天空對面前的石子以及隨他而來的整個狀態產生一些不安。

「好吧，既然我是稽查員，那應該可以參觀一下你的工作艙吧？」石子沒有動，很舒服地往後深靠在單人座椅裡，感覺卻像一步步地走近。天空沒說什麼，只是不知不覺站了起來。

他們走出會客室，穿過房屋中央寬闊的水廳，水廳是整面平靜明澈的淺池，四圍俱植無名花草苔石，池底鋪大片深黑岩板，池面浮起容一人寬的黑色石板步道，輻輳至大屋不同位置。輻輳的中央位置則像一個圓圓的小島，小島上的高几上安置一盆羅漢松，紫砂盆花梨架。陽光大量大量從天窗降下。

「水對我們來說很有用。」天空說，「這裡的水叫做陰陽水，一半的常溫井水混合一半過濾滾沸的雨水。」

石子跟在後面，面無表情，但是做出很無知又很有興趣的口吻：「有用的意思是？」

「怎麼說。吸收？過濾？總之水很有用，可以減輕一些工作前與工作後的負擔。」

「原來如此。我還以為你要說這些都是你的工作成果，這個水面象徵各式各樣的眼淚，什麼的。」

「那不是我的專長。或者說我的客戶通常也不找我處理這個。」說到此，天空想到千里，千里是個看起來非常不可靠的中年人，穿著深色套頭毛衣，又將色彩唐突的襯衫領子翻在外面。但是，坦然表現出不可靠的人，又顯得很可靠。千里住在城裡，辦公室擁擠得風起雲湧，天空去的時候，得看著他一路挪開各種雜物，紅色天狗面具、生鏽的鐵牛鈴、明黃滾流蘇的三角旗幟、小鼓、裝滿種子的大肚玻璃瓶，不過這些雜亂無章也像這個人，讓你不得不勉強使用雙重否定的迂迴方式承認他「不算是不討人喜歡」。天空想，千里應該是這個石子的客戶，眼前的陌生人，在生活中曾有些最好的什麼，可遇不可求的什麼，或許已永遠地成為千里買一杯酒般的消耗品了。

天空意識到一種情緒，他太熟悉這個情緒了。他回過頭問石子：「你說你是從千里那裡知道我的。所以千里也跟你，」想了一下，終於找到一種可稱靈巧的措詞，「有往來。」

石子搖搖頭：「沒有。」接著又說，「我們是朋友，朋友之間不做生意。」這時石子好像忽然很疲倦、很欲言又止似的，嘆一口氣，拿手指點點天空的肩膀：「沒關係，我今天先不『稽查』好了。不好意思，耽誤了你這麼多時間。」他知道如果要做成這個人的生意，這個時機告辭是最好的。

天空送石子離開時，看見有個人遠遠站在門外斜坡的盡頭，不太避諱地望著他們的方向。石子彷彿也看到了，但沒說話，天空也不提。兩個人都心想別開玩笑了，難道真的引來傳說中的便衣稽查員，其實兩個人都從來只聽說過有這樣的事，沒碰過，因此天空當然很猜疑石子，石子也猜疑天空。石子忽然轉過身，拿手摟過天空的脖子，做出離情別緒之狀，簡直都泫然欲泣，連續揉著眼睛，其實是關閉自己的虹膜通訊器。石子在天空的耳垂底下說：「我有非常好的東西，五歲小孩子第一次吃冰淇淋那種等級的東西，不會有錯的，絕對值得。」然後顯得不勝感傷地猛然將他推開，頭也不回，快步往那人的反方向走遠。斜坡盡頭的人看了看這一幕，好像覺得無趣，也慢慢地踱開了，那或許只是一個趁著好天氣信步行山的人。最後只剩下天空一個人與他一波未平一波又起的心跳與呼吸。

04 白露

瓷磚太白了。瓷磚白到像是世界根本禁止黑色這個概念，或者說根本禁止顏色這個概念，白色有許多種類，絹白或者月白，或者雪白，或者銀鼠白，也有一種帶口感的沙沙的粉白，脆弱的豆腐白，堅質光潤的象牙白或玉白，感覺摸上去很柔軟的水白與雲白，而這些瓷磚的白，簡直是各種白色的獨裁者，它乾淨得不由分說，其餘所有顏色前面都不妨加個「髒」，例如我們可以說某種髒黑色，髒藍色，髒紅色，髒褐色，但白色永遠不可能出現如此不合邏輯的說法，髒白就是灰色而已。因此它的無辜與不染已經不是詩意或者象徵性或文學性的問題，而是鐵錚錚的技術問題。

只有這些瓷磚。大約兩個汽車停車格大小的空間，滿滿覆蓋白瓷磚，抬頭往上也看不見盡頭，天空走到裡面之後，馬上很為難，這麼乾淨，赤著其實不存在的腳，不存在的雙手也覺得沒有地方擺，到底要搬什麼出來，這裡空無一物。他心裡相當焦急，必須爭取時間，因為不能夠停留超過兩個小時，代理系統草創初期，曾有許多不幸的實驗，大家發現停留太久被代理人會對代理人產生強烈又非常不合理的連結感，這是比較持平的說法，在當事者身上只覺得那就是愛，這些問題實驗，甚至出過人命：一個被代理人因愛而不得，殺掉了他的代理人。為了保護彼此，也為了避免代理人玩弄這個漏洞並利用客戶，系統會在八十分鐘時強制登出，同時開出失敗紀錄，作為不收費的憑證。不過天空害怕的是忽然意識到自己的天賦弱小可憐，完全不夠用，彷彿被騙進一間乾淨的廁所，以為有什麼，但只是被遺棄在那裡，有一點嚇到了，他反覆告訴自己不能急，不能著急。

瓷磚還是瓷磚。花紋沒有，龜裂也沒有。也沒有壁虎或蜘蛛。

白露來的時候，天空沒有料到這個狀況。當時白露走在前面，白露的父親走在後面，基本資料顯示他剛滿十四歲，在這個一般人類最醜的年紀，白露有玻璃的五官、掐絲的輪廓、截金的髮絲，耳輪像柳葉，腳踝像弦月，鋒利妖豔，不穿時行的素衣，衣著部件多有紋繡、流蘇、羽毛與甲拔，頸項手腕髮際滿墜鈴鐺與貴金屬，像是行走的祭典。年輕的客戶，天空遇過很多，無一不漂亮，無一不完美，無一不是重重篩選過的精子與卵子，有最好的基因表現，天空從來不因他們年輕而掉以輕心，事實是他們永遠非常複雜，他們的複雜恰來自內心的純粹，相形之下所謂複雜的大人們的反而易於各個擊破，往往經常簡單到令人遺憾。純粹的危險之處在於它中立而沒有動機，它自己本身就是動機，有原因有圖謀的邪惡就有對治的罩門，冤者解冤，結者釋結，但真正無懈可擊的邪惡必然基於一片天真，帶著兒童的無方向性的遊戲心。這種純粹經常無日無夜將年輕的人們支使得團團轉，如果是血氣漸衰的成人，早就筋疲力盡，但他們偏偏不會筋疲力盡，只是發高燒，「純粹」是他們的免疫系統，人類整個青春期就是犯著一場巨大的過敏而過敏源是全世界，因此有些時候，天空不太喜歡這類的工作，他記得一個年紀大不了白露多少的少女，名叫雲母，楚楚可憐，無限的愁，遲遲不語，不語更纏綿，那時天空進去她裡面，看見金碧輝煌的殿堂，雕梁畫柱，鏤金錯銀，無數水晶明鏡反覆對照，無數骨瓷器皿，天空在正中央的櫃子裡取出一只家徽茶杯，描金杯口的飾緣缺了一角。

離開代理艙後，雲母溫柔地說：「這實在太好了，能原諒他們的感覺真好。」

天空很疲倦，沒有接話，雲母更溫柔地說：「我身邊的人都不夠重視我，他們只把我當作一個普通的漂亮女孩子，我一向都在忍耐這一點，我很順從，努力表現，希望大家心悅誠服，理解我跟其他人不是同在一個平面的人，你必須明白，我們如果把一個人拆成血統、外型、才學、情致與內心的縱深，我沒有一件事情是打折扣的，這有多難呢，這太難了，大家不該用同一個平面的方式對待我，這對我這種人太不公平了。太不公平。可是真神奇，我已經完全原諒了他們。可是我想你不會明白這種心情——」

天空粗暴地打斷雲母：「我當然明白。我們剛剛才從代理艙爬出來你在講什麼我不會明白你心情的這種蠢話。你不要說下去了，我不必也不想也不應該知道你私人生活的細節，這違背我的工作原則。」他那時已經開始在消化雲母的痛苦，因此有點失控，雲母的痛苦屬於怨毒一路，發作最快，後勁最久。確實，「痛苦感」的輕重與「痛苦事件」的輕重，不一定成正比，雲母的痛苦事件很小，但痛苦感很大，幾乎接近一個因車禍而失去雙臂的鋼琴家，天空不能對此說什麼，只能盡力維持自己的職業道德，勉強說服自己痛苦是主觀的，痛苦是不能被評價的，痛苦票票等值，至少他的收費等值，既然等值，他就沒什麼好褒貶的。雲母憐憫地看著他：「你真的不明白，就像我現在也完全能原諒你。『原諒』這種高貴的心情是很特別的，那是不可能人人都明白的。」

天空不知道白露是否也這樣，白露的父親說，這是他十五歲生日唯一想要的東西，講這句話的時候這個聲如洪鐘的大肚漢有一點悻悻然：「我們家族沒有人在做這個的，問他有什麼不高興，也不說，到底是哪裡不開心。」白露只是笑了一笑，任何人都看得出來這個父親不可能拒絕白露任何事情。白露的父親在太陽走得到的地方，擁有盆地諸湖與孤島間所有的通勤船與一半的觀光船，在太陽走不到的地方，擁有利器、淨水與藥物。而白露則擁有這個父親。尾隨在他們身後的是八個客製的人造保鏢，等高一九〇公分，金彩赤面，很浮囂，陣列很招搖，白露的父親得意洋洋地告訴天空：「他們都有名字的，但是我不太記得我女兒記得，你告訴他他們叫什麼名字。」

白露點點頭，「他們叫青除災、黃隨求、赤聲火、白淨水、定持災、辟毒、紫賢、大神。」

「哪一個是哪一個呢？」天空心想他們長得一模一樣啊。

「隨便啊，沒有哪一個是哪一個。」白露說。

天空聽了好笑：「取名字不就是為了分辨誰是誰嗎？」

「只是一個感覺而已啦，沒有分那麼細。」白露的父親說。「反正叫他們也不會應啊。」

天空把白露的父親安置在起居室，半弧形的等待室裡有全息投影光幕，也有吃的，白露的父親點了牛肉麵與鐵觀音，想一想又點一籠叉燒包，如果他累得不行，也有舒眠膠囊，幾年前天空整個更新了這個等待室的硬體，頗可人意，如果什麼都不想做，只想無聲地靜一靜，那麼按一個鈕，地磚的顏色會全部抽掉，五秒內漸漸褪成透明，可以看見腳下滿山遍野的蘆葦。白露的父親非常愜意的樣子，說：「你們就慢慢來，青什麼、黃什麼、赤什麼、白什麼，反正就顏色那些啦，你們跟著白露。剩下的四個留在這裡。」於是其中四個就自動分成一撥，於白露前後左右魚貫排列。

「咦，這樣看起來他們還是知道自己誰是誰啊？」天空說。

「他們不知道啦，」白露回答，「他們共享一組無線中控晶片，晶片裡有語意分析功能，所以只是下了一個指令讓其中四個留下，另外四個跟我們走而已。」

「真有意思。」天空說。帶著白露走了出去。

●

一路上他們沒有說什麼，也沒有好說的，天空馬上就要完全接納白露說不出口的任何東西，還要客套什麼，所有的閒聊都顯得又假又煩。至於白露，此刻他對天空的評價很高，十分值得納入他們的計畫：他看起來有點虛無，轉速有點慢，慢得很剛好，差一點點就是遲鈍，當然他們這一行的人看起來都很虛無很遲鈍。但最好的是他大多時候隻身一人，而且年紀不大，年紀大，也不是不可以，但就不夠好。

「你都不跟客戶聊天嗎？」穿過水廳的時候，白露說。

「不太聊。」

「我沒有做過耶，好興奮喔。」

「嗯，會緊張嗎。」

「我有什麼需要緊張的嗎。」

「應該沒有。有些人不太喜歡那個房間的樣子，不過進到代理艙裡就什麼都看不到，不用擔心。你要喝點水或上個廁所嗎？」

「沒關係不用。」

白露一點也不會不喜歡深處那個房間，他覺得非常美，整個房間紅光洋溢，有紙燈籠、中央有神龕，神龕上擺滿白露叫不出名字的小東西，其實有很多天空自己也叫不出名字，是一代一代留下來的，以前據說每一樣都得用上，每一樣都有意義，現在就只是好看了。其中一面牆壁嵌入一組冷光閃閃的代理艙，另外三面牆壁很厚，無一髮間距地滿鑿內凹鏤空或刺凸而出的硬木木雕獸形，有牛的頭與馬的臉，有巨龜與大蟒，有風獅，有塗了黑漆的虎，也有gargoyle與chimera，也有象神伽尼薩。「可以摸摸看嗎？」「可以啊。」天空開始焚香。擊缽。以紅綾蒙上臉。白露也不注意，只是上下撫摸，左右耽視，樂在其中。

「準備好了嗎？」天空說。

「好喔。」

●

天空實在覺得沒有辦法，開始敲打牆面尋找缺口，或者會有暗門？其實有暗門也是一件很糟的事，有一句行話說：「門內有門，非災即墳。」這代表當事人狀況很不好，心魔太裡面，已經盤根錯節，吃進人的命裡，代理人通常不會打開，寧可直接登出，但那至少也有個說法，都還算件好事。天空踏住一塊一塊的瓷磚，一腳一腳發力踩下去，也沒有任何鬆動的樣子。

他在中間抱膝坐下，又立起身，又坐下。天空茫然地想這像是開他玩笑，或者是考較？或者像是試招？他在古典小說裡讀過這一類傳奇故事，例如兩個人鬥法，其中一個剪下紙人，散成滿地雄兵千萬，另一個就對烈日搖旗，頓時太陽變形成一只葫蘆，將紙人都吞吸；剪紙人者，又冷冷一笑，擺動手裡銅鈴，那葫蘆就不斷膨脹，最後爆破開來，落在地上，原來是已經碎裂不堪用的羊皮小囊……天空低頭想著這些，看見自己不存在的白色的衣襬忽然都染紅了，嚇了一跳，站起身來，衣襬卻又潔淨如舊，他看見地面上不知什麼時候滲出了血。

「原來如此。」天空鬆了一口氣，「這些小孩子真的是很麻煩。」或者是說那是一看就覺得應該是血的東西，也不算多，也不算少，一個巴掌的形狀，帶有奇異的鼓脹的表面張力。

問題在於這要如何帶出去？天空下意識拿手抹，左手抹，右手抹，雙手也抹，抹過，雙手慘白，一抹再抹，血還是血，形狀範圍，安然無恙，也沒有凌亂的痕跡，未曾變多，未曾變少，天空手中沒有冰冷的感覺，也沒有溫熱的感覺，鼻子裡沒有腥氣，應該說任何跟生命相關的感覺都沒有，他一膝跪地，不知所措。出神半晌，最後靈機一動，俯身平貼，五體投地狀態，將臉就著它，開始默默舔舐。此時一個巴掌，就慢慢變成半個巴掌，又慢慢變成三根手指，又慢慢變成一根拇指，最後變成了一根小指，接著小指節，接著小指尖。天空起身，嘴裡也一點味道都沒有，可是天空心中知道那就是血。

成為代理人，有記憶以來，從來不曾這麼倉皇艱困，也是第一次完全沒有把握：一旦白露腳步輕鬆地離開之後，等待自己的會是什麼呢？天空打開艙門，踉踉蹌蹌地出來，像跑過了全世界一樣喘，他扶著牆壁盯著仍在隔壁半昏半睡的白露那寂靜的臉。白露的父親在等待室裡早就吃完了牛肉麵與叉燒包，還又多點了一盅紅豆湯，正欣賞介於剛入夜與天色全黑之前充滿膠質的天空顏色，而他們門外的也不是青除災、也不是黃隨求、也不是赤聲火與也不是白淨水，四具金剛神將人形，在陰影籠罩之下，毫無動靜地矗立。

——原載二〇一九年三月《印刻文學生活誌》第一八七期

一九七九年生於台北，政治大學哲學系畢業。曾獲時報文學獎、聯合報文學獎、林榮三文學獎、金鼎獎等。散文作品連續七年入選台灣九歌年度散文選，另亦入選台灣飲食文選、九歌年度小說選等。著有散文集《背後歌》、《感覺有點奢侈的事》、《我與貍奴不出門》，小說集《海邊的房間》，採訪傳記作品《寂境：看見郭英聲》等。

失戀傳奇——羅浥薇薇

飛機離港的時候，我覺得自己好像失戀了一輩子。

每一天都在下雨，雨好合適粵語，我半聽半猜疑地在油麻地的街市買一袋柑橘，一小瓣一小瓣剝開來，一分鐘完食一粒，七八粒下肚就餓得頭暈。我一直感覺這酒店是斜的，只容得四人的故舊電梯攀樓腳步微顫且慢，圓形凸起的按鍵揿下，抬眼卻不見樓層顯示，這樣盲著抵達，與兩名舞蹈系學生打扮的女孩擦肩，北京話聽起來好響，一顆字一顆字跌在暗紅色毛地毯上。拉開厚厚的窗簾，十一樓的雨水與其他樓層並無二致，馬路那頭的大樓窗緊掩著灰，彌敦道上拖著箱子走的遊客避無可避，低頭緊緊前去，這粗糙拉皮的大廈隔間還嗅得出新漆底下牆上畫報膠水的陳味，我脫下外套，掛在空調前風乾。

大舅的筆記本帶在身上，連第一冊也讀不完，一方面是手寫字跡難辨，影印兩三回之後景況更慘烈，樂妹給我重謄過的只有七頁半，我把它們裁剪之後一張一張浮貼在影印裝訂成A4大小的筆記頁上作對照。樂妹眼睛不好，跟文具店的男孩說請幫我放大，男孩拿出各種裝頁的範本與封面紙張到她面前，英語說得快了，樂妹跟不上，回頭望我，我上前跟他說就活頁裝吧，最普通那種紙就好。「要綠色。」樂妹指了一個湖水綠的紙樣，男孩低頭把編號抄下，拿起日記轉身。

我不常見大舅，大概是我六七歲的時候吧，他才到了芝城，身無長物，親戚介紹他到湖景區的一間大賣場做包裝員。小時候幾次在賣場見到他，他總咧開煙黃的大牙笑了摸著我的頭，用鄉音喊我的名字哎呀哄頭哄頭，鴻圖，大鳥的意思。我感覺他是個樂觀的人，每天重複同樣的事：抽塑膠袋、給客人裝袋、雙手提起塑袋給客人，他沒有一絲厭煩的神色，每次動作都像第一次動作那樣精神奕奕。表妹時常勸他別做了，腳本來有舊傷，久站都不好，他背著耳日復一日晨起打卡，一裝袋二十年就過去。母親跟我說舅舅來紐約之前在廣西做醫生，我後來想起他工作的畫面，在生蔬魚蝦和南北乾貨中間抖擻，就像得了什麼天大賞賜那樣全心全意。

大舅過世半年後的某一天表妹打來，說整理舅舅的遺物在書櫃最上頭發現用速食麵紙箱封好的十多本回憶錄，通篇中文草書寫就，卻在每本筆記本封面都正經標上Memoirs of OUYANG YU。一個中文字也不識得，表妹央求舅媽說給她聽，她母親極不願意，「人死都死了，有什麼好記。」

「她不許我拿走，我趁隙偷偷去印了一份，你中文比我好，替我看看。」

「我有個台灣朋友，或許可以幫上忙。」我握住聽筒，幾乎是立刻想見樂妹。她低頭沉默細讀的時候睫毛會如蛾翅閃動，那模樣在尚未送達我手的回憶錄前栩栩現形，彷彿下一秒就要成真證實我此城有她。

我城有她似手捧細沙。我在紐約遇樂妹的時候她正坐在往布魯克林的地鐵上讀一本中文書，我從拉法葉街上車，站在她斜對角，看見書封底有一名披著白袍的東方女子垂目而行。我認得這個女人，我的母親讀她的書，我記得她嬉皮樣子的中分長髮，一時想不起她叫做什麼名字。等待父親的清晨母親坐在床前讀，母親憂鬱，時光過去日光響起，父親沒有打開門，我的中文耳朵與眼睛罩滿濃霧，如入夢境，母親放下書本流淚。深夜車廂裡我身後的西裝男人沉默著被酒淹沒，她身子歪歪地捧書，一頁一頁，側著頭像清澈的水滴要落，我的心情一下子很激動，忽然想把雙手伸過去接。

「請問，」我走到她面前，「妳在哪裡買三毛的書？」

週日的中環交易廣場不意就侵門踏入他方的公共廳堂。天橋上滿滿是席地而坐分享吃食的菲籍印籍無籍男女，有人唱歌，有人安靜編織，相剪髮上髮捲，堅硬劃傷都市的路橋底下女女臉貼著臉看平板電腦故鄉影集。我無有主張地跟著人上電扶梯又下，見到站牌底排了一列人，也隨著站過去。這次回港，是我第二次回港。母親說一歲的時候外祖父過世長途奔喪帶過我，當時本想此行不妥，但偌大美利堅無人可託。「你父親那時生怪病，一從床上要起身就無理暈眩，根本下不了床。」「我請了好幾個師傅來家裡看，都說新搬的家宅風水凶。

家臨懸崖，愁人愁財。」「你還那麼細小，我也無心離你。」父親十分英俊的人，聳高的鼻梁和海深的酒量，據說是得自曾祖母的俄國血。我父親是個見縫就鑽營的商人，母親是我見過最浪漫的女人，他們的愛情總給我一種既膚淺又深不可測的感覺。有一回我在家翻出一捲錄音卡帶，放進收音機裡一壓play竟是母親吳儂軟語給父親三十分鐘那麼久，不像是有草稿，一段一段，先說了粵語再轉念英語。我不知道母親為了什麼要說粵語情話給父親，我知道父親沒有可能藉此練習。母親聲音既低又婉轉，我聽了一次之後倒轉回頭，把卡帶收好進盒放回原處，沒有繼續聽另面。

搖晃著走上巴士上層的最前座，車一開駛便感覺自己坐在鼻尖，加速停頓都在勢難擋，我不了解巴士開往何處，只是外頭淒風苦雨，很想避進安全的物體，定速向前挪移。隔了走道的另一對座位是個帶了孩子的好看女人，孩子坐不住要鬧，她太極一樣換手移形讓他輕靠在扶手上，臣服於輕微危險的興奮感，男孩安靜下來。我開始讀大舅，他說六五年五月十六日是文化大革命的開始：

「六五年底，縣城來了第一批串聯過來的學生，這些大專院校學生，還有的中學生，離開自己的所在學校發動活動，全國跑。打著革命大串聯的旗號，拿著學生證便可辦革命師生串聯乘坐火車證，聽說有的省市比如杭州，憑學生證吃飯住宿也是再普通不過的事。當時火車非常不正點，四處串聯的學生有從車窗擠爬上車的，有躺在車座下的，車廂毀壞破損，人們氣趾高昂，有的是一心宣揚毛澤東思想，開鬥爭會劈頭便『階級鬥爭、一抓就靈』，有的藉機遊山玩水探訪親友。來到醫院的學生，幾個男孩子不由分說爬上門樓把人民醫院的『人民』二字徒手拆了下來，說你們的醫生是知識分子資產階級，你們的醫院專為地主老爺服務，一定要聲討打倒。到處找人針鋒相對，找護士、病人，圍攻院專，學生戴上了紅衛兵袖章，誰也不敢惹。隨著時間進展，人心彷徨，空氣緊張。」

難字許多，尤其難的是字懂詞不解，樂妹把無法辨識筆跡的字用鮮紅色標注起來，說等整個讀完進入文氣再回頭校對一次，到時還可以替我把難字做英文注解。她寫給我的信都會在中文字底下用細細的鉛筆畫線註記，她寫很多信給我，有時我想這些信真的是給我的嗎，我都不知道她有這麼多話對我說。

交筆記本給她的那日午後約在自由公園，她坐在河畔的長椅上翻開來讀眼睛神亮，你看你舅還在序頁寫了首五言絕句，她指著龍飛鳳舞的字：「回眸一剎那，刻刻黃金縷」。天氣大晴，我們身後的草地上三兩躺著人，大鳥成群飛過，一名抱著幼女的華人男子走上前，「請問可以替我們照相嗎？」男子身穿飛行員夾克，說話帶著濃濃亞洲口音，身後兩老啞笑。樂妹接過相機，問他們哪裡來，知道都從台灣，所有人的臉像時令鮮花一刻鬆開。他們彷彿重逢故知快速交換身處的座標與未來星象，我沒有見過樂妹這麼放肆的笑容，我想聽清楚一些他們的談話，耳朵一緊更失準，樂妹就真的漂遠了。最末樂妹指揮一家人站在哈德遜河邊背著夷平的雙子星大樓，風大，三大一小都瞇著眼緊抿嘴唇，走時滿頭華髮的奶奶深握樂妹的手。

「我該走了，」樂妹搖搖手上的筆記，「這個，我們去印一份？」

我送她回丈夫與孩子的地鐵站，擁擠的通勤列車上她揪著我的衣角，車到站門張開，囂俗現世有一名小喇叭手吹奏靈魂，我放她走進他人的靈魂。後來我在自己的手機上安裝了中文輸入法，有那麼一瞬間我想更深入她的世界一些，開始與世上更多與她有關的事物感覺親切發生關係，但同時我深深厭惡她的坦白，那是兩手一攤好無所謂在對我說：這便是我，要不要你自己定奪。那是假開放與惡的自由，遲早使人發狂。雙層巴士錯過跑馬地快樂谷海洋公園又過港，路經的新樓全都危顫顫地向上攀，車上的人漸稀，我最後在總站落車，四面荒蕪，路都臨海，雨沒有停。我向簷外踏了一步便收回，倚牆想等下一班回程巴士。大舅方寫到表姐出世，當夜他值急診班，沒來得及進得產房，聽說生了女孩，趕緊騎單車回家煮幾個滷水蛋進病房。他用很清淡的語氣說生活不致變化太大，但大革命的形勢是愈發不可收拾地險惡。

「十月底一天，我與外科醫生傅武在沙子坪與一些群眾打嘴巴仗，話傳回醫院說我們給圍攻了，文鶯向領導求助無果，日日流淚。傅武與我孩子都小，兩人在巡迴醫療所惶惶不安，也天天思索如何返家。有一日凌晨，天才亮，吃了點東西，我們就出發了，單車是跟當地人借的，前夜晚飯時我倆就沙盤推演，定出幾個原則策略：第一、輕便上路，不攜行李。第二、行大路為先。第三、兩人維持百米距離，有事前後方便照應。出門前我們都很沉默，幾十里路上一直趕，頭也沒回，好在一路不見人，只到縣城入口幾個紅衛兵執著鐵矛，來回行守站崗。進醫院，藥局的袁藥師見我，上前搭肩問候，見到醫院大家平安，心情這才輕鬆一些。」

「有一晚時間已過十一點鐘，家門忽然啪啪好大聲幾下，是醫院裡的會計古威喊著要我開門。我門一開，七八個男人突地撞入，兩個持長槍的大漢鎮在門口，氣勢嚇人。其中一個小個子的開口：交代你的問題！我說什麼問題？我這人沒什麼問題！旁邊眼睛細長的男人忽然大聲說：『搜！』，我還來不及應話，所有人扭頭就開始破壞書架、衣櫃、餐櫥，翻箱倒櫃，連衣袋夾縫也一一拆下檢查，所有書信也全都攤開來一封一封細看。這樣折騰了好幾個小時，他們讀到一封暖暖寄來的家書，劈頭這樣寫了：『哥哥，有一件大事，想與你商量，但仍有忐忑，還是等過一陣子確定下來，再同你說明。』這下子不得了，一群人輪番訊問我大半夜，反覆問『這大事，究竟是何等大事？』」我說：『信上已寫得雪白清楚，我也還不知是什麼事哇，如何報告給各位？』他們仍是不死心一直要我坦白，供出實情，就這樣抄家問話到天都亮了，也沒有結果。臨走一幫子人土匪一樣搬走我成套的文學典籍，《紅樓夢》、《水滸傳》、《儒林外史》，和這幾年苦心收集的外國郵票，就算是交差了事。最氣憤的是美堂公送我父親的一幅字畫『秉公好義』，父親生前書信，也全部抄走，無法無天，實在教人驚心。」

我的母親暖暖，時值一九六六年，母親十九歲，在香港遇了大事，要跟舅舅商量。後來事情處理得如何呢？我沒有從母親或舅媽口中獲得任何線索，絕大部分原因是感覺難以開口。我沒有見過舅媽流淚，連大舅的告別式上也沒有，她只是看起來披了張無邊疲憊的毯，給壓得駝身難起。告別式上人們說話沒有必要使用任何為生存而穿戴的語言，我站在外邊看，像聽一齣香港電影。這使我想起很小的時候，母親會從不知哪個親戚那裡拿來一些成龍電影，把電視機開了，自己就做別事去。盜拷的片子聲音和字幕時常對不上，遲了幾句時間事小，有的搭上的根本是別片的英文字幕，我和弟弟眼耳殊途地坐著聽許多迷蹤的粵語打鬥一個下午。

離島橋下的巴士總站黑壓壓的，每條車都像穿越時空終於歸來。回程巴士再來之前我已讀完樂妹整理過的部分，她沒有再寄新的稿子過來，我不再撥電話給她，大舅與我再次斷軌。我想試著自己讀這第一冊的結語，掀開筆記背頁，看到樂妹極輕的筆跡，字很潦草，還有幾句幾乎要糊了。怕是幻覺，當著海風島雨我一個字一個字念出聲來：

「鴻圖：

紐約和她往常一樣，捉摸不定地下起雨了。我剛從一個新朋友的studio回來，她擁有一架滿是刮痕、光澤動人的大提琴，她很會招待人，連像我這樣不容易和人親近的人，都默默放鬆了。

清楚地意識到自己已經不會在這個城市的任何轉角偶遇你，雨和雲穿過眼睛降落在我心裡。

樂妹

2010.5.16」

往台灣的離港航廈和機場主建築有段距離，迢迢趕往的路上什麼像樣的名牌免稅商店也沒有經過，我飛過長長的海洋到幾個已無親亦無愛的島，幾隻鬼一路伴我睏與醒，伴我彎過洗手間旁的走廊，放眼看見整場被流放的東方臉孔像等待了半世紀一樣飢餓不平。分開那天我直到最後才說出口，公司調我去愛爾蘭，下月就飛。她頓了一下，說我會把回憶錄給你整理好寄去的，我說沒要緊我知道妳忙。她穿了一件寶藍色的罩衫，搭配純銀的垂墜耳環，細長的頸子慵懶伸著，大概不會再見到面了我說，她拉了一下領口像把埋藏許久的伏筆都無疑收入，是啊她說。再見你時再見了。短橋前我們如毫無芥蒂的朋友趨前擁抱，揮手再別，沒有互送。我心想一切都比想像中簡單太多，我們沒有什麼理由哭斷心腸，然後雪下來了，我伸出手接起來看，忽然想跑，就跑了起來。我無視燈號，過整條五十三街，越跑離地越高，雪濕短髮之際，樂妹的聲音遠遠追過來：哄頭，哄頭don't run。我停下來，回頭。她不知在後跟了多久，臉給路燈打得殘殘的，她喊我名字的聲音像很細很細的螞蟻一路爬進我的眼睛，嘴唇緊跟在後將光線封起。我們不再說話沉醉在黑暗的愛情裡。

——原載二〇一九年五月二十六～二十七日《自由時報》副刊

著有《騎士》（寶瓶文化，二〇一三）、《情非得體：致那些使我動情的破美人》（逗點文創結社，二〇一八）、《失戀傳奇》（時報，二〇一九）。現職為全職家庭主婦、不自由創作者。

芳鄰——陳淑瑤

晚飯後她悶得喘不過氣，藉口買東西出門，換衣服時那張著魔的卡片氣若游絲哼著生日快樂歌。在賣場排隊結帳白晃晃的光瀑搞得她暈眩加劇，捱到前面剩一個買兩包洋芋片的年輕人，她晃到站不住蹲了下去。

母親午睡時她悄悄翻尋那張向言永表白的明信片，找個不打緊的東西原本是件小事，不知不覺認真起來就什麼事都做不了了。地毯式搜索是一種可怕的精神動員，翻山越嶺，遊走於瘋狂邊緣。那張卡片貼著小收納箱，一個蒼茫彩影向她招手，卡片一打開，壓扁的生日歌甕聲甕氣唱了起來，光署名「晴美」，無任何其他，她想都不想即闔上。誰知那歌斷不了，如何按壓那顆黏在紙上的磁片都沒用，只好關進衣櫥的背包裡，讓它盡情地唱。唯一的收穫是讓一組小木偶重見天日，哲亮的小孩或許會喜歡。

因此連著兩天母親憶起她的同事「晴美」，她這輩子收到的唯一一張音樂卡片。電力耗弱，像被餓死的雞，「祝—你—生—日—」音符拖拉歪扭，日夜幽鳴，她亟想將它當垃圾丟掉，但母親受得了，沒事還跑到衣櫥邊聽它悶哼，她氣她受得了。夜裡她想著那明信片該不會被母親藏起來了，進而夢見她照著上面的地址寫一封信，想約那男孩子出來見面，但實在很難措詞。

對面余媽媽現在常來她們這邊坐坐，上午時間兩邊門戶洞開，余家兩個媳婦不約而同買給婆婆的兩部不同品牌的多功能手推車，能當椅子、輪椅、助行器、購物車，她不好意思收起其中一部，也不好意思說另一部歡迎楊媽媽使用，只好一起擱在門口。

兩個媽媽交心是從那天早上，余媽媽的門不小心關上，楊媽媽出來關心，兩人貼著鐵門聽屋裡播放〈卡農〉，余媽媽說那是二十二年前兒子從日本買回來送她的禮物，那時他有個日本女友。滷肉釀災那晚楊媽媽更是殺到對面把她接過來，總監追過來繼續嘮叨，楊媽媽突然拍桌飆淚要她管好自己的事就好。

當晚余家大兒子接了總監的電話並未趕來，不久小兒子在樓下給總監逮到，加倍奉還的教訓起這些失職的後生晚輩，忽然話鋒一轉，建議他不如給點錢找「對面那個楊小姐」幫忙看顧余媽媽，又知之甚深地說：「這年頭有錢也不一定能辦事，人家爸媽的退休金、保險金就夠她用一輩子了，嫁不出去也就算了，不知道現在治好了沒，她爸還沒過世她就先得憂鬱症了，我看她那個媽問題也不小，我看是比她還嚴重，有那個基因……」「這年頭有點憂鬱不是很正常！都不憂鬱才奇怪哩，我現在就很憂鬱！」余家小兒子聽不下去欲堵她嘴，誰料愈說愈過分，「偷跟你講，你多觀察，那已經不正常了，很多事很奇怪，正常人不會這樣……」過後她更擅自在余家門外張貼「小心火燭」，沿牆一路貼進電梯。吉永早受夠她電梯裡那套「生命共同體」，一氣撕光那些貼條，碰巧余家二兒子偕妻子上門遞名片，仍得好人家好氣質的模樣，將名片收下豎在玄關鞋櫃上。不到兩天，那兩張雪白的名片在敲打聲中倒了下去。

電梯內張貼房屋整修公告，這回出現在她們樓下，吉永從山上回來經過警衛亭給組長攔下來介紹給樓下女主人，趕忙將手上一片青苔樹皮藏到背後，年輕貌美的女主人滿口不好意思，吉永只是在想許久沒看見人穿大蓬裙了。

隔間全打，天搖地動，第二天火力全開，兒子來帶余媽媽出門，比手畫腳找楊媽媽一起走。楊媽媽婉拒了，一個人在屋裡顛沛流離，躲著轟炸路線，捧打助行器，眼珠子上下打轉欲抓出他們震裂她屋子的證據。

吉永開門，楊媽媽沒聽見，還在兩秒的轟炸間歇回嗆人家王八蛋，從聲音到肢體都怒髮衝冠，人和空間都在晃動，吉永罵得比她還大聲，促她快去準備出門。震耳欲聾，兩人交相嘶吼，落荒而逃。

她帶楊媽媽到附近一家日式速食店，假裝沒瞧見余媽媽和兒子在裡面，楊媽媽興致高昂的享受買來的恬靜，不一會兒開始無聊東張西望，發現余媽媽，久別重逢般趕過去訴說。她拗不過余媽媽直喚「小楊小姐！」過去聊幾句。忙著看報的余家小兒子當笑話說給她們聽，

「那個管很大的女人」建議他找「對門那個楊小姐」幫忙，問那個女人怎麼回事，怎麼以霸凌住戶為樂。她們聽了都翻白眼。兩個媽媽合力慫恿他去忙去，她們要再點抹茶霜淇淋來吃。兒子一走開，余媽媽說：「開口閉口說她在做功德，長眼睛不曾看過這種女人，現在是民國幾年？哪個鄉下？母夜叉……」楊家母女都笑了。

隔天她們仍然待到忍無可忍才來這兒避難，坐著打盹，腰臀發疼遂去公園踱踱。吉永提議坐車去吃日本料理，母親眨眼睛，示意別走遠。

第四天強震過去了，電鑽往耳裡的銅牆鐵壁穿鑿終於結束，沒想到打裂木料的聲響貼近日常，更暴力更真實，更是心理霸凌。吉永試圖憑靠流理台的直角站著，還做不上事，眼看著收集魚石的玻璃瓶給震落到地上。她開門想分散聲音和振動，余媽媽也開門，劈頭就說：「哎喲！我心臟不好……」母親說她屁股沒肉坐不起來，出門兩天累得起不了身，用棉球塞住耳朵，側臥把一隻耳朵壓在棉被上，另一隻用手和棉被蓋住。她笑她做手捲，她說挺舒服的，襁褓中雲遊。

她們動身出門，在粉塵瀰漫的電梯裡不發一語，路上遇見總監打招呼也不發一語，彷彿聾了。失魂落魄直走到路口也不討論去處，一個穿制服背書包的少年打面前走過，余媽媽說：「怎麼今天不用讀書？」母親懶懶的看著他的背影回答：「要去圖書館吧！以前，楊吉永你不也是！蹺課去K書……我們也去圖書館看書啊？」余媽媽問：「圖書館可以吃東西嗎？我帶了一點腰果和青葡萄乾……」

吉永腳步一停便覺搖搖欲墜，催她倆：「那走吧！去看個報紙再說，那裡有老花眼鏡！」

閱覽室擁擠，老花眼鏡都被拿光了，吉永靈機一動將她倆帶到樓下兒童閱讀區，費了點勁讓她倆面對面坐進合併的課桌椅內，發給一人一疊繪本，自己盤腿坐在一旁泡綿墊上翻閱童書。

「我們坐累了也要去你那裡坐！」余媽媽把書直立在桌上，兩手各執一端。

「坐下去就爬不起來了！等一下真的得爬著出去我看。」母親嘀咕。

「好啊！這裡還可以躺，我回去拿被子！」吉永俏皮地回她。

「還想躺咧！」母親嘆了一口氣看著窗子，一臉煩憂。「你去你的山上！好幾天沒去了……」

「去動動好，趁年輕有力，我們剛搬來去爬過一次，復健了半年還不好……你看！我書裡也畫一座山！」余媽媽也勸她去走走，她們有伴。

山上也有工程在進行，發電機噗噗作響，像放在後頸上抖動的電動按摩器。

「你沒發現多出了好多木瓜樹，都沿著邊坡，擋住視線，不知道誰沿路亂撒種籽……」

「木瓜樹不好嗎？」

「怎麼會好？那是庭園裡的樹，果園，這不是你私人的果園，山就要有山的樣子……」

吉永聽到她們討論木瓜樹，發覺自己已經穿越工程停下來仰臉盯著樹上的木瓜。一隻松鼠跳躍兩公尺，從一株瘦樹到木瓜樹上，兩腳勾住樹幹，頭下腳上啃著長在最下面的那顆木瓜。

吃了約五分鐘，牠繞樹幹一圈，自另一頭啃食同一顆木瓜，角度也許不順，也許飽了累了，很快結束，又循原路回那株瘦樹。樹上十多顆木瓜，唯獨那一顆被松鼠鑿食，幾乎成了空殼。

沿途多了一些木瓜樹，一桿桿如傘蓋插在欄干外邊坡上，她被那段話和那隻松鼠點醒而回過神來，她寧願什麼都不想地穿過這條綠色大街。那女人為何排斥木瓜樹，它單調、不偏不倚、沒什麼蔭子、只為果實而生，通俗。

落石在路面上留下黃泥印子，擊落迸開的痕跡一閃一閃如星光的表現手法，中心點一顆顆五十元硬幣大小，散布在六、七步的範圍裡。

大落石砸凹的路面填平後，每當行人快要遺忘這個補痕，「外星人」三個字又被寫在這塊四、五雙鞋大的水泥補丁上。最初一層灰白平坦如薄冰，她不曾打上面走過，但上面已出現裂紋凹陷。今天有個電路圖在上面。

「阿飄」意即鬼魂，她走在路上就像個阿飄，瞥見一名素衣婦人彎腰對著梯邊花盆搖動扇子，跟上前去，梯邊連著三個花盆種含羞草，葉子全被搧闔起來了。

再回過神來，人已站在供桌前面反射動作地膜拜過了。桌上兩束瓶花供養到了生命盡頭，委靡殘缺慘不忍睹，不出這一兩日就會被拋出露台，落在堆積香灰的坡地上。有時花束卡在簷邊樹枝上，她邊爬梯邊仰望，花束裡猶有幾枚亮眼黃花一息尚存。眼前垂死的花各有敗相，那小太陽花最糟，被塑膠頭套框撐住，整臉發著灰黑黴菌，外圍一圈花瓣完整無缺強顏歡笑。另有紫菊、小黃菊、康乃馨。姬百合空掛著一片色衰的粉紅花瓣一支花心，白百合花瓣掉在桌上，一正一負，彷彿擲筊。還有一種黃色稻穗狀小花。五花八門、龍蛇雜處，佛系花束之美她欣賞不來，也正是它的哲學所在——這就是人生。

她轉身逐字默念《心經》，墨紙金字樸拙渾圓，右側伴有一行注音似的日文小字，使得中文字乍看彷彿異國文字。約是她半身長的經幅裝裱於狹窄的栗色木框內，覆蓋其上的透明封殼濃縮著一幅豐美的映像：兩串殷紅流蘇垂懸於右上角，右下是暗沉的香爐瓶花；左上角一條細長燈管，燈管映上了油亮如枇杷膏的天花板，澳亮一長條，細看，燈管下的蛾也在裡頭；天花板與燈光相輝映，一灘灼亮紅豔媲美火山熔岩；左下角景深處有湖青的遮陽篷、篷外的天光和樹影，世人陸續上山走入漾著光華的框架，身影似社區夜間警衛的男人穿行而去。

兩百六十字《心經》，她從未能心無旁騖一次念完。

她猶豫了一下坐了下來。一個行步顛簸的男人正走過廟庭，他已緩下腳步，不像在山路上賣力傾馳，她甚至看過他搖晃身軀，幾乎是顛跑著上山，狀似被追殺。他也是常客，白皮膚，單眼皮，頸上搭著一條白毛巾，多半著短褲，不怕暴露長短不齊的腳，勤奮不懈，兩腳無粗細不均的問題。她猜想施烈桑觀察過這個人，可能還模仿過，方才設計出跛腳警衛這個角色。眼前這位先生也頗年輕，表情漠然略帶防衛性，可能每個人獨處時都像警衛吧。

她匆匆下山倒是心無旁騖，馬不停蹄趕到圖書館發現她倆並未乖乖待在兒童閱覽室，幾本糖果盒般的童書也被魔術變不見了。她不死心走到她們坐的那兩張桌子旁邊，目光投向一對在不遠處看書的母女，也好像是母子。粉藍色的孩子從母親臂彎和書頁中仰起臉來，等母親也跟著望向她，她投身到那塊粉彩拼接的泡棉墊上，動作大到像盜壘。

電話沒人接。

起身開始暈眩，持續快走能抑制或者忘掉這種現象。她從窗邊一條可愛的木梯通往樓上，兩個老人沒辦法走小木梯，需搭電梯上下。接近午飯時間閱覽室人還是一樣多，她掃視這群人，他們像被擺在架上的一些次級品，令人厭惡。她一一從旁探視面向電腦桌的人。綁著花頭巾還不算太老的婦人豎舉報夾大張報頁，像駛單桅帆船，那種了不得的姿態也令人厭惡，婦人突然抬望眼，用一種歡迎詢問的良善眼神注視著她。她想學松鼠不為所動，繼續急躁的自轉、愚笨的偵測，發覺櫃檯那位禿頭的資深館員像山上那株瘦樹，也用寂寞的眼神等待接受亂入者的求助。她斂起下巴調整步伐，不及反應撞上一座檯子，垂臉瀏覽陳列在檯上一冊冊年度好書，它們也一樣面目可憎。她縱覽整個檯面，不知怎的感覺這應該是座噴泉，卻乾枯了。

她敏捷地又爬上一座樓梯，像松鼠那樣看似隨機投靠，然而目標明確，堅牢的石梯，通往書庫。

她走過一堵又一堵書架，好像走過枯朽林區，角落有幾張獨立小桌椅，書架上無一線光，緊繃在架上的書冊狀似安定其實緊張萬分。她挺享受這種盲目和失蹤。離開書陣，牆邊有面鏡窗，照著靠近牆邊的推車上一列待歸位的書冊，它們排列在一起，未分類，偏偏這時候看來好像每一冊碰巧都是她想看的書，她目視它們映在鏡子裡的名字，反轉的文字，充滿吸引力。

正要伸手觸碰它們，自己卻像送行的人在列車開動前先跑了。乘電梯下樓時，她腦子不斷閃過尚待搜索的角落，自習室、洗手間、樓梯……或者去超商看看。

影像停止晃動，她看清楚兩個老婦人背對無障礙步道，面向馬路並肩坐在一張木椅上，一頭偏灰一頭偏金的銀髮在陽光下稀疏張揚，那背影一看就知道是愉悅的。她在斜坡道猶疑止步，繼續走動，眼冒金星，走道乍然陰暗下陷。再揚起臉，母親正好掉過頭來，表情有些錯愕，好像老師提早出現了。余媽媽跟著回頭，用手上的一杯飲料招呼她。

「晚上的警衛先生買給我們的，還有蛋餅、燒餅……」余媽媽急著跟她報告。

「他上山去了！」母親說。

楊媽媽打岔告訴余媽媽：「有直升機來了！要不要出去看？」

沙發是黏人的東西，兩人觀望著彼此的意願，起不了身。

盤旋聲中步出陽台，一架玩具似的直升機低低掠過山頭。

「他們搭直升機在空拍，不知道在研究什麼？唉呀！剛剛忘記出來跟她揮手了！」她想示範給余媽媽看，每次一說話就忘了。

「哼嗯！我也忘了！你看，真失禮，我把睡衣穿到你們家了！」

「有什麼關係！」楊媽媽看都不看她的睡衣，扶著圍牆巡視浮現的山路，「你知道他們在忙什麼嗎？那邊又垮掉一塊，要築擋土牆，不止這樣，山裡面也有，掉一塊補一塊，好像貼膏藥，新三年、舊三年，縫縫補補又三年，以前我們不是都這樣笑人家。那邊！那邊！也有一小塊等著要補，先用帆布像蓋什麼那樣蓋起來，猛一看還以為是瀑布……進去了！灰塵！整天挖東挖西的！」

余媽媽高出圍牆不多，放眼於大樓與山的兩岸之間，喃喃：「說要坐纜車……沒辦法，幸好山我爬過一次！」進屋把沙發上猶有餘溫的抱枕重新攬入懷中。

「你瓦斯有關嗎？」

「關了啦！門沒關，我們好心的小楊小姐去看過聞過了啦！」余媽媽說著仰起鼻孔漫空嗅聞。

「那人現在已經不見了，我們剛來的時候，早上七、八點，八、九點，十點，都看到他在那兒，上去下來，上去又下來，一直在爬山，好像蠶在啃桑葉，你知道嗎？白頭髮，沒穿上衣，一件白短褲，白襪子長長的，白鞋子，皮鞋，黑皮帶，都這樣，一身白，看起來比小楊小姐他爸老，身體還這麼好，倚老賣老不穿衣服，好像他家的，以前我們那學校一個老老師也是這樣，有礙觀瞻，跑步不穿衣服，雖然是下午傍晚，接近放學時間，校長也不好說他，他們推派我代表保健室去，我說，林老師，你這樣會著涼……」

「難看啦！老男人跟女人一樣，不穿衣服晃來晃去……胖還是瘦？」

「標準啦！你說人老……」

聽聲音樓下裝修剩些細部的工作在進行，偶爾傳來幾聲小器械釘鑽敲打不干擾，反而是她們想將它納入其中而故意暫歇無言，有那麼點鼓舞點綴的作用。不過，較難忘的畢竟是大動盪那幾日，現在只是餘波盪漾。

倒是山上工人的吆喝聲沒有減弱，也沒有隔閡，楊媽媽惦著話尚未講完。

「說那個先生那麼勤勞運動，不穿衣服就算了，大家原諒他老，見怪不怪，結果有一天早上，天突然暗下來，好像快下雨了，一群太太越走越快，趕著要下山，看到他，也不知道他是上山途中，還是下山途中，靠著山壁的排水溝蹲下來，脫了褲子就上起廁所，那個路不寬，你也知道，那群太太全嚇傻了，摀著嘴不敢講話，趕緊走另一條叉路跑了……像撞鬼了……」

「哎，身體好，不聽使喚也沒用，就是頭腦有問題了！」余媽媽掐了掐抱枕，「怕就怕這樣，丟人現眼！」

「果真後來就沒再來了，還不是住附近，搭捷運來的……不知道是被禁止，還是忘記路了……」

「你先生幾歲回去的？」

「七十三。我還大他快兩歲。」

「喔！我頭家八十三。我小他半歲。」余老先生多活了楊先生十年，余媽媽感到滿意，神情自若。

「這些男人不知道在急什麼……直升機！又來了！可能是同一架喔！哎呀！忘記把開水倒進熱水瓶了，」楊媽媽逕自起身，重心不穩往前傾。

「小心！小心！」余媽媽情急將抱枕拋到她面前，自己都笑了。

「我說用開飲機方便，燙到一次，兩次，她就說不要用了……不說我還真不知道，說鐵很容易散熱，我看還是再熱一下子，她要喝溫帶熱，嘴巴好像溫度計，多一度少一度都不好喝。」

「這麼挑剔！不會吧！小楊小姐那麼可愛！喔，不是鋁的吧，不要用鋁鍋鋁壺煮喔，會害人失智的，研究出來了！」

「沒有，早就沒用了！就挑剔白開水是不是笑死人！也不准我開瓦斯，有一次忘記關……」楊媽媽打開瓦斯，默數三十，熄火，說：「不是說孫女要來跟你住？」

「也好也不好啦，怕不習慣，現在一個人有時拚命睡，睡到九點，她也不知道要幾點起床，阿嬤睡那麼晚怎麼好意思！小時候我帶的，長大沒常見面，老大說要叫孩子來，老二也說要叫孩子來，兩個都女孩子，能說不希望她們來嗎？真煩惱，這種事……老大說他家那個過敏，叫我多多少少清掉幾個娃娃……」見楊媽媽走近，仰臉問：「怎麼好像救護車的聲音，來到這裡就消失，至少有兩次了！」

楊媽媽笑說：「這你還不清楚？把老人送去醫院，不然就是從醫院送回來，樓下的養護所！安養院！還分什麼養護型什麼型的，垃圾分類！一堆名堂！」

「喔……你陽台開在這邊聽得比較清楚！我說奇怪，喔咿喔咿一到這邊就沒聲音了，他們叫的救護車！我都忘記樓下有開那個，裡面什麼樣子也忘記了，有，我記得我頭家的床號八之五，哈哈，他迷迷糊糊，我也迷迷糊糊！」

「每天十點多一點就聞到，應該是他們在煮飯，好大一鍋，飯香才會飄這麼高，還好像從前那種柴火味，聞了人會餓咧……」

「最近好像有人坐月子常常聞到麻油香，我該回去了，坐著有話聊就不動了！以前念我們家老的坐著不動，現在自己不動了！啊！可愛的小楊小姐回來了！」

門沒關，吉永大聲說：「嗨！」

余媽媽看著她走過來，說：「你看！臉紅通通的多漂亮！每天要運動！今天山上好玩嗎？」

楊媽媽一副不干她事，認真的在她的運動路線上，想起重新加熱的開水還是沒有裝進熱水瓶。

「今天有一件好玩的事，一隻貓跑到樹上去，昨天就聽到牠在那裡喵喵叫了，昨晚下雨淋得濕答答，牠竟然下不來，不敢下來，也沒很高，五公尺左右吧！今天有人拿鋸子去鋸樹，把那個膽小鬼救下來！牠沒臉見人，樹一傾就跑掉了，可能是剛出來流浪，離家出走！」

余媽媽仰臉盯著她微笑，她單膝跪下，又說：「今天還看到那個掛一串牛鈴的老爺爺回來了！楊媽媽！那個掛一串牛鈴的老爺爺！他每天早上在山上掃樹葉，背包上面掛一串銅鈴咚咚咚，消失好一陣子，我以為他退休了，他今天出現了，在廟邊種了好多盆花！楊媽媽！明天我們跟余媽媽去吃……」

「余媽媽明天心臟科要回診！」楊媽媽打岔。

「那後天，吃日本料理，我請客！」

「怎麼好意思給小楊小姐請客！」

「剛幫一個朋友的朋友整理完會議紀錄，聽錄音聽到我耳鳴，還校對一些稿子，我有錢……」吉永直起身體，轉臉望向陽台，啼詠自對面傳來，「聽到沒？大師又在高歌了！你一歇下來，眼睛稍微看到他，他就搭訕，說自己學聲樂的，運勢不好，否則是帕華洛帝那種等級的歌唱家了，然後開始天籟，強迫人家當免費聽眾。」

余媽媽笑著說：「真討厭！做人要謙卑一點！」

楊媽媽從玄關一個大轉身說：「有掛牛鈴的人，愛吹牛的人，那你是什麼？放牛吃草的人？」

「說牛鈴啊，我頭家年輕的時候從鄉下帶一個來，是銅做的，我還問他帶這個來做什麼，孩子玩，孫子也有玩過，我不知道收哪裡，好久沒看到了，找到拿來給你玩！」

「哈哈！余媽媽真當你三歲小孩，讓你當牧童去！又拿這什麼回來了！」楊媽媽看到吉永指梢垂著一串紅潤的小漿果。

吉永起身，那串果子拎到耳垂邊，「像不像耳環？有一個珠寶設計師，她把珠寶做成花草的形狀，有叫藤蔓的，超美！我把這個放在窗台擺美，順便給小鳥吃！」

「不要亂撿亂餵，小心現在常常有這型那型的禽流感，不知道有沒有毒！」

「小鳥比我們聰明，有毒，放在山上牠們也不會吃。」余媽媽說。

「說的也是啦！牠們已經熟這些東西了，那天新聞不是報，登山客到高山上廚餘垃圾都不帶走，害酒紅朱雀，哈啊！我竟然叫得出名字，酒紅朱雀！害牠們吃得嘴巴都爛掉了！」

——原載二〇一九年三月《印刻文學生活誌》第一八七期

一九六七年生於澎湖，一九八八年自輔仁大學歷史系畢業，一九九七年獲得時報文學獎短篇小說首獎，從此展開文學之旅，創作短篇小說、長篇小說以及散文。已出版《海事》、《地老》、《瑤草》、《流水帳》、《塗雲記》、《花之器》、《潮本》、《雲山》。

之後——洪昊賢

1

我時常會想起以前的事。很久以前的和不那麼久以前的。很久以前的記得很清楚。不那麼久以前的很模糊。

我中三輟學。一開始做快餐店的廚房，先在扒爐學煎雞扒牛扒雞蛋，後來學沖奶茶檸茶，再學炒麵炒河粉。做了半年，本來快要學到斬燒臘。我跟老闆說不做了。好辛苦，廚房佬又惡，動不動就用粗口罵人老母。廚房很熱，我瘦了好多。做廚久了的師傅身上會有股酸味。我討厭那種味道。後來又做過酒店侍應，做過跟車送貨。沒有一份工做多過三個月。

做得最長的是藥房。那時候大家都說藥房好賺，又不辛苦。都是假的。文仔說，哪有不辛苦的工，坐寫字樓一樣會腰痛。他比我大兩歲，讀到中五，會考只有數學合格，但做藥房收銀已經足夠有餘。我來到的時候，文仔已經開始在櫃檯學收銀。客人買什麼藥，看一眼就知：禿頭的那個阿叔通常要「偉哥」，金髮的那個阿妹多數買「事後」，買洗髮水和廁紙的那些隨便應付一下讓他們自己找，反正也沒賺幾個錢。

廣東話叫文仔這種人「挑通眼眉」，我這種叫「木木獨獨」，因為反應慢，記性差，又不懂看人臉色。做了半年還會搞錯止痛藥和胃藥。

文仔很照顧我。後來我們在觀塘區的唐樓合租，每個月六千，兩百呎，屋頂僭建的鐵皮屋。舊樓整棟都是老人，窮人和大陸人，聽說還有「企街」。我說，觀塘還有「企街」嗎？文仔說叫我去裕民坊小巴站的後巷。後來我去了，果然有低著頭滑手機的「企街」。三四十歲，看不清楚臉，妝很濃，看上去好老，像化掉的蠟燭。

兩張鐵架床，一張茶几，幾張塑膠小凳，沒有廚房。文仔教我，洗澡的時候站在馬桶上會比較舒服。鐵皮屋租金便宜，但夏天會熱得像煎鍋。為了省電費，睡覺的時候我們才敢開冷氣。已經比很多人好啦，文仔常說，香港寸金尺土，還想怎樣。有地方做掌上壓都算不錯。我看到他豆大的汗粒滴在石泥地板裡，很快就蒸發了。文仔教我到便利店買包裝的冰塊，放在臉盆裡堆成小冰山，用風扇對著吹。

我記得那種涼快，很暫時。乾冰轉眼就變成一灘溫水。

文仔帶女朋友阿欣上來時會順帶給我買宵夜。很鹹，都是味精過多的魚蛋粉。吃完魚蛋粉我戴上耳機，扮聽音樂，用被子罩著頭。燈關上就聽到鐵架床搖動的聲音。好像地震，又好像狗籠裡的狗在亂動。廁所燈一時開一時關。整晚都睡不著。第二天早上他們會給我買早餐，餐蛋麵和凍奶茶。

阿欣在附近屋邨商場的服飾店賣成衣。短髮，抽菸，喜歡塗紅色指甲油。她常常來過夜，不怎麼回家。阿欣說，家嘈屋閉，煩到死，不想回去。她老竇做地盤，有賭癮，賺來的錢全獻給麻雀館。老母從大陸來，湖南人，動不動就大聲罵她阿爸，罵到全個屋邨都知，而且到現在還不懂講廣東話。阿妹吸白粉，幾年前進過馬頭圍女童院，出來後每天在家玩電腦。老母叫她回學校讀書，阿妹去廚房拎菜刀，說，都不知你講什麼，再吵連你都砍。

阿欣買「事後」的時候認識文仔。錢不夠，文仔幫她墊。難怪文仔有陣子買好多女裝衣服。她來了之後，文仔變得很上進，開始學英文，報那些騙錢的網上課程，廣東話說，這種叫做「轉死性」。文仔讀藥劑師課程，說拿到證書之後，存幾年錢，自己在上水開藥房。現在大陸人的錢好好賺。

那個夏天特別熱，我買了很多乾冰，囤到整個冰箱都是，像私藏了一座小小的雪山。阿欣邊看各區的租金情報，邊塗紅色指甲油。我開大風扇，將乾冰一塊一塊堆成小雪山，我想起電視節目裡說的阿爾卑斯山，不知有沒有我的小雪山涼快。

雪山融化，雪山又堆起。夏天還未過完，文仔就給人拉到差館。原因是偷賣一款叫「紅寶石」的壯陽藥。他跟我說過，很多麻甩佬愛買這個，貪他是天然材料，對身體無害。買壯陽藥還要天然材料，都說香港人有病。文仔說陽萎是心理問題，那些藥只是維他命丸。結果有個熟客吃完出了事，給送進醫院。藥房老闆說自己不知情，是文仔自己偷偷從大陸運貨來賣，只賣熟客。那件事鬧得很大，報紙都有報。

隔了很久阿欣才上來。文仔的事我不敢問。阿欣只說她要搬離觀塘，老竇在工地弄傷了腳，她想轉行。她取走文仔和她的東西，抽了根菸，跟我說，自己好好保重。後來我再也沒有見過阿欣。原來冰箱也會受不住酷熱，說壞就壞了。囤了一個夏天的乾冰塊，變成大洪水，全湧出來。

文仔入冊不久，學校寄來證書。金燦燦的花字，上面印著英文，紙質很好摸，我只讀懂文仔的英文姓名。我把證書收好，如果有一天再見到文仔，我會還給他。之後我一直搬家，把他的證書也搞丟了，我很怕他還記得這件事，但我想，他不可能忘記。

有很多事我都沒有告訴過文仔。他不在的時候，我曾經睡在他的床上自慰。我知道他床底還藏著一大箱「紅寶石」，「增強持久力一小時」，我試吃過一次，脫掉褲子，閉上眼，等待神奇的事情發生。沒有任何感覺。原來真的好像維他命丸，維他命丸原來也會吃死人。

2

這些年來香港愈開愈多藥房。我坐在巴士上，數著街上的藥房，一間，兩間，三間，一條街就有三間。有時候我會想，到底是有病的人多，還是想賺錢的人多。

藥房老闆說要加我薪，但我已經不想再做藥房。那年我十八歲。好多初中同學在圖書館溫習，上補習班，準備考大學。街上到處都是補習社的超大型廣告，補習老師穿得很光鮮，大明星似的。大家都說現在讀書無用，補習社還是在不斷賺錢。我經過學校，穿制服的同學好陌生，我們已經是兩種不同的物種了。

不知道他們認不認得我，其實認出了也不怎麼樣，我又不怕人指指點點。

我有認真讀過書。但讀不成。好難，好悶。讀文言文，算三角函數，到底有什麼作用。讀書比做廚房，做跟車還要辛苦。我受不住，開始逃課，去機鋪，去球場玩。被訓導主任捉到，老師說我可能要留級，要見家長。

阿爸沒有任何表情。

那天晚上我跟阿爸說，不讀了，我要出來找事做。

阿爸什麼都沒有說。

我從未見過阿媽，連照片都沒有一張。阿爸以前在佛山教拳，懂些拳腳功夫。來到香港之後在屋邨做保安，阿爸不愛說話，平常就是讀報紙，煮飯，睡覺和上班。無朋友，無嗜好，不罵我們，也不教我們。

阿哥很生性，書讀得很好，考進香港大學。我曾經覺得，這是家裡唯一發生過的好事。有時我會懷疑自己跟他是同父異母，兩個阿媽生的，反正我們都沒見過老母。阿爸那陣子很開心，常常帶我們去酒樓吃大餐。阿哥考進大學後就住宿舍，不怎麼回來。剩下我和阿爸，你眼望我望，沒有話說。

我受不了，都在球場，機鋪玩，很晚才回家。反正無人理，好自由。

阿爸好像都不擔心我會學壞，或許覺得有阿哥已經夠。

有一晚我很遲回家，家裡還亮著燈。我有不祥預感。阿爸坐在客廳裡，臉色陰沉，說，我見到你在公園食煙仔。我不敢說話。阿爸從床底抽出一根木製的長棍打我，一棍一棍，勢大力沉。原來阿爸真的學過武。

他只打過我一次。我之後就不再叫他「阿爸」。

阿哥也從不理我。他平日只在房間裡讀書，皺著眉頭，靈魂飄到另一個世界。書櫃裡全都是英文書和那些我絕不會去翻的書。

阿爸打我，他不理，戴起耳機繼續讀。隔壁的李先生失業，從二十幾樓跳下來，他只說，救護車好吵，他老婆仔女哭得太大聲，好吵，然後繼續翻動書頁。世界發生什麼都不關他事。讀書真好，什麼都不用理。

我從沒想過有一天會去青山醫院探病。

這裡空氣很好，令人想到山上的道觀，有樹又有花園。哪有報紙和電影裡說得那麼恐怖。無病我都想住這裡。

阿哥穿灰色上衣，黑色長褲，坐在花園裡讀書，讀《戰爭與和平》。陽光灑在他身上，我發現阿哥皮膚好白，像被人偷偷漂白過。

沒有人知道阿哥為什麼會黐線。

香港每天都有人自殺，看精神科的人一直很多。阿哥不過是其中一個，幾十萬人之中的一個。這樣想的話，就不難接受。

阿哥翻著書頁，手指很細長，見過的人都說，這是讀書人的手。我從小就很羨慕，我的手指又黑又短，燒柴棍似的。阿哥左手手腕有一道粉紅色的細痕，用美工刀割的。醫生說割得不夠深，所以死不去。阿哥應該很後悔自殺之前未做好準備。

報紙新聞的標題寫：「港大研究生宿舍割腕，疑因學業愛情雙重壓力。」

阿哥有女朋友，他很大壓力，我和阿爸從來都不知道。也許他根本不想讓我們知道。有幾個禿頭的阿叔經過，指著阿哥說，看，那裡有個高學歷黐線佬，港大的，讀那麼多書有鬼用。阿哥將削好的蘋果放進嘴巴裡，靜靜地咀嚼。也許在思考一些我這輩子都不會明白的事情，也許只是單純地發呆。

姑娘說你阿哥很有禮貌，也很聽話，情緒控制得很好，應該很快可以出院。

出院，我和阿爸，誰照顧他，況且他現在看上去好像快樂得多。我問阿哥，你想不想出院，阿哥看了我一眼，沒有說話。我問他，《戰爭與和平》是什麼書，阿哥看著我，想了很久才說，關於命運和苦難。

3

我後來在觀塘搬了幾次，住的地方愈來愈小。住那些三百呎，一間房隔成三間，共用廁所和廚房的小房間，或者說是床位房。愈便宜的地方愈像聯合國，什麼人都有。住我隔壁的豪哥胸前紋了一隻吊睛白額虎，房客都說他以前是古惑仔。還有人相信香港有社團，很好笑，哪來這麼多陳浩南，我在球場玩了好多年都未曾見過，都是漫畫書亂畫的。

豪哥，你說是不是，他總是一笑帶過。

豪哥問我，你撈什麼。我說，酒店炒散，跟車送貨，都做。豪哥說，你這樣賺不了錢。他教我走水貨。起初我有點抗拒，網民都在罵水貨客，罵他們是過街老鼠，出賣香港。豪哥說，那些人都有病，賺錢都要分對錯。

剛開始做的時候，豪哥給我黑色的大行李箱，裡面放洗髮精、奶粉、各種藥物和紙尿片。他說，第一次你可能會怕，自己要執生。走水貨也有攻略，也講組織。新界區的奶粉比九龍區貴得多，我們都在九龍區入貨，直接帶到福田口岸，這樣差價會比較好賺。

過關的時候會有幾個行家，大家約好時段，打個眼色，混在人群中。排好隊形，搶占有利位置，一起衝過去。海關的檢查區，又叫小水塘和大水塘。大水塘查得很嚴，容易中招，小水塘通常很隨便，有機會放你走。幾個人一起衝水塘，腳程加快，海關見到也捉不到，那時香港走水貨的人還不多，海關查得很隨便。但總有一兩個會被海關捉到。那就是你時運不濟，要認命。

去到福田口岸，有人散貨接貨，沒我的事了。我試過一天來回出入境十次，入境署職員都快認得我。日薪五百，原來也很辛苦。之後就不帶奶粉和紙尿片，開始帶平板電腦和蘋果手機，一次四部手機，多賺一半錢，但被捉到的話會罰很重。豪哥教我，過水塘的時候，眼神不要閃縮，不要和海關有眼神交流，不要四處望，要懂得找老人和小孩當掩護。

每次過完水塘，我都流很多汗，身體的水分像一下子被抽乾。以後我見到水塘都怕。

豪哥還問我想不想多賺些。

有幾次我見他用瑞士刀在行李箱裡刮來刮去。我懷疑他不是偷運奶粉手機那麼簡單，可能是毒品還是軍火之類的。我不想入冊，不想坐花廳，不想上新聞。我跟豪哥說，我很細膽。豪哥沒有逼我。

豪哥有毒癮，房間裡有針筒，可能他真的是古惑仔。我們睡的房間隔得太近，我不時聽到他睡覺時大叫：大佬救我，有人要斬我。我經常在想，如果他邀請我加入社團怎麼辦。我怕死，怕見血。抽菸，逃課，已經是極限，連找「企街」都不敢。我不想再幫他帶貨。

水貨客愈來愈多，逼到特區政府要修例，出入境有限制，兩地海關也查得更嚴。豪哥說，不做了，賺點小錢都要避來避去，現在的香港好艱難。我鬆了一口氣。誰知道那晚在大排檔，豪哥跟我說，不如跟他搵食。

我說，豪哥，你太照顧我。我當你是大哥，但我只想安穩過日子。他吸了一口菸，說，你很像我以前一個細佬。那個細佬爛賭，欠人債，在長洲燒炭死，死的時候還傳短訊，「一日大佬，終生大佬。」我知他怪我沒借錢給他，又怪我帶他入行。

我沒有再問，我不想知太多。

豪哥跟我掏心掏肺，其實我嫌棄他又不敢講。我好怕人有毒癮，他們這些道友癮起的時候，十匹馬都攔不住。我以前在藥房見過太多，咳藥水當啤酒喝，好嚇人。

那晚他大醉，說了很多以前的事：我入社團那年十六歲，隔年香港就回歸，我大佬移民泰國，兄弟有些去賣保健品，有些開士多，他們勸我不如回學校讀書。我說很沒面子，求大佬帶我到泰國，大佬說你還後生，想清楚，不要亂做決定，不是說馬照跑舞照跳嗎，我不再求他，之後我開始自己搵食。

我不太記得豪哥說了什麼。英國佬，暴動，港督，回歸，離我好遙遠。我最討厭歷史科，好無聊，知道以前的事又怎樣，都是些過期故事。

我一個朝代都記不住，只記得鄭和下西洋，岳飛字鵬舉，還有草船借箭。

4

搬來搬去都離不開那個區。以後好幾次撞見豪哥，都兜路走。知道一個人太多肯定沒好事。香港這幾年也沒發生過好事，只有租金愈來愈高，像飄上天空的氣球，彷彿不會再掉下來。房東一加租，我就要搬。搬了幾次，東西愈來愈少。不重要的扔掉，留下來的只是相對重要，仔細一想，其實都不重要，都可以扔。兩三個紙皮箱，幾乎就是我的全部家當。

我都不明白麗麗為什麼還要跟我一起。

可能喜歡我夠膽小，不敢也無錢出去亂玩。她說，因為你性本善，我笑她，賓妹學人講成語。麗麗沒有生氣，說她中文比英文好，而且兩樣都比我好。其實她只懂講廣東話，中文也只會寫最基本的句子。

讀本地學校時，麗麗被同學欺凌，笑她黑，說她身上有股味道，叫她滾回菲律賓。跟社工和老師講，社工說，同學之間有點摩擦很正常，你要學習怎樣融入社群。明明她廣東話講得那麼好。國際城市都一樣會搞歧視。她讀到中三就不再讀，做麥當勞。薪金雖然很低，但不會被人笑，不會有人叫她滾回菲律賓，因為麥當勞在菲律賓也有分店。而且出來打工的人都很累，哪有時間搞歧視。

麗麗在香港出生，阿媽以前在灣仔駱克道的酒吧駐唱，穿很少的那種駐唱。我去過一兩次，現在依然有那種穿得很少的菲律賓歌手。阿爸是英國佬管治時期的尼泊爾僱傭兵，拿到香港身分證沒多久就死掉，她沒有什麼印象，只記得他吃飯時用右手。我問過她，想不想去菲律賓和尼泊爾，她說有錢才算。

做愛的時候我喜歡叫她死賓妹。麗麗說，現在香港講平權，你這樣是性別和種族的雙重歧視。你再罵，我就去平等機會委員會告你。我經常用言語羞辱她，也沒什麼惡意，其實我羨慕她比我勇敢。燈關上的時候，她會摸著我，跟我說，你現在和我一樣黑。我們像兩塊燃燒中的炭，滾來滾去，天亮之後可能會變成灰燼。

菲律賓人大部分都是教徒，後來麗麗經常帶我到教會聽神父講聖經。她雙手合十，閉上眼，看上去很虔誠。我心想，你好假。天主教不是禁止婚前性行為嗎，你已經不配信主。神父給我一本厚厚的聖經，我隨便翻翻，說寫得很好，是誰寫的？其實故事好無聊。神父戴眼鏡，好斯文，聲線溫柔，傳教的人都是同一個款。

神父問我做哪行，我說，做物流和貿易，中港兩處走，幫人帶貨。神父又問我幾歲，我說二十五。神父說，還很後生，有的是時間。我說，不後生了，如果五十歲死，人生就沒了一半，當然命再長點都未必是好事，我也不願。神父說，上帝會安排好每個人的時間表，又問我叫什麼名字。

我說，偉強，姓陳。神父又說，你阿爸改了個好名字，很有生命力。

阿爸幫我改這個名，可能都沒想過要我出人頭地。在香港，名字裡帶「偉」和「強」的人，一街都是。難不成每個人都要有成就，總要有人做地底泥。我看著釘在十字架上的耶穌雕像，覺得那個落腮鬍應該不太好打理。

麗麗說，你虔誠一點，跟神父懺悔，大事小事都可以跟神父傾訴。神父微笑看著我，太有禮貌的人都不太可信。我怕他會將我的經歷寫成迷途青年的成長故事，印在福音刊物裡。我不想被人寫到我很慘，主的救贖還是留給別人比較好。仔細想想，我頂多讀書不成，不孝順，不上進。沒做過傷天害理的事，有什麼好懺悔。

5

七月，好多人上街遊行。我坐在小型貨車的駕駛座，看著遊行的人群，近看像動物大遷徙，遠看像蟻。站在前面的女生，很用力地喊口號：打倒，撤回，平反，譴責。打倒什麼，平反什麼，我都聽得不太清楚。

我只參加過遊行一次。文仔叫我去的，四百一天，包午餐，包水。跟著大隊走，胡亂喊些口號就可以。支持什麼，反對什麼，都與我無關。由維多利亞公園走一個小時，到中環遮打道，然後散去，好無聊的露天派對。天氣又熱，口又很乾，垃圾桶全是塑膠水瓶。好無謂，不知道為了什麼。

我只知道遲到的話老闆又會罵，送幾箱汽水都送那麼久，以為你去投胎。我都不記得這是第幾份工作，做來做去，工種和薪金都差不多。上個月麗麗借錢給我考車牌，我才知道考試成功是什麼感覺。我想把這份工作好好做下去，存錢買一輛大貨車，這個願望我沒有告訴過麗麗。

前陣子麗麗跟我說，她存了一筆錢，打算在大角咀開間炸雞店，香港人愈來愈喜歡吃熱氣的油炸食物。她想跟我一起經營，我懷疑其實她想跟我結婚。我喜歡她但不想娶她，有家庭太麻煩，況且我不想再做廚房，我討厭油煙味。

遊行的人群還未散去。馬路很塞。在遊行隊伍裡我看到豪哥。他是收了錢，還是湊熱鬧？我不肯定，也許他對社會也有很多不滿。豪哥以前說過他命硬，總是死不去，其實他不想活那麼久。我想起文仔，不知他出冊了沒有，我很怕他跟我要回那張證書。兩年前我在社交媒體上見到阿欣的結婚照。她笑得很燦爛，我真心希望她幸福，這座城市裡幸福的人太少。

周圍都是屏風樓，香港好像只剩下夏季，又熱又焗。貨車上的冷氣又壞了，我開始有幻覺。我看見我的汗滴到馬路上，紅色的，很大滴，一下子就蒸發。

有一晚我回家，回到觀塘的那個舊式公屋。本是舊區的觀塘近幾年重建，多了很多豪宅和高樓大廈，舊式公屋顯得更加礙眼。全香港有幾十座這樣的老式公共屋邨，總有一天會全部拆掉，換成更高的新式公屋，但裡面依然住著殘破的家庭，領綜援的獨居老人，和即將無所事事的年輕人。

在鬧門前我找了很久鎖匙。本以為阿爸不在，原來他在，休假還是被炒，我不知道。阿爸的頭髮白了一大片，在街上見到的話，我認不出。

青山醫院的姑娘跟我說，阿爸有時會去看阿哥，給他帶幾本書。兩個人靜靜地，不說話，阿爸給阿哥削蘋果，削到一半，會流眼淚。阿爸為我流過眼淚嗎？我時常會想起那晚。如果我跟阿爸認錯，如果我沒有罵他死老野你以為自己是誰，之後我會不會變好一點？或者至少，偶爾會回家吃飯。

我把鎖匙放回口袋。

人群終於散去，等了多久，我都不記得。紅燈，我繼續開車，喊口號的聲音逐漸變得微弱。我看著高樓大廈，廣告，商鋪，突然覺得這座城市很陌生。送完貨，我一個人來到葵青貨櫃碼頭。遠遠望去，大貨櫃堆疊得很整齊，像不同顏色的積木。這個曾經是全世界吞吐量最高的碼頭，現在變得很安靜。我想起幾年前這裡爆發過工潮，工人在抗議，為什麼現在的工資和九七年差不多，大學生也激動地說，這個社會到底怎麼了。

我看著青衣大橋的車來來往往，看著那片水深十七米的海。香港的海很漂亮，但也很惡臭。

我一直想買輛大貨車，每天開到碼頭附近，睡在裡面聽海浪聲和船笛聲。大貨車到底有多貴，我沒有概念。如果借貸，應該要還很多年，以我的薪金，應該到死都未必還得完。其實很多香港人到死都還不完房貸。

手機震個不停，全是麗麗打來的。我把手機關掉。

我打開其中一個貨櫃，鑽了進去，很多年過去了，始終沒有人發現。

——原載二〇一九年十二月二十五～二十六日《中國時報》副刊

本文獲二〇一九年第四十屆旺旺．時報文學獎影視小說組首獎

一九九三年生，留台港生。香港浸會大學人文及創作系創意及專業寫作文學士，現為國立清華大學台灣文學研究所碩士生。作品散見香港及台灣的文學雜誌與報章。曾獲第四十屆時報文學獎影視小說首獎、第三十二屆月涵文學獎散文首獎。做過兩年記者。

富家子——胡淑雯

小炎再出現的時候，已經變了一個人。堂皇，世故，應有盡有，別人有不起要不到的那些，他腴美鮮華各有兩份。三十歲出頭就開雙B，兩種B各有一輛。在信義區的新大樓裡開了兩戶，沒人參加過他的婚禮，只知道他有一個「老婆」跟一個小孩，另有一個女朋友，據說也懷孕了。這些，都是老同學蘇梅跟小香講的。大家只見過住在松仁路的那個女朋友，沒見過老婆，「說是女朋友，喊的也是老婆，素面見人看起來清純得很……」蘇梅說。小炎到底結婚了沒？「藏起來的那個」跟「帶出門的這個」彼此是否知情，小炎不說，就沒人好意思問，老同學久別重逢，總要從陌生人開始做起。小炎在兩個家庭之間分配他的金錢，情感，與時間，然後將剩下的所有餘裕，全都拿來跟老同學分享。

小炎念舊，把畢業紀念冊找出來，一個一個打電話，傳訊息，將他特別想念的那幾個國中同學約出來，飲酒吃飯全數由他埋單。他看起來實在太風光了，那付錢的氣勢擺明了：地方是我挑的，這價格恐怕也只有我付得起，你們別鬧別逞強，說什麼拆帳各付各的，老朋友貴在真誠，不講利害關係，置身名利場的高處是很疲憊孤寒的，最大的快樂就是單純，就是見到老同學，拜託，帳單歸我，否則我哪敢再勞動你們陪我吃飯？小炎花錢的姿態，自皮夾抽取小費的刷刷聲，千元新鈔如駿馬甩尾，如皮鞭抽打的力量，簡直要讓同學們錯以為，那些光滑的鈔票也會順勢落到自己手中。恍惚間有那麼一兩次，小香感覺自己是來陪酒的，而那些小費，是小炎揮霍給她看的。當小香意識到自己心裡想的這些，就益發體會到金錢的魅力，與自己的動搖。參加這些宴席不知圖的是什麼，小香偶爾出席，再怎麼感到格格不入，掠過一兩次邀請，事後卻總會再出現一次兩次。她跟小炎是不可能的，也不喜歡同學們聊的話題，她知道自己跟不上，跟不上那些投資那些指數，那些數據與數字，也不可能在一次次的宴飲後攀著話題累積的線索，重新配置自己的資產。每個月的薪水付掉房租，就沒剩多少了。兩週一次的同學會，就她一人是搭捷運公車去的，被問起都不好意思，吃飯的時候，也不像其他人那樣，一邊滑著手機，一邊將下次的聚會輸入行事曆。她的手機是二手的，面板裂了縫，而且不是iphone，然而，當她說，「我沒有用手機的習慣，」同學們竟然都相信了，直說，妳向來就是這麼酷。

小炎之所以格外著迷於「同學會」這種東西，是因為，他一直是個很糟的人，好不容易脫胎換骨，總要讓人看一看的，尤其要讓過去的「故人」對他刮目相看。國中時期，小炎是個近似小流氓的問題學生，曾經在校門口被人亮過刀子，堵路討債，卻因為是名流之後，連黑道與教官也要讓他三分，闖了幾次禍，依舊高枕無憂混上去。校園裡傳說，他欠的除了賭債，還有酒店的小姐錢，這讓他的劣跡染上了成熟的神祕感。高中落榜，沒關係，去讀私立高中，反正「富爸爸聯盟」早已在系統內建制了各種各樣的中繼站。一般落榜生的中繼站是補習班與職業技術學校，這些地方的下一站，好的是連鎖餐廳，飯店，美容院或理髮廳，壞了就去中途之家或八大行業。而小炎這種富家子，私立高中的下一站就是美國。老爸捐個演講廳，贊助幾個學術講座，讓小炎留學紐約進了大學，幾年後華麗轉身，以全新的富商之姿重出江湖，嘴裡含著深不可測的祕辛，祕辛裡含著深不可測的交易。但小炎討喜的地方在於，他就是有辦法端出一種磊落大方的氣態，對餐廳侍者與泊車小弟彬彬有禮，出手特別大方，彷彿於心有愧，又像慈悲為懷，讓人無從分辨這是出於深刻的自省，還是虛情假意。就算小炎的舉止帶有演戲的意味，虧他至少還挑了這種劇本，品味不算太壞，看在小香眼裡，倒覺得這人還算可愛，也就不計較他名貴的出身了。

小香心裡知道，小炎是很在意自己的。小炎成功後如此積極把同學們收攏成一個社交圈，顯然帶有雪恥榮歸的意味，而他心裡最重要的觀眾，大概就是小香。小炎帶著老同學出入會員制的俱樂部，喝一杯八百塊的調酒，開一瓶動輒上萬的威士忌，分送古巴雪茄，轉述權勢與金錢的祕辛，總還不忘自我調侃，說，這一切沒什麼訣竅，無非人脈，關係，與獨家消息。這話也是對小香說的吧，他從小就喜歡對她輸誠。小香一邊抱著「他始終很在意我」的自信，一邊也禁不住懷疑，自己會不會太自戀也太自以為是了。那個七月早就結束了，該離開的人都走了，再回頭已是不同的人。說不定小炎早就忘了，就她一人還記得。那純真年代兩小無猜的羅曼史，當作回憶裡的笑料還算可愛，倘若還把自己視為女主角，以為小炎的言行全是向著自己展演，那就太三八了。三八會替女人帶來難堪的厄運，就算長得再美心地再好都無從倖免。而三八的反面是清醒，女人遇到危險的男人，最怕的就是糊塗。

付錢的最大，同學們白吃白喝慣了，小炎理所當然成了大哥，為了不讓同學答謝不止，竟還大方揭了自己的底，直說這些帳都是開了統編的，公司的特支費多到用不完，「沒用就得上繳，不花白不花，大家不要謝我。」而這樣的自謙自抑，反而抬高了眾人對他的想像。原來「優勢」是這樣的東西啊，越是自貶，越是構成誘惑。女同學一個個妖嬈了起來，也壞了起來，玩起來不欠不還，就沒有負擔。男同學也都嫵媚得很，一個表現得比另一個更善於傾聽。小炎賺的是容易錢，花起來不需要節制，久了，竟有人開始大膽點菜，選最好的餐廳，最新派絢麗的吃法，開上好的香檳，沒有罪惡感，也不需要羞恥心。世襲的財富，人脈接起來的特權與關係，是無窮無盡的金脈。只有這種錢，才叫做真正的錢。只有這種錢才能這樣花，不把錢當錢的花。

但凡錢滾錢的遊戲，都是風流的機會主義。小炎的生意做得很廣，同學們聽得眼冒金星，只知道跟著他的消息去買準沒錯，幾個月下來都賺了不少，偶爾也換人做東。唯有小香文風不動。不是因為她抵得住誘惑，而是因為她沒有餘錢，然而幾次旁聽倒也聽出端倪：小炎做的主要是軍火，次要是期貨與創投。小炎家裡是老國民黨，一九四五年底接收的時候就來了，祖父據說是青幫的，在小蔣身邊待過，海軍高階將領退役，無論政黨怎麼輪替，軍情與生意，尤其那些海外的軍購，依舊握在同一群人手裡。光是一艘軍艦的一組潛望鏡，從採購前的佣金到其後的定期維修，就能流出好幾年的油水。那數字穿過小香的耳朵，簡直要把頭顱擠爆。小香聽了感到不可置信，卻也不敢隨便向人轉述，深怕自己記錯了。就是這種怕，讓小香感覺自己彷彿在替對方守密似的，成了共犯。而小炎分送給同學們的那些雪茄與紅酒，據小炎自己說，全都來自他人的餽贈，餽贈者個個有名有姓，聽在小香耳裡，只覺得黑幕重重，但同學們好像都不以為意，看到的盡是機會，盡是未來。在幾次酒酣耳熱無意間滑脫又收回，曖昧不全的話頭與話尾間，小香捕捉到一種微妙的默契，同時感覺到，自己被排除在那種默契之外：似乎有不少同學已然悄悄加入了小炎的事業，從「跟著買」進化到，直接把錢交給小炎操作，這些人包括：在外商銀行當經理的小夢，在竹科作物流的小蕭，在廣告業當數位行銷總監的小謝，剛從廣州抽腿的台商小魏。

言談間，不時提到所謂背後高人，那些鎖在雲裡霧裡的獨家消息，小炎往往欲言又止，只說是江湖，是朋友，是江湖朋友提供的線索。小炎從不指名道姓，因為，「保護朋友是我的責任。」這種話，由小炎這種人說起來特別可信。朋友是一個意義不明的字眼，但老同學都不想當同學了，他們更想撥開雲霧，踏進江湖，當小炎的朋友。最好能盼到雲破日出的一天，結識那些神祕的朋友，跟他們一起做愛心，做公益，搞個慈善基金會，把錢搬過來搬過去。小香學他們點燃雪茄，半吸半吐著濃純的古巴廢氣，笑不由衷。那種闊門放肆的氣氛，感覺很不真實，跟酒單上的定價與不斷翻新的調酒配方一樣，虛張聲勢，又好像若有所本，要學會至少表面上的漠然，不驚不怪不被震懾過去，才能嘗到一點點箇中滋味。

一次，在俱樂部的包廂內，眾人竟還熱烈討論著，要怎樣在「不僱用殘障者」的情況下，賺取政府發放的殘障者僱用獎金。這時，小香已經喝了兩杯半的調酒，搖搖醉醉出了包廂，穿過鋪上寶藍色地毯的走廊，去女廁補妝。他們好敢啊，小香心想，連這麼小、這麼不應該的錢都敢拿。是不是只有這樣，才能在凶猛的大潮沖激而至的時刻，向前迎上去，而不被嚇得雙腿發軟？小香對著鏡子撲粉、補口紅，整理潰散的妝容，就算不怎麼喜歡他們，也要漂漂亮亮地讓他們喜歡自己，看重自己。那些酒真是好喝，而自己真是饞啊。

一晚，小炎送小香回家，下車前，小香忍不住了，開口問他：

「你到底知不知道我在做什麼工作？」

知道啊，小炎說，妳在當記者啊。

「既然知道，你還在我面前講這些，不怕我把它寫出來嗎？」

不怕。小炎說。

「為什麼？」

不知道，小炎點起一根菸，說，我就是不怕，我信任老同學。

兩個人在車裡沉默地對峙著，似乎不急著結束。小炎抽完一支菸，又繼續點了一支，緩緩說起，「妳不是說，有一個很明智的長輩曾經告訴過妳，在批評別人之前，不要忘記自己站在什麼位置……」

「那不是什麼長輩講的話，是小說裡寫的話，」小香回他，「那句話是：當你想要批評別人的時候，不要忘記自己擁有的優勢。」

「我有什麼優勢？」小香接著問，「跟你比起來，我有什麼優勢？」

「妳這個人最大的問題，就是緊緊守住自己的劣勢，從不承認自己的優勢。」小炎這麼說。

那之後，小香疏遠了那群人，不再參加同學會了。留下，或者離開，有些事情並不存在所謂的中間地帶。那個熱心的女同學蘇梅，依舊不時傳來訊息，邀請小香參加聚會，並且轉述同學們的近況。小炎的電話她偶爾接，總是在他興高采烈趕赴同學會的中途，問她有沒有空出來。小香只推說工作太忙，簡單交換近況，話題就無以為繼了，像失水的河道，乾枯於欲言又止的躊躇之間。十二月底，小香收到一個包裹，是小炎送給她的新年禮物，一瓶香水，三宅一生。她打開聞了聞，不是她喜歡的氣味，擱在衣櫃裡，不打算退還，也不打算回禮。她深怕，如果這樣跟他一來一往的，就會變成調情了。他的女人夠多了。而她對他的興趣，是一種不乾不淨的興趣，她不想利用他，也不想成為他情史的篇章。

國中畢業的那個七月，她跟小炎曾經約會過一陣。他長得黝黑，高大，炯炯的眼神，老愛惡作劇，頑劣得令眾人退避，卻總是待她以禮，也許亂開玩笑，卻不會過分。他們倆出去玩過幾次，看電影，打撞球，在西門町混掉一整個下午，就算在MTV裡看電影，他也不會把手亂伸過來。因為這樣的緣故，她反而敢於親吻他的臉頰。一次，她在萬年大樓的公廁裡小解過後，推開門，竟見到他站在女廁門內的洗手台邊，眨著雙眼神祕地說，原來妳尿尿這麼大聲啊。這麼多年過去了，她最記得他的，就是這一件事。覺得這人真怪，好像應該怕他，卻不會感到害怕。

再一次，是最近，她熬夜到清晨，五點半下樓出門去買報紙，掛心著一條自己可能寫錯的獨家消息，趕著核對其他報紙的反應，在便利商店的櫃檯結帳以後，赫然有個聲音自身後冒出，對她說早安。是小炎。她嚇壞了，掩著自己狼狽的臉，脫口而出的只有十足孩子氣的一句，討厭啦。她穿著睡袍出門，亂髮如泥，沒洗臉也沒刷牙，把日子過得腐爛極了，這醜樣子竟被小炎撞見了。為了掩飾自慚形穢的倉皇，她負氣將小炎甩在身後，一言不發，快步出了店門，奔進巷子回到公寓，這才回神去想為什麼：為什麼小炎會在清晨五六點，出現在自己的住處？這麼多年過去了，他還沒改掉少年時跟蹤的壞習慣？

其實還有一件事。只有小香記得。

小學五年級的某一天，那個叫做蘇梅的女同學，放學時遞了一份禮物給小香。小香問她為什麼，只見她伶俐一笑，聳聳肩，不打算回答，轉身卻拋下一句：是用妳的錢買的。這句話完全不合邏輯，蘇梅不可能偷偷摸走什麼錢，小香的身上根本沒有錢。然而這份禮物，卻因為這全無道理的一句話，沾染了贓物般神祕汙濁的氣息。小香望著蘇梅奔跑的背影，不知該怎麼拒絕，也不敢打開包裝紙，隨手將東西收進課桌下的抽屜，像掩藏一個壞消息。她不想探知內情，深怕盒子裡的東西會張嘴咬她似的。

那時候，小香對學校與老師的恐懼已然生成，連帶地，也害怕自己的同學。除非必要，小香是不會開口找人說話的，所以她沒有追著蘇梅，向對方討個究竟。學校讓小香感到非常孤獨。那種孤獨大約類似於，在寒流過境的冬日午間，飯後與午睡前珍貴的遊戲時間裡，在開朗而喧鬧的操場邊靜靜站立，無法加入任何一個小隊，也無法適應聊天的規則，舌尖含在口腔裡，輕輕頂住上顎，像頂住一面霜冷的牆。我可以找誰說話呢？小香在心裡自問：「我可以跟誰說說我剛參加的那場葬禮呢？」死去的，是小香外公的老同學。如果有人問小香，「喂，妳週末放假去了哪裡？」小香能說的會是這個——關於她的外公，與外公在綠島的老同學。過世的那個老同學姓張，出獄後才結的婚，年紀已經很大了，與妻子特別相愛。也因為沒有孩子，葬禮上沒有答禮的晚輩。他的太太有多愛他呢？她取了一匙他的骨灰，放進一枚由懷錶改裝的金屬盒子裡，做成項鍊墜子，掛在身上。將時間與她此生的摯愛，貼在胸口。假如小香可以說話，自由地說話，她想說的會是這個。那個妻子有一個很美的日本名，叫做靜子。

小香記得那個十一歲的自己，站在操場的邊緣，隨風搖曳的樹蔭下，找不到人可以說話。在空曠冷硬的司令台邊，找不到同類，也害怕自己被認出來。冷風灌入耳朵，穿入鼻腔，舌尖的字詞碎裂，她已經不太會說台語了。葬禮上，老人們笑著說她已經是個十足的異鄉人了。越過操場，向外望去，校門的柵欄外，電話亭裡有個人，握著話筒不停地在說話。那個人背對著操場，小香看不見他的臉，然而他的背上洶洶湧動著不絕的情感，時而揮動著另一隻手。小香遠遠望著他有多久，他就握著話筒講了多久，背向世人，背向城市的喧囂，將車流與噪音隔絕在外，許久後，那背對一切的身體突然高高聳起，落下，簌簌顫抖起來，有什麼東西剝落了似的，那個人握著話筒哭了起來。你可以通過那背脊的起伏得知，那是一種毫不保留的痛哭。過了幾分鐘，那人大概哭完了，放下話筒，離開了。那一刻，小香只想離開那座操場，穿出校園，趨上前去握住那個話筒。她心想，那個話筒一定很溫暖很溫暖，蓄滿了真實的體溫，如果要說話，不如跟那邊的人說說話。

倘若要小香描述自己的孤獨，那十一歲的孤獨，小香能夠提取的，大概就是這一幕，那寒冷的冬日正午，那話筒上陌生人的體溫。那個陌生人在話筒上灌注的體溫，像一枚閃爍的訊號，讓小香體認到，對她這樣的一個小學生來說，學校是異鄉，而她在這裡是個局外人。因為這樣的緣故，小香任由那份禮物躺在抽屜裡，不曾追問蘇同學，那筆錢，所謂「用『我』的錢買的禮物」，究竟是什麼意思。

那年的春天來得特別早，才三月初，桃花就開了，而且開得特別瘋，同學們下課時也玩得特別瘋。在一個瘋狂的禮拜五，蘇梅在午餐後的遊戲時間，拉著小香的頭髮說，「妳都沒有發現嗎？」發現什麼？小香以眼神詢問蘇梅。「妳沒有發現自己的頭髮少了一點點嗎？」蘇同學捏著小香右肩的髮尾，頑皮地晃動著。小香摸摸自己的髮尾，看不出所以然。她的頭髮又長又多，少那麼一點實在沒什麼。

但蘇梅終於受不了了，受不了小香那簡直傲慢的不聞不問，她不想一個人抱著那個祕密，於是不請自來地，說出了真相——有一天中午，蘇梅在小香睡著以後，偷偷剪掉了一截小香的頭髮。這事在小香聽來非常超現實。原來，我真的有睡著啊！小香想。一直以來，她以為自己只是在假寐而已。在這恍如異鄉的校園中，課室裡，她竟然還有睡著的時候，可見上學有多累。蘇梅告訴小香，是一個男生教唆她的。「那個男生喜歡妳，想要保有妳的頭髮。」蘇梅說，那個人將小香的頭髮封進一個項鍊墜子，戴起來。

「妳認識□□□嗎？就是他。」小香搖搖頭。蘇梅說出的那個名字，小香其實是聽過的，應該是隔壁班的同學。小香望著蘇梅的臉，她水汪汪的大眼睛，不知該怎麼消化這個故事，也不知該怎麼回應才對，於是她說了，「蘇梅，妳知道妳很漂亮嗎？」小香總算開口說話了，只不過，她開口說話的原因，是為了將自己藏起來。那一刻，小香對蘇梅感到害怕，害怕那手中藏著剪刀的女同學，害怕她嫉妒自己，害怕她喜歡自己，也害怕她把自己當作知己。此外，小香心裡想的還有：蘇同學，妳該不會喜歡那個男生吧？否則怎會從他口中套出他心底的事，還出手替他做了這種事？

隔天中午，週六的半日課程結束以後，小香拜託媽媽帶她去剪頭髮。當理髮師的刀剪發出喀嚓喀嚓的聲音，小香將自己的頭顱豎起來，感覺渾身的毛孔都在顫慄。她彷彿看見那截被偷偷剪去的毛髮，封印在一塊透明的石頭裡，沒有空氣，無法呼吸，死得不明不白，在青春期莫名其妙的，遊戲般稍縱即逝的激情過後，被丟進某個抽屜角落，再也不見天日。那截頭髮交到那男孩手上的一刻，或許還有生命，留有濕度，保有光澤，一段時間過後，長則幾個月，短則幾天，遺忘會像陽光一樣曝曬所有，將那個項鍊墜子打成一具透明的棺材，裡面封著一叢小小的，黑色的乾屍。

那個男孩的名字，小香至今依然記得。

小小年紀就這麼變態，實在令人敬佩。

至於那份禮物。蘇梅得手後，男孩給了他一筆錢，她挪出其中一部分，買了禮物送給小香。直到學期末，小香都沒有打開它，直到蘇梅再次忍不住了，開口問，「那盒巧克力妳到底吃了沒？」原來是巧克力啊，都要放暑假了，應該已經融化了吧。

國中畢業那年，小炎開口約她出去的時候，她不敢問：「喂，小炎，那個買剪刀手偷我頭髮的人，是你嗎？」當時的小香，還沒有練就與同學好好說話的自信，跟五年級那個孤單笨拙的小女孩相去不遠。而她之所以答應了約會，僅僅是因為很想戀愛而已。

與小炎重逢以後，小香一直想提而不敢提起的，就是這件事。這種話題很危險，小香知道，如果她沒有引來嘲諷或羞辱，就會成為小炎的另一個祕密戀人。有些事，對方倘若絕口不提，你最好也不要提起。

再次聽到小炎的消息，已經是兩年後了。蘇梅打電話來，問小香最近是否遇見過他。同學們把錢交給小炎投資，錢沒了，他人也不見了。同學會搖身一變，成為投資受害者互助會。依照他們調查的結果，小炎名片上的公司是個空殼子，仁愛路上的辦公室已經退租了，松仁路那棟房子也不是他的，已經搬空，沒人見過他老婆，也不知另一個小老婆名叫什麼。追查他的車號，發現他的雙B一輛已經賣掉了，另一輛則是租來的，已經解約。他們追到小炎的父親那裡，父親不認帳，只說個人造孽個人扛。找到他妹妹那裡，說很久不見了，沒有他的下落。名片上的紐約分公司並不存在，那個地址上，坐落著一間伊朗人開的小吃店，但他在紐約大學的學歷倒是真的。以色列的分公司也不存在，那地址住著一個陌生的老太太。至於巴黎分公司，則是聖母院附近一塊待建的草坪。小香心想，哇，這些老同學真不是蓋的，他們當真請了律師與偵探，進行了大規模的跨國調查。

小香這才想起兩年多以前，她還沒疏遠同學會的某一天，小炎丟了一支不知是股票還是期貨的名字與編號，叫她下禮拜去買，漲到幾塊之後馬上賣掉。小香說，「你不是在替同學們操作嗎？為什麼不乾脆叫我把錢交給你，由你幫我買？」小炎說，「他們的錢我處理，妳的錢我不處理。」小香問為什麼，他說不為什麼，「我就是不想跟妳產生金錢關係。」

當場，小香覺得很不服氣。你是嫌我的錢太少嗎？但是她沒有開口這麼說。一種隱隱受辱的，曖昧的貪婪，與被拒絕的羞愧感，讓她停止了話題。於今想來，小炎騙光了每一個人，獨獨放過了自己。那晚睡前，她打開衣櫃，拿出那瓶三宅一生，觀察透明的三角錐瓶裡，金黃的水色。她打開彈珠般透明的球形瓶蓋，晃動那金色的水，再次聞嗅那氣味。其實那味道滿美的，只是，她沒有搽香水的習慣。

——原載二〇一九年六月《印刻文學生活誌》第一九〇期

台北人，台大外文系畢業。著有短篇小說《哀豔是童年》、長篇小說《太陽的血是黑的》，主編並合著《無法送達的遺書》，記錄白色恐怖政治犯的遺書與家書。近兩年出版短篇小說實驗集《字母會》，與駱以軍，童偉格，陳雪，顏忠賢，黃崇凱合作，已出版A到Z共二十六冊。另與童偉格主編《讓過去成為此刻：台灣白色恐怖小說選》共四冊。

火車做夢

劉芷妤

列車搖搖晃晃，貼著溽夏時節長滿濃綠蕨類的潮濕山壁行駛，不知道是不是正在山坳間行進的關係，車廂裡聽見的火車聲音非常大，行駛的巨響在山壁與車廂間碰撞迴盪，響得似乎可以吃掉世界上任何其他聲音，若說是白噪音，怕也是白到發亮的等級了。車廂裡每個位置都坐著人，站著的只約莫三四個，心照不宣地彼此拉開一段距離，各自斜倚在某個靠走道的椅背上，她便是其中一個。

轟隆，轟隆。

她幾站前在另一個車廂裡睡得正酣時被叫醒了，那年輕人亮出車票說這是他的位置，要她讓座，她正想搬出敬老尊賢尊敬長輩等等大道理，好好教育一下眼前這頭髮染得和自己一樣灰的屁孩，但想起女兒罵她正義魔人自私大媽的表情，便把話都吞了回去，收拾東西默默離開。

她走了幾個車廂都沒發現其他空位，便在這一車停了下來，默默找了個椅背靠著。她從年輕時便是上車就睡的類型，火車上的搖晃與轟隆聲響完全是催眠神器，況且這列火車聲音特別大，開起來特別晃，弄得她好想睡。

年輕時帶著女兒搭車，女兒最喜歡的不是窗外的風景，而是入夜後或隧道裡，鏡像化的窗玻璃。常常她睡得迷迷糊糊在不知身何處的車上醒來，第一眼看見的就是女兒晶亮亮地盯著黑色的窗，窗外明明什麼都看不見，只有遠處燈火與車內微光交疊成搖晃的亮點，母女倆與其他乘客的臉，像畫了一半就擱下的素描，在黑色鏡面影影綽綽地閃現。

女兒說，那是火車的夢。火車做夢好好看，所以捨不得睡。

如果她的好睡能分一點給總是失眠的女兒就好了，她想。這樣不知道能省多少安眠藥。

轟隆，轟隆。

這列從花蓮上行的火車窗景，從一開始的滿眼海天湛藍，變成如今潮濕山城的蕨葉濃綠，那綠純正得像是剛從生產線上做好，準備運到世界上其他地方再拿來稀釋重製成其他綠色物件的濃縮原汁。她想起女兒每天早上要她吃的葉黃素，覺得窗外這綠對眼睛的益處大約也是十倍於別處的綠，反正站著也不能睡，索性認真盯看起來。

車窗邊的人大多睡著了，剛剛在海岸段拉起來擋太陽的簾布遮住了大半的窗景，她又想起女兒對她的冷眼，好不容易忍住探身去拉開別人座位邊窗簾的衝動，只得有點委屈地盯著沒拉實的簾布間透出的那點狹長窗玻璃看。高速行駛間，窗外所有細節都退隱江湖，只剩棕黑墨綠啞黃麻灰這些大小色塊，不停從玻璃上飛掠，看久了像是萬花筒，反倒讓她更想睡了。

哎呀再撐會兒，快到台北了。

轟隆，轟隆。

列車進入山洞，這段路多的是山洞，每一個都不長，卻非常密集，明暗間隔短暫，交替得瑣碎而頻繁。剛從滿眼綠進入隧道的那瞬間，她總想到女兒，女兒每次往返花蓮台北，經過這段時，不知還愛不愛看火車做夢？這樣的夢亂七八糟的一下子就醒了，醒沒多久又掉進另一個夢裡，那多不舒服啊，可是醫生說女兒就是長期在這樣的軌道上，自己一個人跑著。

這是什麼軌道？這也算是軌道？軌道不就是安安穩穩過日子嗎，正常人怎麼會受得了這種起起落落？爸爸媽媽辛辛苦苦賺錢把妳送到花蓮念研究所，包吃包住包念書包玩樂，結果妳在那裡憂鬱症還是躁鬱症，這樣哪裡有對？妳是有什麼好憂鬱的？不愁吃穿有什麼好尋死尋活？

女兒從來不回答她的這些問題，總臭著臉，就像現在黑亮的窗玻璃上映著的那個年輕女孩子的側面，明明五官乾淨漂亮，映在窗上的鼻梁下巴眼睛嘴唇都線條明晰，但就是一副全世界都欠她會錢的樣子。這些小女生哪裡知道什麼叫做欠會錢被倒會？一天到晚臭著張臉，醫院裡的護士跟她說這是年輕人流行的厭世，什麼厭世？都還沒出社會，連世界長什麼樣子都不知道，說什麼厭世。

轟隆，轟隆。

列車出了山洞，有益養生的濃綠再度回到玻璃上，她趕忙又盯著看，想著每天早上陪女兒一起吃藥時吃的葉黃素，為什麼叫葉黃素呢？不都說多看綠色才對眼睛好嗎？還有那個花青素，花怎麼就青了呢？

青了的，是她那天接到電話，聽見學校說女兒自殺被發現緊急送醫的那張臉。臉青著時間停著，但奇怪的是手上的鍋鏟還在煎盤上俐落切著蛋餅，好像人跟身體真的可以分開似的，煎盤邊緣的隔熱板後站滿等著早餐要趕去上班的客人，他們也都是那張不耐煩的厭世臉。

但他們沒有自殺。

她沒想過世界到底討不討人厭，就像沒想過為什麼葉子應該是綠的卻有葉黃素，花應該是紅的粉的紫的黃的但偏偏有個花青素。

轟隆，轟隆。

綠沒幾秒鐘，火車又進山洞了。窗玻璃上這次映出來的是一張男人的笑，奇怪剛剛不是一個臭臉妹仔嗎？她眨眨眼，再認真看一次，沒錯，是個男人的笑，但不知道為什麼，她就是覺得那笑容很討厭。

真是沒救，要嘛厭世，要嘛連笑都討人厭，現在的人到底都有什麼問題？她記起常常有客人跟她說，阿姨，看到你的陽光笑容就覺得整個早上都充滿活力了。忍不住對著空氣咧出自己引以為傲的飽滿笑容，摸摸臉頰拉扯的弧度確認這技能尚未生疏。

為什麼這些都遺傳不到女兒身上呢？

轟隆，轟隆。

這段路好多山洞，窗玻璃亮了又暗，綠了又黑，這次出現的是一開始看到那個臭臉妹仔，妹仔表情比第一次看到時還難看，白白浪費了一張水姑娘的臉蛋。

這妹仔的爸爸媽媽恐怕也跟自己一樣不知道該拿女兒怎麼辦吧。

轟隆，轟隆。

男人的笑。

轟隆，轟隆。

妹仔臭臉。

轟隆，轟隆。

男人的笑。

轟隆，轟隆。

奇怪，為什麼同一塊玻璃上映出來的臉，每次過山洞時看到的會不一樣？像是這深山的隧道裡有什麼魔神仔在跟她開玩笑似的，又像是某種囝仔的塑膠玩具娃娃，按一下頭，就會換一張臉。咔啦咔啦，喜怒哀樂，咔啦咔啦，表情都不一樣。

若像是女兒講的火車做夢，難道是這輛火車做惡夢了？還是她在女兒的病房待太久，被隔壁病房那個愛撞牆的傳染了神經病？

這種話講出來一定會被女兒罵，說她政治不正確，然後呢她跟女兒講什麼人生道理要開導她，又被說是太正面太政治正確。真的是吼，什麼都乎伊講就好了。

在病房裡，她也的確是什麼都讓乎伊。女兒說自己吃藥很無聊，她就陪著吃維他命葉黃素；女兒說媽你回去工作啦每天在這裡我壓力很大，她就收了東西回台北，假裝自己狠得下心，可以把女兒留在那幢高樓的其中一個病房裡。

她什麼都依了這個查某囝，但怎麼樣就是問不出為什麼，為什麼要這樣，什麼事要弄到自殺。醫生叫她不要問了，她也就不敢問了。這年頭，做媽媽的問個問題還會被醫生罵。

轟隆，轟隆。

這次，窗玻璃映著的妹仔的臉，臭得像是已經快要哭出來了。

她終於忍不住轉過身，想要搞清楚到底那個玻璃上映著的是男是女，還是魔神仔。車廂裡大部分的人都在睡覺，就算醒著，低頭盯著手機的樣子也像是進入另一種睡眠狀態，她眼光掃了一圈，很快就找到其中一個卡座上，明顯和其他乘客動作不同的那對男女。

因為被成列椅背與乘客擋住，從她的角度，只看得到那個掛著笑的男人，一隻手抓著臭臉妹仔的肩頭，試圖將妹仔拉往自己，臭臉妹仔不斷躲著男人湊過來的臉啊手啊身體啊，男人又不斷靠上去，不知為什麼，或許是因為列車的轟隆巨響實在太大，晃動也太劇烈，這場隱藏在兩個座位間情緒飽滿的小小追逐戰，竟和她在窗玻璃上看見的倒影同樣無聲。妹仔微弱的抵抗並沒有超出那個卡座的範圍，也沒有驚動任何睡著或醒著的乘客，只讓他們的臉在拉扯之間，前前後後地，交替出現在她盯著的那塊小小窗景上。

滿座的車廂裡，像是只有他們三個人知道這件事，其他人的視線都垂得低低的，不知道是沒看到還是不想看到，而她竟也下意識地轉回原來的姿勢，想把自己藏進「不知道這件事」的多數裡。

然而她畢竟是知道了。

轟隆，轟隆。

回到同樣的姿態角度，她不可避免地在火車進山洞時，又看見那塊窗玻璃倒映著的男人的笑。現在她知道為什麼這男人笑起來這麼討人厭了，可是那妹仔要真的碰到什麼性騷擾還是怪叔叔，幹嘛不喊大聲一點呢？不然站起來直接離開那個位置也可以啊。搞不好他們是情侶，說不定她多管閒事過去問兩句，還會被罵回來，而且要是被那個男的打怎麼辦，這車廂裡看起來沒有人會救她。

她想起女兒說她正義魔人，要她小心點，說現在大家都有手機，隨時都會有人把你當正義魔人的嘴臉錄下來，上傳網路。

她是不知道正義和網路的關係到底是什麼啦，但當火車轟隆轟隆駛進下一個山洞，當她從窗玻璃又看到妹仔的臭臉，跟女兒一樣臭的那張臉，她還是忍不住轉過身，走向那個卡座。

她瞥了一眼男人，男人很快收回放在妹仔身上的手，戒備地看著她。

「小姐，這個座位是我的，妳可以把位置還給我嗎？」她對妹仔說話。

妹仔微微仰頭，整個人都傻了，只能用那雙快哭出來的水汪汪眼睛看著她，瞬乎變換幾千種表情，每一種表情裡肯定都浸潤了飽滿的感激。

「可是，阿桑，這是我的位置耶，妳看，號碼是一樣的……」妹仔從身上摸出對號車票。

阿桑你個頭啦。她氣死了，整個肚腹裡燃起大火。妳老母辛辛苦苦每天天沒亮就起床備料做早餐做了二三十年，衣服捨不得多買一件，把錢都給妳去念研究所，妳給我念成這樣！了然！書都讀到屁股去了，妳笨成這樣妳媽知道嗎？這社會交給你們這種年輕人不如給阿共打下來算了！

「幹伊蛤仔，我真的會被氣死，拎祖媽叫妳站起來啦，我睏得半死讓老人家坐一下會怎麼樣？你們這些年輕人真的是很不知好歹，大人教的都沒有在聽，尊師重道啦敬老尊賢啦都不會，年紀輕輕站一下好像要妳的命一樣，等一下就到台北了啦不用妳站很久啦，我剛剛站在那邊腳腿都麻了，是不能給我坐一下是不是？」

她拉高的嗓門吸引了周遭乘客的目光，細碎的議論聲被火車的巨響高速輾成粉塵，還有人拿出手機鏡頭對著她，奇怪吶，剛剛真的該錄影存證的時候這些人都死哪裡去了。

「喔，好啦，阿桑那這裡給妳坐。」妹仔諾諾起身，離開了那個現場，男人一句也沒吭，看來是真的互不認識的兩人。

她裝作毫不客氣地，一屁股坐在還留有妹仔體溫的絨布座位上，眼角餘光發現男人還在看她，她有點緊張，壯起膽子瞪了回去，在男人下意識轉開眼睛的那空檔，趕緊把外套拉起來蓋住頭裝睡。

怎麼可能睡得著？緊張死了。大家都在看這裡有夠見笑，不過，那個男的應該不敢再騷擾妹仔了，也不知道這男的會不會對自己怎樣，實在垃圾，害她終於有位置睡覺了又不敢睡。

隔著蒙住頭的外套，好像聽見有人在罵她老番顛，但火車聲音太大，輕易輾過了那些難以聽清的不滿。她想著，回到台北要打電話跟女兒說這件事，人生真的不用太在乎別人說什麼，他們連性騷擾都假裝看不到，連罵阿桑都只敢躲遠遠的碎念，那種人的意見有什麼好考慮的。

轟隆，轟隆。

不知道是不是列車的白噪音太強大，前一刻還緊張得要死的她，竟然真的睡著了。轟隆，轟隆。火車車廂真是全世界最適合睡覺的地方了，她夢見女兒回到小小一丁點的那時候，穿著她小時候最喜歡的那件綠色洋裝，小狗一樣趴在窗邊看火車做夢，咻地一下從溜滑梯滑下來，蝴蝶一樣在她的腳邊繞來繞去地飛，飛啊飛啊，那揚起的裙襬美得像行過山城時，她在火車的窗玻璃上看到的那樣，是用最純正新鮮的原料製成，一點也沒有摻水。

那是多好的年紀啊。那時候，什麼東西都不能傷害她的女兒，連女兒自己也一樣。

轟隆，轟隆。

——原載二〇一九年六月九日《自由時報》副刊

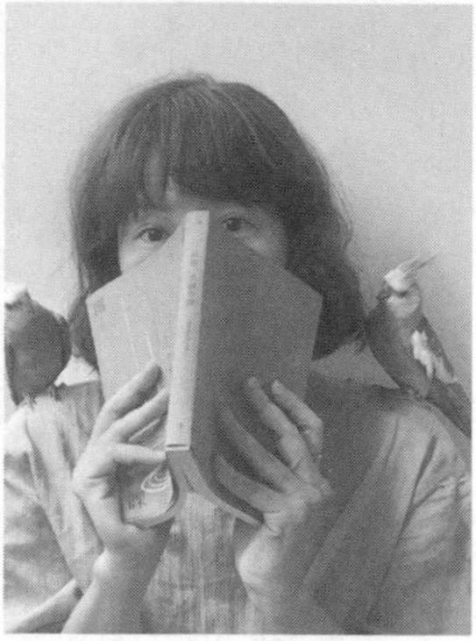

東華大學創英所第四屆畢業。雖然標準文學院出身，卻發現自己愈來愈不懂文學。在各種領域打滾一圈後，最終回到了廣義出版業，著有《迷時回：無糖城市迷路指南》及數本奇幻小說，即將出版短篇小說集《女神自助餐》。

州際公路——寺尾哲也

大家都聽過那個都市傳說：某員工家中舉辦派對，飲料不夠。他去公司的免費冷飲櫃，可樂，雪碧，沙士，芬達，左手右手滿得像八爪章魚。走到停車場時，公司警衛把他攔下，說：你 LDAP 是多少？隔天他卡刷不進門，帳號也登入不了，人資把他的傢私全塞進一大一小兩個紙箱，堆在門口。到這邊分成兩個版本，一說是他後來和公司纏訟四年，每次都從東南亞某島國搭十四小時飛機出庭，後來當然敗訴，但因此上了紐時的地方趣聞版。另一說是他夥同一些對公司有恨的人——紅不起來就抱怨演算法不公的 YouTuber 之類——和市區那些激進派居住權社運團體合流，鎮日躲在路邊朝公司的交通車發射 BB 彈。

明亨說，這一定是假的。

我說，哪一個？他說，都是。「警衛在停車場遇到他，怎麼能確定飲料一定是從公司拿的？」

此時我們正走在公司地下停車場。濃稠的日光從方格通氣孔落下，又亮又橘，像不要錢的公司洗衣精。我和他手裡拿的是罐裝紅茶，綠茶，花茶，薄荷茶，決明子茶，可爾必思，無糖優格。用袋子裝。袋子是不透明的。我們覺得自己好聰明。

「你現在是在幫自己壯膽嗎？」我說。

明亨說，還不是幫介恆拿的。介恆喜歡吃希臘優格。無糖就算了，還加鹽，難吃至極。

明亨按下鑰匙按鈕，後車廂蓋彈起。我們把袋子放進冰桶。

從灣區走一〇一號國道，經過吉爾若以量販商城和上棉木溪野生保育區，接五號州際公路，再往南開個兩百英里，就到今晚的休息點。那是一個叫貝克菲德的小鎮，位在五號州際通往拉斯維加斯的要道上，市區加油站比餐廳還多。明亨說可以開他的車，我們輪流開，累了就換手。我說，跑這種長途，真的好嗎，保費會漲喔。

明亨說，沒差，每年就為了介恆跑這麼一次。介恆父母得要從台灣飛去，才叫辛苦。

我說，也是。

明亨打開導航軟體，最終目的地設在拉斯維加斯的寇斯莫帕勒坦飯店。每年的七月六日，寇斯莫帕勒坦飯店二三〇八室，我們和介恆父母都會去。他父母客氣、怕生又拘謹，總是說我們人願意到已經太夠意思，不要再買東西來了。

我們上路之後沒多久就開始塞車。整條一〇一南向動彈不得。這週是美國國慶連假，從灣區、洛杉磯等地開去拉斯維加斯的車，比中國城裡下水道的蟑螂還多。明亨說，介恆真的是很會選時間。我說，你去年也講過一模一樣的話。他說，是嗎，我不記得了，難道你記得你講過的每一句話？我說，很難說喔，跟介恆講過的，應該都記得。

——最好是。

明亨一邊轉動方向盤一邊說。他切進最內線的共乘專用車道，被別人猛揿喇叭。我朝後照鏡瞧一眼，那駕駛對我們豎起一根中指。

——這個我也記得。

——什麼？

——就是這句話啊，這個場景，被人按喇叭。

明亨也捶了幾下方向盤中央。他說，「馬的那個智障。」

喇叭的設計真的是很奇妙，從車內聽起來，一點都不覺得吵。而且喇叭沒有方向性，沒辦法指定想要發送的對象。後面那台車迅速地往右切，併入一般車道。現在最內線反而塞，它從旁一下就超越我們。

明亨說，剛剛那個故事，他寧願相信 BB 彈版本的。

我說，為何？他說，他可以理解那些居住權社運團體的想法，他時常也想朝別人的車子射幾發。我說，你不是有房階級？他說，他又不像劉若瑜還是楊家宏，買在麥隆帕克，原本的破爛房子，戰前蓋的，舊得連鬼都不想住，結果 Facebook 總部竟然設在旁邊，嘩，翻三倍了。我說，戰前是指二戰前？他說，當然是二戰啊，二戰我還拿出來講幹嘛。我說，可是你去射公司的車，也不會改變什麼啊。

他說，誰說要射我們公司的？要射就射 Facebook 的。Facebook 的交通車和我們公司的基本一樣。方方正正的雙層巴士，玻璃全都墨黑色，防彈，外面看不到裡面。車身全白，連一點標誌都沒有，為的就是怕人挾怨報復——在舊金山市區，凡是交通車停靠站所設之處，房價隨便喊，漲得比颱風時的高麗菜還快。

明亨說，在圓山大飯店那次，你還記得嗎？我說，什麼？他說，好像是區域賽吧，還是大甲？我說，大甲不會辦在飯店裡吧，教育部哪那麼有錢。他說，噢對，我是說介恆奪冠那次。我說，介恆哪一次沒奪冠？他說，總之，那次楊家宏比完後跑去廁所哭，結果氣喘發作。教授帶一堆人去撞門。抬出來後，楊家宏發現抬他的人是介恆，哇，堅持要下來自己走欸。「就你不准——。就你不准——。」他缺氧了還能喊。整張臉都變成豬肝色。沒想到現在——

「沒辦法。世事難料。」我說。「但是我們已經算不錯了。其實楊家宏和劉若瑜每年賺的，未必有你多。」

明亨說，屁。他安靜幾秒鐘，眼睛瞪著前方，似乎是正在心算。一陣子之後，他笑了出來，說，呵呵，好像是真的。他頓了一下，順著前方的車速催了幾次油門，又接著說，我們之間，我們這些 B95 的同學之間，其實都差不多啦。大家實力都差不多啦。除了介恆是怪物以外。

我說，是啊，介恆是怪物。

五號州際公路非常筆直，開定速巡航的話，幾乎不需要碰方向盤。若從空中俯瞰，大概像在一片黑暗無光的曠野間，橫空伸出一條專屬於人類的，閃閃發亮的細長臍帶。現在剛入夜，天頂黑了大半，只剩地平線上下一點縫隙，還透著暗紫的光暈。往來的車流全都開了大燈。車燈所照之處即是視野極限，再往外是伸手不見五指的，無邊而寧靜的黑暗。

貝克菲德還在目不可及的遙遠之處。拉斯維加斯更是。

車內音響正播到〈Butter-Fly〉。這份歌單是介恆的。

每年此時，開往拉斯維加斯的路上，我們會無限重播介恆的歌單。

明亨說，介恆真的是很耐煩，整個播放清單只有六首歌，一直聽，都不會膩。剛算了一下，假如我們總共要開十小時，那就是每首要聽三十遍。我說，他大學的時候才恐怖，隨身聽都只放一首歌，一直重播一直重播一直重播。我問他的時候，他還一臉無辜地張大眼睛，說，本來同時就只會有一首最喜歡啊。

「哈哈哈。」明亨說。「介恆 Style。」

「天才都是神經病。」

「可惜反過來不成立。」

儀表板微微的螢光照在明亨臉上。引擎轉速指針的白，哩程齒輪刻度的黃，和節能模式的水色光點，一震一震地隨著他的表情沒入陰影之中。定速巡航維持在時速七十五英里，相當於一百二十公里，其實相當快。但從車窗望出去，無邊無際的，毫無起伏的黑暗曠野，讓人以為一切彷彿是靜止的。

明亨說，不過啊，我也不是不懂。

我說，什麼？

他說，雖然剛剛說了那麼多，但我覺得我們滿像的。我是說楊家宏。

我說，哪方面？

明亨彷彿沒聽到般。他說，你記得介恆有一次遲到三小時嗎？我又說，什麼？明亨說，整場比賽也不過就四個半小時。我說，喔你是說個人賽喔。明亨說，他出現在門口的時候啊，全部人都放下鍵盤，站起來哀求助教，拜託拜託，拜託一定要通融，無論如何要讓介恆考。我說，記得啊，因為就算只剩一個半小時，介恆還是會第一啊，這是為了選拔好。他說，你那時候跑去找教授。我說，這我倒不記得。他說，然後教授問他為什麼遲到，幹他爸的，隨便掰個阿嬤生病還是小貓小狗被車撞都好。教授又不是白痴。誰都知道要是介恆沒選上，整場選拔都會變成歷史留名的笑話。介恆那時一副還沒睡醒的樣子，頭髮亂的像被炸過一樣。全部人都等著他開口。結果他說：「我忘記了。」我說，啊，你講到這我就想起來了，教授那時候的表情，哈，一生難忘。
明亨說，對，那次差一名被擠掉的人就是我。
「啊……」我說。
車窗外仍是漆黑一片。路旁告示牌除了速限以外，還有提醒駕駛人接下來都沒有加油站的牌子，綠底白字：警告。警告。下一個加油站在一百哩之外。然後是一條小小的交流道往外伸出幾十公尺，接到一座無人加油站。整個加油站只有一隻油槍，與公路僅隔著一條瘦長的安全島。我轉頭看時剛好有車駛進，燦亮的白光驟然炸開。原來那燈是感應式的。
這一無所有的世界，那些常識，即使偏離了也無所謂……連喜愛的心情都好似要辜負了一般。就算僅有一雙停滿影像的，不可靠的翅膀，也一定能夠遠走高飛。
音響又播了一次〈Butter-Fly〉。
明亨說，現在講講，也沒什麼大不了的。反正我們都已經出來賺錢了。我說，嗯。
化作振翅飛舞的蝴蝶，專注地乘坐在風上。無論在哪裡，都要飛去與你相見……
他說，而且，和田光司都已經死了。
車內的空氣沉默了起來。明亨左手搭在方向盤底部，右手插在上衣口袋裡休息。現在旁邊路過的都是貨櫃卡車，水泥攪拌車，或是載有吊高機具的工程車，一輛比一輛大。我問他要不要換我開。他說還好。我拿出手機，打去今晚投宿的旅館，向他們再次確認我們的抵達時間，現在看來很可能會超過午夜了。接電話的是個拉美裔的大媽，大概是新手吧，聽不懂亞洲人的英語腔調，搞了好久才查到我們的訂房紀錄。是，是。我說。我們會到，我——們——會——到——。

我掛掉電話。明亨說，怎麼？我們每年都住這家，他們還搞不清楚狀況。我說，的確是。不過那種鬼地方的旅館，大概不期待客人會來第二次吧？我和同事說，今晚要去貝克菲德。他們的反應都是：「什麼？」然後開地圖，滑半天，抬頭用一種狐疑的眼神看我，說，那裡豈不是 in the middle of nowhere？

明亨哼一聲，說，整個美國 in the middle of nowhere 的地方可多了。

路旁的藍底告示顯示，前面三英里處有個休息區。我們靠右下了交流道。在紅綠燈前的分岔口，左右各有一幅巨大的廣告板，刊登了所有店家的商標，但無一不是全國連鎖品牌，賣的食物都大同小異。休息站裡，每一家店都相隔甚遠，各自擁有土星環般的空曠停車場。我們是舉目所見唯一一台車。我們要去的漢堡店三面都是落地玻璃，整間像是放大的，疏於照顧而活物全死光的水族箱。沒有顧客，沒有店員，只有櫃檯一個金屬製的小鈴，上面寫：請按鈕，我們很高興為您服務。

明亨說，說到這個，那時候每週的練習賽結束，你怎麼都不跟大家一起吃飯？

店員一臉矇矇地從暗門走出。他剛剛似乎睡得很沉，大概沒想到這個時間還會有人來。

櫃檯正上方的價目表燈箱，有一根燈管一閃一閃地壞了。

我說，你有去過計中四樓的陽台嗎？

明亨說，計中有陽台喔？噢不對——計中有四樓喔？

我說，四樓走廊走到底，男廁旁有一個通往室外的鐵門。那個門乍看是卡住的，但用力推可以推開。沒有鎖。那是一個很小的露台，勉強一點，可以站六個人。面漁科所，但是有圍牆，又有椰子樹擋著，很隱密。佑一每次比完都會去那邊。咚咚咚地，用頭撞地板。頻率不見得一致。有時候好幾分鐘也沒撞一次。明亨說，什麼？為什麼？我說，我哪知道。明亨說，伊斯蘭教？我說，我有查過方位。不是。啊，正確來說是撞水管，那邊地板都是水管。明亨說，佑一不是跟介恆同隊嗎？我說，或許這就是原因吧。明亨說，然後呢，你不要告訴我你也在那邊跟他一起撞，所以才不來吃飯。我說，我沒撞，我看他撞。明亨說，蛤？為什麼？

——這個嘛……，很難解釋。一言以蔽之的話就是，呃，有點療癒？

我轉頭向店員點餐。六塊雞塊，不要套餐，對，單點，要甜辣醬。

明亨說，聽你在胡扯。

我們拿著托盤走到座位。這間連鎖漢堡店的內裝非常豔麗，座椅是大紅色與白色相間的條紋，牆上則是印滿藍色星星。方正的，等間距的五角星。玻璃窗外是一望無際的墨黑。整間店像是懸浮在太空中似的。

明亨說，你在旁邊看他撞？

——我躲在門後面，從門縫看。

明亨說，不可能。

我沒有理他，繼續說：而且有一次，我遇到介恆，介恆看到佑一在撞地板，就過去跟他說，你要撞的話就撞這裡。介恆蹲下，指了指佑一的額頭頂端。說那裡是整個頭殼最堅固的地方。

明亨說，然後呢。

我說，然後他們就窸窸窣窣地講話啊，我聽不到。更正，其實大部分是佑一在講，介恆只是蹲在那邊。那次真的講很久，我腳超麻。到了後來，佑一站起來打介恆的頭，從正上方，打在介恆額頭頂端。一拳一拳，咚咚咚的，比他自己撞地板還大聲。介恆就像沙包一樣不動，有時候跌倒了，還會自己蹲回原地。佑一打到自己流血，指節腫成兩倍大。介恆就只是看著他。明亨說，瞪著他？我說，你不要打斷。明亨說，好，我看你怎麼掰。我說，過了大概十分鐘，他們又開始講話。講的仍只有佑一。他不停說，你要我怎樣，你要我怎樣。介恆安靜地蹲在那。不知道的人，還以為介恆是聾子。結果下個禮拜，我去的時候，就看到他們兩個已經四肢交疊在一起了。明亨說，蛤？我說，佑一那時候中文不是很爛嗎。明亨說，他現在中文還是很爛。我說，他叫的時候都是用中文。明亨說，你到底在說什麼？我說，他可能是怕介恆聽不懂。明亨說，屁啦，那方面的日語，誰都聽得懂。我說，介恆可能沒看過A片啊。

我說，而且，我覺得這是他表達對介恆的敬意的方式。

明亨說，好，然後呢？

我說，沒有然後了。

明亨說，所以你每次比完賽，都去偷看？

我說，對。

明亨說，他們知道你在旁邊看，怎麼可能做？

我說，他們不知道啊。他們以為沒人啊。

明亨說，那邊有燈嗎？你怎麼會看得到佑一的指節？

我說，反正我就是看到了。

明亨說，那邊有沒有燈？

我說，我忘了。

明亨搖了搖頭，拿起他的炸雞。他隔著餐巾紙握著雞胸的兩端，細心地啃了起來。他不想弄髒手。我們默默地吃著自己的餐點，沒有再多說話。

走回車上後，我和明亨換手，上了駕駛座。在我調整座椅傾斜角度和後照鏡角度時，明亨說，所以佑一今年有要去嗎？我說，應該沒吧。明亨說，他去年也沒去？我說，對。明亨說，我記得他從來沒去過？我說，對。

我比明亨高一些，坐上來時，大腿頂到方向盤。我低下頭去找控制方向盤高度的扣子。車內太暗，摸半天摸不到。我只好先扭開照明燈。黃光啪一聲充滿車內空間。我發現有張發票掉到煞車踏板上，又低頭探出手把它拾起。

「其實你剛剛講的，用頭撞地板的人，不是佑一吧？」明亨說。

我把發票攤平，對折了兩次，放到收菸灰的垃圾匣裡面，闔上。

我沒有回答他。我壓下手煞，開始倒車。

明亨盯著我的側臉幾秒鐘，然後深深往後倒，雙手鎮在腦後，露出一副獲得了非常、非常心滿意足的答案一般的表情。

「啊……」他說。

車頭燈的光圈掃過眼前的店家後門，地上停車格一方一方，漸次浮現又隱沒。明亨沒有再多說什麼，他往我的方向伸手，熄了照明燈。

我說，謝謝。

我順著南下交流道的指示回到五號州際上。這個時段路況變得順暢起來。或許是夜深了，大型車輛的司機都已下班。我透過後照鏡確認了一下，我們後面是輛警車，已經跟了我們一陣子了。我說，真奇怪，我們又沒超速。明亨探頭過來，看了看儀表板。我指了指藍色的定速巡航小標誌。

我說，可能是公司派人來抓我們偷拿飲料吧。

哈哈哈。明亨笑了一下。

周圍的車輛越來越少，到後來，警車也不見蹤影了。整條高速公路視線所及沒有任何車。對向車道也一樣。耳朵漸漸習慣車子切穿空氣的聲音，慢慢的再也聽不到了。五號州際路旁沒有燈，也沒有圍欄。車道邊界鋪有特殊的紋路，車子不小心開上去會發出打果汁機般的巨響，提醒駕駛人：醒來！醒來！

我們又沉默了一陣子。我們都有點累了。一方面時間已晚，且剛吃完東西，昏昏欲睡。明亨說，你可千萬不要睡著喔，我有認識一個學長，他就是開五號州際開到睡著，結果撞車，醒來的時候整台車已經在高速旋轉。我說，死了？他說，幸好人沒有怎樣。

我說，整台車高速旋轉，怎麼活得下來？明亨說，正好相反，旋轉代表動能被釋放，沒有直接作用在人體上，反而安全。我說，好玄。聽起來好像什麼靜思語小故事。

明亨說，這是科學，不玄。

我說，你有想過，死掉的過程是怎樣的嗎？

明亨說，什麼？

我說，比如說車禍，腦袋被削成兩半。那意識會被分成兩個嗎？兩邊都會痛嗎？會變兩倍痛嗎？

明亨說，我哪知道。

我說，我常常在想啊，從賭場飯店二十三樓跳下去，還撞到水舞池的護欄，腦袋碎得跟豆腐花一樣，那些碎片，全部都會覺得痛嗎？落在池子裡，被進水口吸進去，再被噴嘴噴出來，吸進去，再噴出來，吸進去，再噴出來……那時候不是剛好是水舞表演嗎？我記得播的音樂是 Singing in the rain，小提琴獨奏版，好像是播到副歌那邊吧。旁邊還有遊客在拍照。水上有各種顏色的打光。紫色的。黃色的。白色的。粉紅色的——

明亨說，不要再說了。

我說，我們那天不是贏了很多錢嗎？

我說，那時你還說，不要搞什麼競賽了，以後靠打 Blackjack 就好。

我說，我們還候補上隔天減價的吃到飽。下午茶時段買一送一。我們三個人，還跟一個剛好排在我們後面的克羅埃西亞人團報。

我說，喔不對，好像是宵夜時段。

我說，結果也沒吃到。

明亨沒有再說話。

前方的道路隨著車燈的照射，像吃角子老虎機一樣不停滑出，源源不絕地迎面而來。完全筆直，沒有一點彎曲，搭在方向盤上的手連動都不用動。

好像永遠不會結束一般。

我看著前方，不管是貝克菲德還是拉斯維加斯都還很遠。很遠。在視線完全不可及的地平線另一邊。

車子突然開始減速。

明明是定速巡航模式，儀表板上的指針卻穩定地往下滑落。我踩了踩油門，解除了定速巡航，但是車子仍沒有加速，彷彿油門完全無效一般。「不會吧。」我看了一下，油量明明就很足啊，也沒有任何警告標誌亮起。明亨說，發生了什麼事？我試著踩了一下煞車，完全沒用。現在整台車的油門和煞車踏板都是裝飾品了。我打了方向燈，慢慢往外線切，還好路上完全沒車，我得以順利地滑進路肩。這一段的路肩極其寬闊，再多劃個兩線道也不成問題。車子在路肩滑行著。直到慣性動能耗盡，進入怠速狀態，我和明亨說：小心，抓緊。我把手煞車拉起來。

車子煞停了。

我說，油門和煞車好像都壞了，沒反應。

明亨說，怎麼會這樣？

我問他有沒有做定期保養。他說上個禮拜才剛做，什麼問題也沒有。

我們下車，打開後車廂，找反光板。明亨說，他怎麼可能有那種東西。我說，其實這邊的車子出廠時都有附。後來他在靠近座椅的底部找到一個暗扣，拉起來後，果真有三角反光架，置在一個合身的凹槽中。塑膠膜都沒拆掉，新得要命。明亨拿起反光架，我們開始朝遠離車子的方向走。

——聽說要一百公尺。

在一片漆黑之間，車子後燈的一對光點越來越小，越來越小。我只看得到明亨持著手機的右手，和我自己的右手，和我們兩個面前一起移動的白光光圈。眼睛仍不能適應這樣的黑暗，根本無法目測距離。我們默默走了一陣，直到車燈縮小成兩個螢火蟲般的小點為止。

「現在真的是 in the middle of nowhere 了。」明亨說。

夜風吹在臉上，手上，身上。糊糊的，緩慢又黏稠。身體的溫度漸漸被帶走，我搓了搓雙手，下意識地縮起了身子。明亨放下反光板，喬了一下角度。他把塑膠膜撕掉，慢慢地，好像怕刮傷什麼似的。

我說，其實我也可以理解楊家宏啊。

我說，介恆就是很擅長讓別人的人生失去意義啊。

我說，那時候全台大資工都偷偷希望他死掉吧。大家只是不敢承認而已。

明亨說，可是你剛剛不是說你每個禮拜都跟他——

雖然周圍是一片黑暗，我還是轉頭往明亨的方向望去。只看得到他手上閃光燈的刺眼白光，和露在袖子外面的一截手臂。

我說，嗯，所以我只有很偶爾才這麼想。

我說，很偶爾很偶爾。

我說，整趟拉斯維加斯，我可是連一次都沒有希望他死掉喔。一次都沒有。

我說，我明明就超棒的。

明亨沒有說什麼。沒有聲音的風持續吹在身上。我把雙手都退入袖子裡，緊緊握著，默默往車後燈的方向走去。車後燈越來越大，越來越亮，直到整個車尾的輪廓都顯現，我們都沒有再說話。

回到車上後，我們發動引擎以維持空調和照明。加州夏天的夜晚還是很冷，我身體微微抖了起來。我們兩個把手機都插上車充。現在必須要確保手機有電。明亨往外面天空看去。

「星星多得跟垃圾一樣。」他說。

明亨拿出皮夾，我們的信用卡都有全年無休的道路救援，全北美都適用。他打了過去。

那是白金會員專線，沒有等待時間立刻接通業務代表。是，是，馬上為您派車。有需要為您準備礦泉水或低卡綜合乾果嗎？是，也有沒氣泡的。是。好的，謝謝您。還有什麼是我可以效勞的嗎？祝您有個美好的夜晚。

明亨掛了電話，往後仰去。我說，我覺得我們好像永遠到不了貝克菲德。

明亨說，你想太多了。

他往我的方向伸手，把照明燈捻熄。他說，省一點電。我往正前方望去，這一段路的柏油很新，很平。這個郡的財政狀況一定很好。分隔線的白漆很乾淨，短短的，很快就出了視野。然後是什麼都沒有的一片虛空。

我說，那個時候啊，介恆在電熱水壺下面其實有壓一封信。嗯，說信有點不太對，應該算字條吧，用飯店便條紙寫的。明亨說，等等，我怎麼都不知道？我說，因為你那個時候還在樓下打 Blackjack，你回房間時警察已經把它收走了，後來好像直接交給他家人了吧。明亨說，你怎麼現在才講？我說，上面寫的東西很沒內容啊。他就是寫說感謝父母，感謝朋友，感謝教授，感謝這個感謝那個，最後甚至連他國小班導都寫進去了。明亨說，就這樣？我說，就這樣。

明亨說，他以為他在寫諾貝爾獎得獎感言噢。

車窗外一邊是五號州際公路，一邊是曠野。兩邊都沒有任何人，車，或是任何生物的跡象。安詳，無邊而寧靜的黑暗包圍著我們，像羊水一般。

為了節省油耗，我們甚至連空調都關了。明亨說，等到真的冷得受不了再開吧。再忍一下下。再忍一下下。車體內只剩下引擎規律而單調的震動聲，和座椅隱隱的反作用力。車體之外，無有形狀，無有知覺，無有感受。

我說，問你喔。

明亨說，嗯？

我說，想像一下你現在回到高中，一年級上學期開學第一天，你走進班級教室。你誰都不認識。所有能力知識全部回復到十五歲的狀態。但是你可以保持你到目前為止對人生的體悟之類的，帶過去。那這樣的話，你會選擇在高中階段，放下一切，盡全力地拚競賽嗎？

明亨說，我知道我指考會上台大資工嗎？

我說，你不知道，就像你也不知道你比賽比不比得起來一樣。

明亨停頓了一陣子。他的臉隱沒在黑暗之中，只剩頰骨邊緣一點點輪廓透出。他低著頭，左手緩緩地抓著頭髮。他的頭髮很短，其實沒什麼好抓的。但他就只是重複地捏著，握著，一直到手汗微微地浸濕了髮梢。

明亨說，我應該還是會選擇考試吧。

我轉頭。我看向他黑暗中的臉，說：這樣不是什麼都不會改變嗎。這樣不是什麼都不會改變嗎。我們還是會變成我們這樣。而介恆，他還是會——

明亨說，嗯。

我打開車門，往車尾走去。明亨說，你要幹嘛？我緩慢地走著，不知道為什麼，空氣凝滯得像液體一般。每一個跨步，每一個抬手，都得要克服極大的阻力，摩擦力，萬有引力。整個空間，天空，或是說宇宙，好像存心要製造困難似的，溫柔，濃稠而堅定地阻止我的任何行動。我費了很大的力氣才走到車尾，打開後車廂，伸手探向冰桶。明亨也下了車，我看到他站在副駕駛座門外，默默地看著我。我取出無糖優格，與來時同樣緩慢地，回到駕駛座。

明亨說，餓了？我說，再放下去會壞掉，冰桶沒辦法保冰那麼久。不能讓介恆吃到壞掉的優格。明亨說，哎，反正他又不會真的吃到。

我撕開包裝盒蓋，用附贈的透明小湯匙，一口一口地舀著凝膏狀態的白色優格。無糖，又有加鹽的希臘優格。

真的好難吃。好鹹。又鹹又沒味道。

真的好難吃。

我問明亨說，拖吊車什麼時候才會來，我們什麼時候才能離開這裡。明亨說，不知道，剛剛那個人沒說。我說，我覺得好冷。明亨頓了一頓，他的臉仍罩在黑暗裡。他緩慢地說，再忍一下下就好。再忍一下下。再忍一下下。

——原載二〇一九年十二月九日《自由時報》副刊

本文獲二〇一九年第十五屆林榮三文學獎短篇小說獎二獎

昭和六十三年生，台大資工系畢，Google工程師。在舊金山灣區和台北討過幾年生活。想像朋友寫作會一員。曾獲林榮三文學獎小說二獎。

淫婦不是一天造成的——張亦絢

01

「誰可以扶我過馬路？」一個聲音嘶喊著。

「我可以！」我很快「報名」。

扶盲人，方法與扶老人病人都不同，這是我從書上讀到過的，但從沒想到這種知識會派上用場。我擺出正確的姿勢，放慢腳步，把手臂借給他。

走快到馬路對面時，男孩突然放聲問：「我剛下課，妳也剛下課嗎？」

我呆了呆，一時不知如何應對。本想開玩笑說：「我是個老婆婆，早就不下課了。」——但這似乎有戲弄盲人之嫌。他看不到，所以才會用問話問一個，一般人早就不會問我的問題。沉默太久，對他來說，是否形成不明就裡的空白？我趕緊回答：「嗯啊欸，我不是剛下課，剛辦完事。」然後反射性地，我朝他的臉看去，想要交換一個眼神——他的臉看上去如岩層。不過也可能是我不常與盲人說話的關係，不懂看——當一個人看不到另一個人時，是否會覺得，有必要流露出表情？這之後，我看著他的白色手杖敲在他熟悉的領域，我才轉身離去。

真沒想到，年近半百，還是我第一次與盲人交談。學生時代，我曾在國外一個據說是無障礙空間的模範城市待過。有回我去看電影，電影院裡就坐了二十多個滑輪椅而來的觀眾。一個重殘導演導的片。內容不記得，但主題與身障者的性權有關。

盲人——顧名思義，就是看不見的人，不過，從我總是先「看不見他的看不見」一事來說，我的慢半拍，大概更像另一個大盲人。看見看不見，不完全是眼睛的事。

當天晚上，我輾轉難眠，想起潘金蓮。

02

潘潘常說，她和我之間，存在著特殊的心電感應。我看這多半是無稽之談。要真有心電感應，我應該很輕易就能把考卷上的答案傳送給她，她就不會老吊車尾，而我也不必時不時被導師叫去嘮叨：「白玉蓮啊，妳和潘金蓮那麼好，怎麼就沒影響她用功？她快沒高中可念了！妳也想想辦法。」導師不知道的是，潘潘不是不用功。有回掃除，我和她一起去倒垃圾，路上潘潘就對我說：「每天都讀到大半夜。但為什麼，成績出來，就都是最後一名？」她指指我們中間的大垃圾袋：「大家看我，比這還不如。」我聽了傷心，我們一起停了下來，蹲在操場角落上哭。月經來時我總比較虛，當時我眼前一黑，竟就暈了過去。醒來時，已經在保健室裡。事後潘潘說：「以為妳會死啊，一面叫一面跑，跟觀世音菩薩發了好多重誓。」我問她發什麼重誓，潘潘不肯說。

幾個星期天，我開始約潘潘去圖書館念書。然而所謂她成績略有起色，不過是從倒數第一上升到倒數二或三。我有點怨她。我認為，若不是她那麼熱心要在圖書館看帥哥，名次可以衝到更前面。但潘潘說她需要一點調劑，不然會瘋掉。不久，我對該怎麼幫潘潘一事，想法倒是有些改變。

說到這改變，就不能不提拿破崙。拿破崙是我們的美術老師，而她所以會有這麼個威風綽號，不是因為我們佩服她，而是因為她又矮又不得人心。「她以為她拿破崙啊？」不知哪個缺德鬼這樣開始嘲笑——術科老師在升學班上全無地位，因此不甘心，而會嘲諷我們的也不只拿破崙，但大家特別嫌惡她，還有另個原因，就是拿破崙全無我們說的女人味。不過，就算再過幾年，袁詠儀會在《金枝玉葉》中大放異彩，那對拿破崙也不會有幫助。依我看，拿破崙的問題，不在於她老穿一身男裝，而是她的人就是，哎，一副剛被狗啃過的樣子。

都國三了，本該識相地不要我們交作業，但是拿破崙偏不甩潛規則，吵嚷幾場過後，大家都敷衍地交了差。發還作品時，拿破崙還對我們全班——除了潘金蓮以外，大大發飆。「白玉蓮，做班長的也沒做榜樣，第二高分，五十九，讓妳及格？除非我沒良知。」她繼續譏評，而我們都打算忍耐她。聯考又不考，誰計較呀？誰是潘金蓮？在罵人的尾聲中，拿破崙的聲音突然變得非常不自然，她說：「我給了潘金蓮一百分。」她接下來的聲音還發抖呢：「要是可以給一千分或一萬分，這個潘金蓮，我要給她一萬分。妳們當中，只有她懂得美。」底下先是一片沉默，然後有些嗤嗤的笑聲冒出來。

「妳們這些爛奴隸，一點性靈也沒，只會想著考試，比古代的娼妓還不如！」拿破崙雖然長得不正，說話倒是直得與她的外形不成正比：「古時候的娼妓，還懂美！妳們懂嗎？」我忍不住在心中叫苦，要是潘金蓮的保護人稱頭些多好！我們可都是被校長捧在手心，有望為校爭光的嬌嬌女呢，把我們與娼妓相比？幾個演講常勝軍的女生，此起彼落站起來，氣定神閒地修理拿破崙。後來還害我這個做班長的，奔波幾番，各處說情，最後沒處分拿破崙，但也沒再見到她。美術科的真正負責人變成我，全部借來模擬考。

潘金蓮給拿破崙看上了喔！被視為拉低全班總平均的害群之馬潘潘，又多了個被取笑的把柄。「趙老師也許是對的，潘潘，」我跟她說：「我們去找趙老師，看她可以給妳什麼建議——比如梵谷，梵谷以前不知道讀什麼學校？」但潘潘不肯，她是有那麼一點恐同兼恐醜的壞毛病。拿破崙不是說她懂得美嗎？這也難怪潘潘不敢靠近拿破崙吧？我試著勸她：「妳不覺得趙老師有眼光嗎？她給妳一百分耶。雖然大家都不喜歡她，不過或許她是有那個什麼，叫做道德勇氣的東西吧？」潘潘還是不要。導師聽到風聲，訓戒我：「白玉蓮妳不要鼓勵潘金蓮鬼畫符，考上高中，隨便她畫。」問題是，潘潘可能考不上啊！我又搞了陽奉陰違那套，我打聽到拿破崙的學歷，瞞著導師，幫潘潘報名了美術學校。結果潘潘雖沒考上高中，卻以術科第一名的成績進了美術學校。

潘潘打電話給我，說我們要去喝酒慶祝，「喝酒？我們能喝嗎？」我高興得眼都濛了。

03

我爸媽差三十歲。我媽再嫁過來時，已經有我哥了。我爸常打我媽和我。妳去看我的背，把衣服掀開來看。「妳看到什麼？」潘潘問我。我知道那是燙傷後的疤痕，但我回答她：「一大片很像夕陽的東西。」不過那次我爸不是要打我，他氣我護我媽，剛煮好的雞湯，這樣潑我。還有我哥會要我摸他，要讓我爸知道，肯定活活打死，要不，也會把他趕到街上去。妳說，我可以害我哥被趕到街上嗎？潘潘當時最在乎的是這：不能讓她哥被趕到街上。他會活不下去。活不下去？我一時插不上嘴，就沒多問。

那天潘潘打扮得很超齡，她在打工了。美術學校是私立，「家裡不是沒錢給我讀書，但我媽認為念美術沒出息，要我現在起就拿錢回家。」在小酒館裡，我聽著潘潘用稍微不一樣的話，跟我說了張愛玲〈心經〉中的那一句：我是人盡可夫的——。

高中時，有回我正在發愛滋防治的傳單給同學，一個會穿迷你裙到校，超前衛的英文老師卻驚道：「發這幹嘛？需要嗎？如果跟我說妳們之中，誰已經有性行為，我才不信呢。」

老師真是老天真，當時班上有性行為的就不只一個，要像潘潘，有時還趕場呢。

那時有個男生老寫情書給我，有次我特想跟他有「肢體的接觸」，我想到潘潘說的：「朝男人身上蹭一下，他們就勃起了。」於是約會整晚，我都在想要不要「蹭」。然而我卻怎麼都蹭不來這一下。我本好沮喪地想，分手好了，但還沒開口，男孩就露齒一笑說：下次見！那笑給我感覺很好，我也就依了。比起來，蹭人對潘潘來說，為什麼那麼容易？那晚我沉思一番後，只有性幻想和「手作」，伴我入夢。

04

「妳看我，妳會覺得我很浪嗎？」我們二十歲時，潘潘問我。

我搔搔頭，為難地說：「我沒長那種眼呀，妳就像我姐一樣。就算妳浪，也不是我感覺得到的吧？怎麼會問這？」

「有男人在跟別人傳話說，說我很浪。他們說怎麼幹我，我都不會滿足。叫我無底洞。」

我傻眼，我以為上床都是兩情相悅，這也差太遠了。

我還在思前想後，潘潘倒是眼神蒼茫地補了一句：「不過這很可能也是真的，我很可能特別不容易感到滿足。」

「有人說我長得像瑪麗蓮夢露，」潘潘問我：「又說夢露死得很慘。妳覺得呢？」

「妳知道夢露其實很會演戲？」我對潘潘說道：「她有那個很知性的一面？——我還有張她正在讀《尤里西斯》的照片呢。」

有很知性的一面——換句話說，也就是「也有很不知性的」——的什麼？獸性嗎？

潘潘有獸性嗎？如果是獸，是什麼獸？

女孩子間都有一套話，說說誰風騷誰誘人。潘潘的美豔卻少點傲氣。她並不夠卡門。雖然我也會想用「嚴陣以待」來形容她：眉毛怎樣、腰臀怎樣，在在都有女性雜誌強力指導下毫不妥協的痕跡——偶爾當她轉述：「胸要大，但也要瘦才會惹人憐」，那雕琢的刀法密令從她口中說出，也有種科學配方般，令人戰慄的冷酷。她想像的男人，都是巴夫洛夫式，鈴聲與狗，刺激與反應的造物。我覺得，潘潘對她的女性魅力，好像嚴肅過了頭。但我能說什麼？在迅速勾引男人這事上，潘潘顯然一路長紅。

潘潘父親娶她母親之前嫖，嫖友中有人中鏢短命，潘先生才起了戒心。成家原來也有在家安全嫖的意思在。但也是「曾經滄海難為水」，潘潘母親老讓潘潘父親嘲笑比不過職業的。而潘潘母親最怕男人把錢全寄給大陸老家的妻，只要有此跡象，就會不讓上床——。

「我媽拿性做武器，好卑鄙。我絕不會要開任何條件，給要跟我上床的男人。」——潘潘道。不過潘潘無條件的性，從未讓她找到伯樂級的男人。她在性事上「像個男人般」衝鋒，倒是讓男人更想測試她有多大能耐。到頭來，他們總讓她知道，甚至讓她看，他們可以當她面，和另一個女人搞，好讓她知道，誰才是老大。潘潘最受不了被放在這種「養饞不養飽」的位置，有樣學樣，她也玩上這一套。「誰怕誰？」潘潘拉好身上「小可愛」該暴該露的部位，報告最新戰果：一個鰥夫、一個處男、一個跟老婆正在鬧離婚的外國人、還有一個來跟她借錢又順便借身體的前男友。她讓他們知道彼此同時存在，而且在床上，誰也沒比誰強。

05

無論潘潘怎麼去上床，我都沒意見——但她不是興奮（做到愛）就是憤怒（沒做到愛），我為她這種截然二分的簡單，感到憂慮。研究所時，我選了藝術史，就是因為我想加強自己，接手從前拿破崙沒能幫到潘潘的部分——潘潘不是容易交朋友的人，別人的男人條件好，她會非常嫉妒；如果別人沒男人或男人條件不如何，她又會百無聊賴。我小心，從不觸發她與其他人競爭的苦痛情感。要說我們這種不太平等的關係是朋友，恐怕也有點問題吧！

我拿到藝術史碩士那年，潘潘跑了幾個國家壯遊。——她不設防的個性，讓她在半路上，幾番瀕臨性攻擊。她的豔遇本就沒有很強的感情色彩，一個讓她在路上搭便車的男人，提議用酒瓶而非陰莖插她時，她的反應就也變得十分超現實。她說：「當時我發了瘋地想畫畫。」但她隨身沒帶筆，男人又提如果能用酒瓶插她就借她，潘潘因此失控。差點就給送到警察局。

我再見到她時，她還是一副精力無處發洩的樣子。但她終於開始想在藝術上有番作為，常常徹夜工作。然而不追求性的副作用，是使她也失去對飲食睡眠的興趣——從前這都是為了美容美姿，為了有本錢。現在她打電話給我時，經常說到好渴與好餓。

有天半夜她在電話中，講起她所知道的「刺激」故事：「我十二歲時，就會幫男人打手槍了喔，一下快，一下慢，有時要我輕輕的，有時又要我用點力；到現在我做夢還會夢到，好多水彩黏在我身上。我對自己說——不噁心、不恐怖，我可以把它當作某種藝術。但有時我真想閉上眼睛，但又怕我閉眼睛，他會打我，其實他根本什麼都看不見。」

「他是誰？怎會打妳？」

「我哥呀，我沒跟妳說過他盲人嗎？他老用白色的手杖打我。可是他什麼都看不見，我不能害他被趕到街上去。妳要我怎麼專心讀書？」

「每次我用水彩，我都在克服，我最大的恐懼。我對自己說，我擠出來的是，是真正的水彩，不是那種男人的……豆漿。我想做愛，我想感覺這一切並不髒。性並不髒。妳也說過，不是嗎？我絕不要為這件事，變得害怕白色。我不要因此失去對白顏色的愛……沒人像我，那麼懂得白顏料……」——我閉上眼，看到那個拿破崙寶愛的「一萬分」作品——除了雪景，我什麼都沒看到——。

「妳總說我會成為很棒的藝術家，怎麼可能？妳什麼都不知道……。趙老師和妳，你們，什麼都不知道。」

06

潘潘就是我認識，有望達到淫婦標準的女人。我看著她長大，可也如同從未看見她。古往今來，淫婦的定義，總是不斷改變。而我知道的是：淫婦嘛，絕不是一天造成的。

07

有天我又回到我們國中時的操場。我看到哭累了的我們在說話。潘潘說，真害怕自己會像男孩，有時整天都好想摸女孩的胸部，當然啦，我不是同性戀。我那麼愛看帥哥。然而再來，再來，隔著一層最薄的夏日制服，一層最易濕的少女棉紗內衣，潘潘吃櫻桃般，舔又吸，吸又舔，滿是韻律，帶勁咬卻總咬不碎，我胸前幾無防禦的，草莓鮮奶與泡芙。球上滾起小小球。甜筒甜，雪糕雪。電與震波，彈珠般打下，在腿間倒放的跳之洞，有座鋼琴節拍器開了，滴答滴，唱出好具體、好淫蕩，色情的時間。而我雖呻吟得像群貓叫春般，動手打潘潘時，並沒少用力氣，所以，才會發軟發黑……。我在保健室醒來時說，生理痛，還頭暈。床邊的潘潘，於是投來萬分感激的一瞥。那時來找護士小姐聊天的拿破崙，歪歪倒倒走過來，以她一貫不討人喜的語氣挖苦我：「班長，昏迷了，妳還拳打腳踢什麼？以為妳是女武松。」

本文收錄於二〇一九年七月出版《性意思史》（木馬文化）

台北木柵人。巴黎第三大學電影暨視聽研究所碩士。早期小說作品曾入選同志文學選與台灣文學選。著有長篇小說《愛的不久時：南特／巴黎回憶錄》（國際書展大獎入圍）、《永別書：在我不在的時代》（國際書展大獎入圍），短篇小說集《壞掉時候》、《性意思史》（二〇一九openbook好書獎，鏡文化年度好書），中篇小說集《最好的時光》；書評集《小道消息》、推理小說評論集《晚間娛樂：推理不必入門書》、影評集《看電影的慾望》。以電影劇本《我們沿河冒險》獲國片優良劇本佳作；《幼獅文藝》專欄「我討厭過的大人們」獲金鼎獎最佳專欄寫作獎。二〇一九年北藝大駐校作家。

生之半途——王定國

「如果妳肯愛我，我願意答應不要活太久。」

要去的地方是深山裡的佛寺，對我來說是相當不便的遠行。

由於未曾去過那種深嶺之地，自然無法想像它的遙遠與陌生，網路上說客運終點站沒有提供車子接駁，因此建議還是開車前往較妥。但我認為這畢竟是睽違多年後的見面，惠一定也贊成我悄悄來就好，直接驅車上山恐怕會驚擾到她的寧靜。

同時我也想要閉目養神，坐在車上剛好可以想想自己的這半生。

幾經斟酌後，我在午後搭上了南投客運。

由於接到一通非見面不可的電話，我只好臨時請了事假，也把陳小姐叫來面前，用小小聲的語調交代一些極瑣碎的事務，譬如下午送來的資料如何處理，哪個案子暫時不要回覆，下班時間到了不用等我……

其實我底下還有主任可以交託事務，直接對她差遣未免有些曖昧，但我衡量再三並沒有超出公事範圍，而且以她那樣年輕女性的純真應該也不至於聯想太多，這才鼓起勇氣說了那幾句悄悄話。本來還想告訴她如果路上有人推銷特產或什麼紀念品，我會記得買一份給她，但又想到這很危險，一聽就知道我想對她好，於是又打消了主意。

可是我又覺得這是多餘的顧慮，她雖然文靜卻很開朗，不像有些女性面對男人總是過度防禦。就拿公司六個部門經理來說，一般職員稱呼經理就是經理，她對我的稱呼卻總是一疊聲，經理後面會再多加一聲或兩聲。剛開始我以為那只是因為她心情好，大概又想到什麼文案創意才那麼急著要我聽，然而後來她卻還是經理經理……這樣地叫著，聲音愈小就愈像呼喚，有時回味起來簡直就像貼心的吶喊。

但儘管是那樣的親暱，平常我還是用嚴肅的態度面對她，絲毫不敢直呼她的本名，因為這種太過自然的叫喚很容易使自己忘形，稍有不慎就會洩露過度喜悅的感情。因此一直以來，即便所有的同仁早就直呼她的名字，我還是寧可戒慎恐懼，一概冷靜無私地叫她陳小姐。

自從離婚以來，我不曾再呼喚過任何人。

客運巴士半個車廂沒坐滿，我正清閒地想要闔上眼，這時卻在市區載到一個婦人，上車來像隻鴨子搖搖晃晃，走近時才發現她滿臉的皺紋大約七到八旬的老態，兩手各挽著灰藍色的拼花包袱，腋下還夾著顯然過大的提袋。我的前後座和左側還有很多空位，她卻跌跌撞撞擠到我身旁，兩件行李剛落下，車子一開動就把她傾斜的上身晃撞過來。

這種天氣尚驚來山頂。坐定後她已開始說話。

雖然很像自言自語，卻又邊說邊看我，嗓子還算宏亮，我就算緊貼著窗玻璃還能聽見她期待回應的尾音。她說每三個月就要換一個地方住，大兒子在基隆賣海鮮，老二在埔里種火龍果，她最怕冬天輪到寒冷的山區，沒想到這次真的又輪到這裡。

唉，想想咧，我嘛是卡愛去嘉義……

我聽不懂她的意思，但還是點點頭，只希望她別再說了。

當我們承受著困境時，也許多少還有一點餘力去關懷別人，然而一旦自己也成為了別人，除了感傷之外還有什麼心情去聆聽？我看她一開口就停不下來，只好搜尋著其他位子，斜對角的窗口就有兩個空位，但她和她的行李卻已經把我移身的空隙塞滿了。

這時她接著談起了女兒，說她女婿最近已點頭答應，只要再過一年的寒冬，她就可以住到他們溫暖的嘉義。喔，是這樣啊，我說。她發現我有回應，馬上抓起了腳底下的包袱，說要找一本相簿讓我分享，手上的提袋一時無處可放，竟然就把我當成了小孩，直接把提袋放在我的大腿上。

年後我已五十歲，我對這小小的舉動突然充滿了感謝。

我一直沒有再娶，最大原因就是年紀。

剛開始，也就是離婚後剛開始，我去哪裡吃飯都要想很久，想妥後還要從貓眼看看電梯口有沒有人走動，有時只是鄰居的寵物跑來跑去也不敢開門。其實我並不邋遢。有的獨身男人都有一種寥落的頹喪感，我卻沒有，出門上班或吃飯總是長褲襯衫固定一式的衣裝，穿好了還梳理一下頭髮，不管天氣冷不冷都會抹上一些面霜，務求走在路上讓人覺得神采奕奕，看了就會相信這男人的一生並沒有太多惆悵。

但我真的不知道該去哪裡吃飯。我很羨慕那種獨坐在餐廳吃飯的男人，他為什麼可以不擔心別人的眼光，不怕被人發現已經被迫離婚了嗎？我更無法想像他要怎麼點菜，點一道菜雖然寒酸，但是點第三道時難道不怕自己吃不完？而且他竟然可以一點都不悲傷，還叫了一碗湯。

我後來總是走進巷子，不是靜靜的巷子就是比較陰暗的巷子，最常吃的是什錦麵或一碗排骨飯，不然就是菜色比較凌亂的自助餐。我喜歡拿著餐盤跟在別人後面排隊，那很像一種硬要活下去的卑微，反而使我更勇於多夾幾樣菜放進盤子裡，然後低著頭默默吃完，回家後再把剛剛穿好的衣服脫下來。

偶爾上班前，我會帶著空飯盒到街攤上裝些炒麵，然後在必要炫耀的時刻拿出來當午餐。由於曾經向人吹噓我的幸福，打開飯盒時我會露出滿足的微笑，然後埋頭吃著愛妻便當，吃得很開心但也不忘隨時保持隱密，遇到有人走近時就趕緊把盒子稍稍蓋起來。

但有時我卻又不得不把炒麵原封不動帶回家，這是因為陳小姐剛好也帶來了便當。她曾在午休前問我要不要一起蒸便當，我當然說好，卻忘了炒麵其實沒什麼重量，果然蒸了那一次差點露出了馬腳。

經理經理，你的飯盒裡面是什麼啊，只裝空氣嗎？

後來只要她又問我要不要蒸便當，我就說今天剛好沒有便當。

其實我很想和她坐在一起午餐。她的飯盒是那種孤單的蘆葦色，而衣服的色澤很像就是專為蘆葦搭配的芥末黃，因此當她坐在隔著三個桌面的斜對角打開了飯盒，那優雅的秋色簡直就讓我整顆心蕩漾。我雖然只能撈著麵條，但我的心，貪婪的眼睛，還有整個風平浪靜的腦海，這時竟然就會開始漂浮著不知如何是好的喜悅，覺得我們就算不太可能結合，但事實上我們已經坐在一起吃飯。

陳小姐最讓我感動的是她也很乖。她雖然年輕，條件好，常有人送花，可是一點都不驕傲。她靜靜吃完便當，收拾好，去一下洗手間，很快就回來趴在桌上睡覺。那次我吃完炒麵本來也打算休息片刻，卻又想到和她一起趴著很容易使人誤解，於是只好拿本書來看，翻頁的動作特別輕微，完全不敢有一點聲音擾動她的睡眠。我覺得這樣的時刻最溫暖，可是卻又說不上來是為什麼溫暖。我想這就是愛。

然而在這女權高漲的社會氛圍裡，我這年紀的男人已經很難再表達愛或喜歡，任何一點點輕舉妄動都有可能被認為猥瑣或下流，即便陳小姐那麼親切也不太可能例外。年輕女性都有自己的未來夢，她從小到大好不容易成為一朵花般的女性，不就為了趕上人生的花季，從眾多追花族中挑個如意郎君走上紅毯。

只要突然又感到焦慮，一定就是腦海裡又翻湧著這樣的悵惘。

旁邊的歐巴桑這時又說話了，她看完女兒的家庭照，開始介紹嘉南平原綠油油的風光，照片裡一大片的油菜花田，一個年輕女人笑著追逐著孩子跑在油菜花掩沒的田埂上。她說，汝看，這查某人就是我啦。真耶？這哪有可能，我說。真正就是我啦，她說得胸有成竹，我只好多看了一眼，照片裡的體態是那樣輕盈，可想而知那時她還是個年輕的母親，她要是知道老後的今天還要奔波兩地討飯吃，幾十年前那張臉還笑得出來嗎？

後來她大概覺得累了，說有一件事要拜託我。

若到埔里汝愛提早叫我喔，我舊年睏過頭，醒起來茫茫渺渺。

我本來想回答，卻又擔心她說不完，只好默默點頭答應她。

腿上這老婦人的手提袋，惠就有個類似的老款式，跳蚤市場揀回來的便宜貨，拿在手上當成了寶。婚後三年她終於擁有了自己的穿衣鏡，也是因為謀職就業需要稍稍注重儀容外表，才在我的催促下跑到大賣場把鏡子扛回家。

長長的穿衣鏡靠著床頭用一條花布遮下來，掀開後她就站在那裡試裝，但她不會一直對著鏡子，而是穿好了衣服才到鏡子裡看看自己，否則總是先把自己的裸身掩在牆邊，像一隻鳥醒來後還躲在樹葉裡。

兩個月後她開始上班。

那家公司專賣各種運動器材，兩側大窗展示著各型跑步機，後面則有一長排的按摩椅。我曾看到有人坐在那裡按摩，而她站在一旁解說，一手拿著型錄抱在胸口，另一手示範著遙控器的按鈕。她長得不高，啊，不就是陳小姐那樣的身高。但她穿著高跟鞋，那雙小腿偏離了地面，硬撐著窄裙裡微翹的小屁股，走起路來像要去摘星，蹭著蹭著彷彿就要飛上天際。

半年後她就不再那樣蹭著了，她開始散發出一種使我迷惘的性感。

再後來，我走過那一整排櫥窗時，已經看不見站在那裡解說的身影。她被調回到公司總部，雲深不知處，只知道她從事一種以她的外貌而言相當得體的職務，有時跟隨主管去視察工廠，有時協助追蹤團購訂單，忙到回家後就把自己縮成一團，像一朵花盛開後完全闔起來。

那段時間我也發覺她好像長高了，她就像冬去春來自然抽長的苗栽，裸露的小腿不再那麼需要高跟鞋後，那腰間體態已變得輕盈又柔軟，簡單套上短洋裝就有一股嫵媚飄逸在頭頸之間，剛開始我以為那只是幻覺，沒想到後來的每一天幾乎都有同樣的幻覺。

終於有一天她很晚才回來，一部黑色的車子送她來到巷口的路燈下。下車後她卻不急著轉身，不像一般人通常都因為心虛而趕快往回走，反而只顧站在男人的窗邊說話，說了很久才慢慢走進幽暗的夜色中。

惠那時三十五歲，而我認為那是應該被原諒的年紀，何況那時的我連一個主任職位都還沒沾上邊，我們之間還能擁有什麼，除了愛，剩下的就是存摺裡的幾千塊，如果連愛都沒有，那就什麼都沒有了。

因此那天晚上我不敢聲張，我從陽台匆匆跑回到床上躺下來，蒙上了被子才把眼睛悄悄睜開。我一直等到她的生日那天晚上，和她一起吹熄了蠟燭，從她背後輕輕抱住她，這才知道為時已晚。雖然那只是夫妻間極自然的親暱，她卻彷如觸電，全身倏地一震，兩手拳曲而緊靠著胸口，我以為那是她慣有的嬌羞，結果卻不是，我的手被她推開了。

喔，不要這樣，她說。

她說不要這樣的時候，聲調急促閃爍，且帶著幾分驚恐，連她自己也很訝異會那麼說。但好像已來不及了，兩個人一旦太快跑到終點，就不知道還能從哪裡出發了。蛋糕上飄著那幾根殘燭的半縷煙，空氣中嗆來了燭火熄滅後的焦蠟味。她把自己關進了浴室，我只好獨自一人默默切蛋糕，把小小的蛋糕切到不能再小，吃了其中特別為她許過願的一塊，然後等著她從浴室裡走出來。

後來她一直沒有說話，擦乾眼淚就去睡了。

我們經常半躺在床上，謹慎客套地交談，彼此悄悄等待著疲憊的睡意，不多久房間裡就會在一聲哈欠後陷入寧靜，這時她就轉身，對著自己的小鬧鐘採取側睡，我則蜷曲著身體躺在她的背影裡。

我們沒有明顯的傷口，因此也就更難醫治內心的痛。她似乎已經發現了我的發現，才會在那天晚上回來後的半夜裡默默坐在床頭，沒有心情更衣卸妝，一直看著房間裡的動靜，看了很久突然把燈關掉，一動不動地直接躺在黑暗中。

後來她把想說的話寫在信裡，一大早用限時掛號投寄，準確地讓我在下班前收到她的訊息。信裡只寫三個字，對不起，底下再也沒有字，頗像一張白紙還沒有動筆。為什麼她不寫張紙條放在餐桌，或像電影裡用一支口紅塗上化妝鏡，或只要在手機留言就能傳遞簡單的聲音，原來那封信有玄機，那不是普通的一封信，對不起是暗示終止，底下的空白則象徵一種無言的通知，預告著她將在那聲道歉後離去。

然而當時的我還沒有那樣的預感，我甚至還多寫了一段，妳只要平安就好，不要覺得虧欠，工作太累就回來休息，我們還是要把最重要的守住，就算再窮也要守住，寧可回到我們原來的樣子……

我繼續微笑面對她的敵意，畢竟我很幸運大她八歲，有著穩重氣度足以承受她從花花世界驀然回首的身影。同時我也把這一年的春聯換了別家的字，一聯吉祥話，一聯內心話，讓她每天回來都看得見，讓她穿鞋出門時也看得見，隨時都有機會為我們的將來多看一眼。

沒想到最後還是來不及。

別人的離散或許都因為情感破裂，她則因為羞愧，索性就違逆到底。

最後那個晚上，我沒頭沒腦來到附近的台菜餐廳叫了一桌菜，直到服務生問我需要幾碗白飯，恍惚中我才終於想到她並沒有跟我一起來，她不是去找停車位，而是去了一個我不知道的地方，從此沒有回來。

我一口菜都沒吃，桌上一直擺著兩雙筷子和兩個碗。後來我請服務生替我打包，然後沿著餐館前的馬路慢慢走回巷子，沒有人影的巷子，只有一大蓬別人家的紫藤花蔓延出來掩著月光。我就在那塊暗影下突然感到兩腿發軟，只好趕緊蹲下來，顫抖著把所有的壓抑吞進肚子裡。

有時我出去吃了午飯回來，陳小姐已經趴在抱枕上睡著了。那可愛的抱枕墊在她臉下，睡得很沉，睫毛緊貼著一條線的眼睛，十幾顆草莓圍繞著小小的臉。很少有女生午睡時願意朝著男人的座位，她卻沒有這方面的顧忌，寧可讓我看著她的沉睡，也不想面對人影晃動的大廳空間。

對一個涉世不久的女生而言，我覺得這是信任。其實她也可以不睡，和那些女生出去吃飯順便看看櫥窗，或吃了飯回來玩玩手機或修飾指甲。但我發覺她更喜歡安靜，因為從我身上散發出來的嚴謹使她感到安心，否則別說午睡，很多女生根本不看主管的嘴臉。

剛來報到那天，還像驚弓之鳥那樣，整個臉埋在抱枕裡。

她是從公司內部轉調過來的，起初應徵的是品牌行銷部門，辦公室躲在電梯右側一條通道的盡頭，那裡除了訓練一些菜鳥，平常也作為廣告主和某些訪客的接待廳。我曾在那裡上過兩堂培訓課，四周窗台布滿了植栽，看起來就像站在綠色叢林的郊外。

就算以前曾經看過她，坦白說沒有留下任何她的印象。

結果她在那邊只做了八個月，被那位藝術家經理的暴烈性格嚇壞了，遞出辭呈後，公司卻認為她有滿腦子的清新創意值得栽培，才說服她轉調來我這裡繼續上班。

而我差一點就錯過她。就在她來報到這天早上，我因為受傷請假，左手托著右手去了一間很有名的國術館。我想大概就在那當下，當我正在包紮著傷口的時候，這個陳小姐彷彿剛剛來到世上，且她正從電梯或某個路口走了過來，然後終於來到我突然不在的辦公室，因此也就不無可能一看到經理的位子空著，臨時反悔就當場走掉了。

巴士開上快速道路沒多久，已經有人拉著繩鈴準備在草屯下車。

老婦人沒有聲音，我多看她幾眼，發現她的嘴角會動才放心。

看來很累，真的睡著了。

我舉著一大把棉花糖似的白紗布來到公司時，還是午休時間，平常的空位上多出了一個背影，趴在桌上，一聽到我的聲音立刻仰起臉，起身後急著拍打額上的壓痕，椅子差點倒在一旁。

她走近我的位子，不敢問我的手，大概以為我每天都這樣。

經理，我叫陳詩蓉，早上就來了，抱歉經理剛好不在。

哦，我知道，前幾天有接到管理處的通知。

那以後就請經理多多指導，我一定會很認真……

陳小姐有實際發表過的企畫案嗎？

就是還沒有啊，所以聽到說要把我調來這裡，好緊張。

那就好好學，我會安排一組老經驗的來帶妳。

謝謝經理。經理，你可以和大家一樣叫我絲絨，因為詩要捲舌。

嗯，詩要捲舌……我看著她，心裡苦笑，詩不捲舌又怎樣呢？

由於右手只能舉著白紗布的手板，茶癮卻又忍不住，忍沒多久只好請她幫我泡茶。我指著桌上的大陶杯，教她先燙杯，接著叮嚀放多少茶葉。她去了茶水間後卻不放心，乾脆帶著茶葉罐回來，舀滿一匙湊近我眼前，我只好像個殘廢的茶人，對著茶珠粒粒斟酌，要她減量、再減量……

然而就在我抬起頭的瞬間，萬分之一的人生的瞬間，我竟然瞧見了從她傾身的領口裸露出來的頸肩，白透透一片深雪，彷彿從那裡撲來了白鷺鷥的羽翼那樣的幻覺。

那畫面我一直沒忘，就在她的左耳垂斜對下來的頸側與鎖骨之間，一顆痣就在那裡棲息著，它雖然很小卻因為純白的襯底而格外清晰，好比就是破曉時分的天邊一粒孤星。

惠的頸側靠近鎖骨就有一顆那樣的痣，應該就是領頭痣，它和乳側另外一顆相呼應，兩顆小痣在胸口會合，然後一起進入遮蔽的星空，從而連綴出這裡一顆又那裡一顆的奇景。

到底是有多少顆痣呢？惠從來不讓我一次數到底，以前最多數到八顆時她已不耐煩地翻身，反正那些痣就分布在她的乳房、側背肌、龍骨、左腰以及恥骨邊緣，如今當然一顆都不見了。

陳小姐上班兩天就忍不住了，看似煩惱著泡茶日遙遙無期。

經理，你是怎麼受傷的，這樣要很久嗎？

她學我舉著朝天的手指，所說的「這樣」當然就是這樣的意思。

我笑笑告訴她，走在路上不小心摔倒，右手剛好插進水溝裡。她就相信了。哇，那會不會很痛，怎麼會這樣呢？經理經理，那以後你就儘管吩咐我好了，有什麼事都讓我來做。

好啊，謝謝妳。我一說完，眼皮直跳著。

事實上，就在她來報到的前一晚，接到一通電話，手指就斷了。

離開四年後，電話中傳來了惠的死訊。

對方說已把她安置好，道義上還是要讓我知道……

你到底是誰？我喊著說。

他沒有回答，哽咽幾聲後就把電話掛斷了。

我回撥過去時，接通又掛斷，掛斷重打，後來他直接關掉。因而就在斷訊後的那個瞬間，無以名狀的驚恐的瞬間，我突然握緊了拳頭，狠狠地搥在牆壁上，像要穿破層層迷障，手掌背自然立刻皮開肉綻，連帶著小骨頭應聲而斷。

哇，那會不會很痛，怎麼會這樣呢？

當然會痛，但是痛得很不尋常，像是把所有的悲傷捅進內心，痛到深淵而又延伸到眼前，一片漆黑，沒有掙扎就進入絕望，不像一般的苦難還要經過幾番無望的掙扎，好比就是故意不麻醉的拔牙，因為是故意，也就很像一種心甘情願的懲罰。

兩天後我去到鄉下惠的娘家，以為有個靈位供我祭拜，這才知道嫁女後的娘家沒有這種習俗。兩個老人也不讓我進屋，倚在門縫裡和我說話，怪罪我沒有給她過好日子，才淪落今天這樣的……我岳母先哭，岳父則在一旁安慰，安慰不到幾句反而已經泣不成聲。

我又跑了幾個地方，包括她常聯絡的同學、結拜姐妹，還有那家運動器材商，知道的人說得語焉不詳，不知道的卻都慢慢知道了。後來我覺得不該再讓話題燎原，才停下來鎖定她最後任職的一家公關顧問公司。裡面的員工同樣支吾其詞，最後才有個男的承認和她喝過兩次咖啡，發現外面還有別人在糾纏，很快就跟她分手了。

問題還是又回到傳來噩耗的男人身上，然而再也找不到人。

聽說是在溫泉旅舍發現的，警方的搜查紀錄寫著當天獨自一人投宿，沒有人來找過她，服務生送進房間裡的晚餐都有吃完。我追蹤到那家位於山鄉的旅舍，老闆娘還是滿臉餘悸，且又擔心我是記者，上下打量後仍然不讓我看看她住過的房間，僅只喃喃說著：別再問了，臨時起意的，幾條窗簾的繩子都被她剪斷……

黃昏的溫泉街的河畔，我在堤防上不斷地來回走，終究想不出為什麼她會這樣。離婚簽字的時候我還特別交代，遇到什麼困難隨時都可以回來，當時她認真聽著還頻頻點頭，一去之後沒有再回頭。

我一直等到河岸對面那幾盞旅舍的窗燈逐漸亮起來，四周吹來了更冷的晚風，總算不得不相信她真的已經走遠了，這才摸索著砌石的邊坡慢慢往下爬，然後沿著河堤小路走到樹林下開車回家。

受傷的手指好得太快，拆掉紗布後再也喝不到陳小姐的茶。

她開始過著不用泡茶的上班日，忙著協助各項提案的準備，和美工們比畫著想像中的構圖，等到一張張雛形並列出來評比時，我才和她們坐下來討論一番，必要時就用稍稍柔軟的語氣指正她。

如果想要和她獨處而又不論公事，唯有從外面帶來新的茶葉，利用解說不同茶葉的習性來進入私領域的話題。但既然手骨已經痊癒，實在沒什麼道理要她放下公事來聽我說茶，想想不免就相當懊惱著復原太快的手指。她為我泡茶的那兩個多月裡，雖然每次只有短暫的幾分鐘，然而那種喜悅的瞬間卻又最接近幸福，有別於一個男人任何成就所能言喻。

唯一還算獨處的時間就只剩下每個上班日的午休，那毫無敵意的睡姿簡直就像躺在我身旁，可惜我愈來愈不信任每個一點二十分過後的時間，這時的秒針往往跑得更快，以一種反常的速度催促著她趕快醒來或者從我身邊離開。

後來冬天到了。過去的冬天只有去年最冷，冷到每天總有一條圍巾緊緊掩住她的脖子，那顆痣因而彷彿埋藏得更深，使我更變態地想要墜落在那深淵的雪地。

暮冬後的初春，陳小姐突然說要去旅行。

她報名參加一趟尋春之旅，那五天四夜簡直就是和我第一次的別離。行前她已忍不住雀躍著，說她還沒去過日本，一去就是很遠的東北，一邊興奮地傳閱著行程目錄，傳到我手上時停在眼前不走了。經理經理，你說去過秋田縣，那有看到湖邊少女的銅像嗎，聽說要搭好久好久的車……我說我去的時候下著大雪，雕像都變成了白色。那太可憐了，她說。我問她為什麼太可憐？她回答說不是下著大雪還要站在那裡嗎？

結果，她銷假回來上班時卻已忽然不像她，春天跟著她回來了，穿一件橄欖色的薄棉短衫，那貼身的垂度在她身上微微墜落，使得平常一無所有的胸前隨之凸起雙峰，活像兩朵要開不開的花苞挺立在深淵的崖邊。

從此我開始期待著每個禮拜三，她的穿著似乎訂出了輪值日，這件薄棉短衫剛好輪到天使來到人間的日子。她雖然不是很美的天使，但她應該就是天使，她在我的悲傷逐漸消退時突然又喚醒我的悲傷，可見這女生多重要；惠雖然和她無關，她卻和我的思念有關，時間是那麼湊巧，彷彿就是一起來悼念惠的死亡。

我反而不喜歡她每個禮拜五的打扮，這天她的服飾變化最大，不是穿得性感就是隱約流露著一股狂野，而這通常就是年輕女性要去歡度小週末夜的訊息。因此當她站在下班後的電梯口說著再見時，我想到的卻是兩天後才能見到她，光是這樣每週一次那麼黯然的懸念，我就不得不覺悟總有一天將會失去她。

為了提早看到她，有時我會在假日無處可去的下午躺在牆邊軟墊上，任由思緒胡亂奔馳，想著那顆痣的座標和它生來對我的意義，然後想起這偌大城市的迷陣裡她在哪裡，她正在做什麼，她會不會趁我昏睡而突然闖進腦海，或在等著紅燈的某個路口想到我而噗哧一聲笑出來。

每每就在這樣那樣的空想中進入無夢之鄉，醒來時一片迷惘，房間裡光線黯淡，窗外的街聲吵雜，這才知道又是一次黃昏前的徒勞，好像去了一趟空手回來的荒野，滿腦子只有路上的蒼涼。

我知道這很可笑，換一種說法這叫悲哀，但只要陳小姐本人一無所知，起碼我這一籌莫展的愛意對她毫無傷害。否則我也可以不要這麼卑微，我只要鄭重、誠懇、不計毀譽對她表白，我相信陳小姐應該不會馬上拒絕，她就算感到不安也會相當委婉，表面矜持，盡其羞澀或膽怯，或類似「經理你是發神經喔」這樣的白眼。但最終她不可能只是這樣，她會愈來愈尷尬，難以自處，接著就會出現遲到早退、生病請假，另有生涯規畫……等等這樣的退卻，然後也是最後加速離去。

何況我已快要五十歲，臉頰已不紅潤，眼神含著失敗的暗影，儘管刻意挺胸走在路上，還是會在無人的角落暗自唏噓不已。這樣的我如何能再承受愛的失敗，惠要是看到我這樣的處境不會感到不捨嗎？畢竟是她使我這樣，本來我們走得好好的，怎麼知道走到岔路上兩個人都不見了。

過了雙冬橋，車速明顯轉慢了，沒多久竟然停在沒有站牌的加油站旁，司機不斷道歉後突然溜下車，匆匆跑向加油站內的洗手台，原來他要去的廁所就躲在那後面。

若依照車站標示的抵達時刻，看來是已經誤點了的行程。

但只要想到惠一直就在那裡，我覺得再慢也可以放心了。

在這滿懷著期待的半路上，我想我應該整理一下凌亂的思緒，畢竟就要見到她了，我多麼想要讓她看看我原來的樣子，那是不論歲月如何催逼都不會改變的我的內心；當我終於來到她面前，她看到的將還是當時她所離開的我，即使她已走過人世一回，我卻還在這樣寂寞的路上。

我也將告訴她，這幾年來，我還是住在我們那間公寓，隔壁鄰居已移民澳洲，對門的伯伯去年過世了，而她最想去的那家台菜餐廳，兩個月前已開始進行整修，聽說新店家將改走小家庭路線，不會再像以前總是要求客人併桌。我們就是因為經常和陌生人併桌才被併掉了。

當然，惠可能一下子聽不懂我的意思。其實我也不是很懂。我可能會說得吞吞吐吐，真正我想說的是，上個月，我已從那粗胚的木作中發現了一個隱密角落，那裡只能擺上一張情侶桌，也就是說，我的意思是說，如果以後還有機會坐在那裡，我想我將不會又成為不幸的戀人吧？

也許我應該說得更明白——同樣的上個月，不知道為什麼，我突然夢見了陳小姐。我很想知道惠的想法。事實上她可以對我霸道一點，只要她頑強地跟我說不，只要她願意用任何方式讓我知道她還愛著我，那我願意繼續壓抑我自己，絕對不會嘗試去邀請陳小姐⋯⋯

惠每次來到夢裡總是狼狽不堪。事前不知道她會來，來的時候兩人兩雙淚眼，這固然是因為她已不在，主要還是她一現身就喊冷，好冷啊你就讓我躲一下吧，好像到處都很冷呢、你一直跟我說話一直跟我說話好嗎？每次夢後總是讓我沉痛一整天，可見這麼多年來她還是我所失去的一切，難怪一見到她馬上就從嘶喊中醒來。

陳小姐忽然來到夢裡，則是因為頸下那顆痣所帶領。

或者應該說，是那顆痣帶來了陳小姐的身體。她第一次來是那麼小心翼翼，像個陌生訪客敲門進來，穿著顯然很冷的冬衣，房間裡沒有椅子讓她坐，她只好坐來床緣，兩手貼在膝上，一直看著惠的拖鞋。

她可能走了很遠的路，額上貼著濕答答的頭髮，仔細看了房間裡的動靜後，突然問我為什麼叫她來？我說沒有啊，我從來不敢有這樣的妄想，妳誤會了，這裡一直都沒有訪客，我一個人住早就習慣了。

那你是要我走嗎？

她等著我回答。而我不想回答。可是我又暗暗著急，難得她突然進來，將也會馬上起身離開。我想了一下，決定先去倒杯水給她，然而等我端著水杯過來時，人已不見了。

床下卻已散落著她的鞋子襪子、短裙洋裝還有那件薄棉衫，以及冷冽的冬夜該有的圍巾、大衣、毛外套……其實她沒有穿那麼多，卻又好像把她所有沒穿來的衣服一起脫掉了。

這時突然聽見她喊我的聲音，原來她已躺在棉被裡，從裡面伸出了一隻手，勾著手指要我過去。我想那幾乎就是撒旦的誘引，一看就懂了，她是來羞辱我的，就因為平常我一直對她充滿著無恥的渴望，才使她乾脆不顧一切脫下來的吧。

由於確實地，我對女性身體早已抱持著極度矛盾的愛與懷疑，因此我根本不敢直視她，可是那雙眼睛卻更充滿著故意，朝我眨著眨著那種輕薄的魅影。她看我一直站著，竟然推開棉被下來了。果然那是什麼都沒穿的肉體，穿衣鏡裡馬上映出了她的小腿，接著就是略呈弧線的她的腿身，如果她再移近一點點，直接走到鏡子裡，那不就是裸露的惠從裡面走出來的原型嗎？

由於太過激動的緣故，太過感傷的緣故，或者也是因為沒有想到她會這麼露骨，我反而開始擔心她如果突然又改變主意，我就再也沒有機會了。因此我想，我不能再偽裝了，與其急得快要掉下眼淚，我是不是應該據實以告，把我所有的寂寞，包括這幾年來我所維護的、一直隱藏的、以及使我對於愛的信念完全瓦解掉的，在這難得的時刻勇敢地說出來？

可是我又覺得這太囉唆，她可能聽不懂，不會瞭解一個男人那麼沒出息究竟是為了什麼，也許還沒說完她就走了。於是我決定改口，我對著她，也對著惠的鏡子，我謙卑地說——

如果妳肯愛我，我願意答應不要活太久。

啊，為什麼，為什麼你會說出這種話？她叫了起來。

說完她就哭了，哭得很傷心，就在床下的牆邊顫抖著，眼裡噙著淚，兩手高高舉起，一直站在那裡。原來她想擁抱，我稍稍往前移近，她的手立刻像磁鐵般搭上我的肩膀，然後把她的臉貼在我臉上，把她毫不保留的重量傾倒在我身上。

我的手無處伸展，只好貼在她背上滑行，沿著惠有痣的部位開始摸索，這才發覺其實她並沒有那麼多痣，她似乎就只有頸下那顆痣，可見這或許都是惠的詭計，一切都是惠在指引，用那顆痣把我吸引，使我每天還能活在充滿著喜悅的幻覺裡。

三點四十分，一室寂靜，醒來愕然。

隔天陳小姐穿什麼來上班，已想不起來，低著頭不敢看她。

巴士為了避開一個坑洞，喀嚓一聲連頓兩下，幸好老婦人沒有被震醒，她癟著嘴皮還在熟睡，一種變調的燜鍋聲在她鼻孔裡烹哼著。我開始斟酌著抵達前叫醒她的時間，一邊想著到站後若是轉車到霧社，沒把握那種鄉野之地可以包車上山。

電話中忘了說清楚是下午幾點？已過了三點。

兩年前一直不接我的電話，匆匆忙忙打來說他明天就要出國。

而上午是我最忙的時段，忙著對外聯繫和部內的進度協調，所有提案、簡報、小組討論和發稿都在混亂中交叉進行。電話接進來時我還在小組會議裡，原本歪著頭抓起話筒就要打發，沒想到會是他，聽了兩句我馬上扳緊椅子坐起來。

問他出國多久，為什麼到現在才打電話來？

答話還是閃爍，說他以後會很忙，沒把握還有時間去看她。

我問他骨灰的塔位在哪裡，語意還是含糊不清，只說他每次都是開車前往，若要詳圖叫我上網去查。但他似乎聽得出我很焦急，於是突然故意這麼說：

其實我也可以不找你，就不管她了，可是又不放心。

謝謝你打這通電話，我們應該見個面。

我已經說了，明天就要出國。

那就今天下午，我趕過去，你在那裡等我。

老婦人被我叫醒了，拉著我的夾克跟在後面下車。

我也總算打定主意，直接就在埔里攔車上山，也許還來得及把那男的阻擋下來。本來就應該這麼做的，不能再讓他踏進佛寺了，女人的身體原本就不容許兩個男人同在的吧，這不就是惠在生日那天晚上所啟示我的嗎？

站牌斜對面停著一台農用車，車上跳下一個中年莊稼漢遠遠喊著阿母。老婦人沒聽見，我以為路邊太吵，大聲提醒她那就是妳說的二兒子嗎？她偏著左耳靠過來，要我再說一次，我這才明白原來她的右耳壞掉了，難怪上車時她不敢落單，硬是要擠到我身旁。

她轉身朝對街走過去，一邊問我要去哪裡？

無欲去叨位啦。我說。

奇怪喔，汝是不是偷偷欲來這種所在約會……

我把包袱抬上車斗，看著她上車，揮揮手後小貨車就開走了。

我找到的計程車司機一看圖就懂，他說大地震前那裡是很有名的神泉勝地，幾個出家人在旁邊建了佛寺，這幾年為了在地人家拾骨遷墳種種，才運用各方的捐獻金蓋起了靈骨塔。

你的樣子很像外地人，跑這麼遠是有親戚放在這裡嗎？

是我太太。我說。

不是很高的山，俯瞰而下的鄉城卻小如星點。

佛寺的前庭空無一人，看來我是早他一步趕到了。我從低矮的平房瓦簷望過去，佛寺右後方高起一棟五層塔房的建築，白的牆，青藍色的頂蓋，若我所想沒錯，惠就在那裡。

但我沒有繼續走，停在庭埕外的山門，決定就在入口等他。

當初他一定想要趕快遺忘，才會捨近求遠把她帶來這裡的吧。那麼，應該讓他到此為止了，有事交代就在庭埕外，我不相信自己還能忍受他從我面前走進去的背影，那像什麼，何況惠的世界已不需要任何人了。

沒讓我等太久，一部車子終於開了上來。

人模人樣的男人，戴著黑森森的墨鏡。天色那麼陰暗，剛才一路上也都是樹林，不知道他是虛張聲勢還是害怕露臉，看來是比我年輕的臉，微鬈著灰棕色的頭髮，深黑的鏡片閃著冷光的暗影。

草草寒暄兩句後，他直接從口袋裡掏出一張紙，寫著每年三節的法會時間、每一次的獻敬以及師父們不定期舉行水懺的護持錢。

我不是跟你計較錢，他說，但我真的花了不少錢。以後你就照著這些時程來做，我出國是突然被派調，沒辦法的事，如果兩三年後才能回來，那就三年吧，到時候如果你不想管，我再回來接手。

你是說以後我們共同分攤這些事？

當然要你同意才行，你也可以拒絕……

別麻煩了，你花了多少，包括以後的，還有塔位，我買下來。

啊，買下來？你把我當成什麼，你不知道我也很痛苦嗎？

以後你還有大好的前程。我說。

他偏過臉去，乾乾地哽咽著，聲音有點生澀，也很難聽。

我拿出早已準備好的錢。這是早上接到電話後的大約十點半，陳小姐幫我提領出來的三十萬，其中有一小部分是惠省吃儉用撙節下來的錢，當初她離開時堅持不帶走，原來就是等我把她贖回來的吧？

把錢交給他時，眼裡一陣熱，覺得是把惠的錢放在惠的手上了。

他後退了一步。我以為他已惱羞成怒，將會直接把錢甩在地上。結果卻不是，他並沒有惱怒，很奇怪他為什麼沒有惱怒，他緊繃的情緒反而突然一下子鬆開了，從他原先的訝異、沉痛以及不想割捨的反應中露出了破涕為笑的表情。

我打電話給你並不是這個意思……他說。

我知道，但是這樣對大家都好。

好吧，那我帶你進去，我也很久沒有來這裡了。

不用，我自己來，明天你就要出國，現在應該下山了。

這時一位師父從寺裡走過來，剛好見證了這件事。我向師父說明原委，同時也把自己的名片遞給他，請他以後需要聯絡時直接找我。

阿彌陀佛，施主同意就好，已經敲鐘了，進來吃平安麵吧。

師父說完走開後，男的把錢塞進西裝外套，拿出了明天的機票證實這是真的，說他並不是無情，很多事情也不是一般人所想的那樣……剛說完，臉又往下一沉，這次的哭聲比較逼真，可見他們兩人確實曾經相愛，只是愛得不深，才會這樣前後兩次還沒有把悲傷全部哭完。

其實我已不想再聽，也不太相信這種稀疏的眼淚。他看我一直站在車窗旁，大概已經明白了我的意思，於是用力和我握握手，然後坐進車子裡發動引擎，沒多久連人帶車消失在冷杉林的彎道中。

我跟著師父們一起享用麵條、香菇、木耳等等做成的齋菜，晚冬的天色已暗下來，鳥飛過最後幾隻就消失不見了。他們用膳時禁語無聲，我只好每吃幾口就悄悄轉頭，從一格一格抿石的窗口瞄著已經上燈的塔樓，不知道惠的位置是在第幾樓，以前她就有懼高症，最好沒有讓她太靠近陽台而直接看到天空。

用餐後師父才說話，勸我不要急，天晚了，習俗上陽光普照的晨間才是上香的好時辰。我想也對，卻又想到來都來了，是要我明天再來一趟嗎？他似乎看出了我的心事，說已騰出一間禪房讓我過宿，接著問我剛才發生的事，說他未曾看過這樣的事……

我說我沒有能力追求完美，只能追求這一點點的完整。他點點頭，可是也蹙起了眉頭。於是我補充說，以前我所經歷的都是破碎的，難得現在有機會把那些破碎的收拾好，這對我來說很重要，否則我一直沒辦法從惡夢中走出來⋯⋯

由於聲音愈說愈低，很怕又情不自禁，我只好忍住停下來。

其實我很想告訴他，我所有的努力已不是為了幸福，只想要活著。

同時我也告訴我自己，以後就不應該再悲傷了，惠當然也不願意看到我一直陷在這樣的泥沼裡。我甚至打算明天早上就讓她知道有個陳小姐。陳小姐的名字叫詩蓉。當然妳也可以直接叫她絲絨，因為詩要捲舌。我和絲絨雖然不曾怎樣，但也不見得以後就是無望的將來，到時妳是不是願意教教我，妳只要教我如何避開女人都不喜歡的缺點就好了，以前我不就是因為這樣才失去妳的嗎？

躺在榻榻米上一直睡不著，依稀聞到的是淡淡的藺草香，驚蟄的季節還沒到，從水邊、地底下傳來的蟲鳴卻已一陣陣，一來就是好幾聲。禪房的梁板很低，隔間很輕，很安靜的水蛾一隻隻從黑暗中飛來窗邊又飛到黑暗裡。

禪房相距後方的塔樓大約四十米，總比天上來到這裡近。若從以前那些不安的睡夢中起算，儘管惠一直穿梭在腦海，由於惡夢總是很快就會醒，還是比不上現在這裡這樣溫暖的距離。

於是終於想到這是最接近她的一次了。

不知道她那裡是否也有睡眠這種事，我是翻來覆去等不及了。

我一直躺到蟲子累得不叫了，死靜的恍惚中突然聽見了她的笑聲，以前她很少有這樣的笑聲，咯咯咯地像在捉迷藏的樹林裡被我抓到了。我想今天她一定很開心，聽那聲音就知道整個人一直雀躍著，笑聲似乎不想停，很久很久才又轉為一種很甜蜜的耳語，好像是在跟我撒嬌，用她不想讓人聽見的聲音對我催促著說：帶我回去、帶我回去……

我說惠妳別開玩笑了，有時我反而很想去找妳啊。

本文收錄於二〇一九年八月出版《神來的時候》（印刻）

一九五五年生，彰化鹿港人，文學起步甚早，轉換跑道後封筆多年，短期任職法院，長期投身建築。

二〇一三年重返文壇，著有小說《那麼熱，那麼冷》、《誰在暗中眨眼睛》、《敵人的櫻花》、《戴美樂小姐的婚禮》、《昨日雨水》、《神來的時候》以及散文集《探路》，連獲時報開卷十大好書、《亞洲週刊》華文十大好書、台北國際書展大獎、九歌年度小說獎等。

二〇一五年獲頒第二屆聯合報文學大獎。

猴——劉旭鈞

水聲，細瑣而斷續的水聲。越近車後輪，聲音越清楚。車尾有光。一塊帆布跨在樹梢和車尾上，下垂成幕。光從那裡透出來，有人影，伴隨水間歇滴落的聲音。帆布遮蓋效果有限。那是一個女人的影子。我知道那是維芬姐。

我不該站在這裡。

那確實就是一副女性的身體。在一片樹林裡，以克難的水量沐浴。但看著濃厚的影子，我只想到那過強的光，會引來大量的飛蛾。蛾群繞燈，被燈泡的高溫灼傷翅膀，落在柔軟的泥土與落葉上。落在她的身體上。身上的水反映強烈的燈光，群蛾目眩。

我不該站在這裡。即使沒有窺探。沒有監視。

這是一座布滿鏡頭的樹林。濕黏，且炎熱。

我看著那塊帆布，還有那被虛擲的，水滴影子。

但我不是有意的，我只是站在這裡而已。如此無辜，如此無為。那塊帆布以尼龍繩纏勒在樹梢上，另一部分則攤在車頂，以質量取勝。人類技術總是有非常粗糙而直覺的一面。她的腳踩在泥土上。她只有一塊帆布。

帆布只遮蓋了一面。

她防範此側的視線。因為露營車的門，只開一側。

我不該站在這裡。

轉身往回走時，我的腳踢中了什麼。有東西倒在鬆軟的土上。

猴子。瞪圓眼睛的猴子。

我彎腰，手如撫摸般從頭順過背脊，再到尾巴，抱起整隻猴子。一具冰冷卻有彈性的軀體。

我把它抱回車上。

佐安看見我抱著macaca出現在車上，表情一時錯亂，然後靜靜打開車門離開。我不知道他在幹嘛。

桌上的文件非常雜亂。不只桌上，全車都非常雜亂。低矮的麻將桌上，菸灰缸與電腦凌駕紙張，兩盒未拆封的菸壓在一個摩斯漢堡的透明塑膠杯下。塑膠杯裡，黃色的迴紋針彎成掛勾，勾起排列緊密的瘡孔。是蜂巢。杯底透出菸盒上的腐爛肺葉。

很多書上長了黃斑。即使密閉，仍可感覺到車內逐漸潮濕。白蟻和衣魚可能藏在裡頭。牠們的活動不需等待。我等待記錄的機會時，牠們正啃著書頁，一口、一口。

生產知識的速度比不上文字消亡的速度，但在我們的文化意涵裡，那是愛書成痴。

我想起小時候家裡殺過衣魚。但那是很久很久以前的事情了。

我看著沉默的macaca，macaca也沉默看著我。燈光從它凸出的眼睛反射過來，燥熱感自眼眶蔓延，我吞下口水。

我們像兩尊神像一樣，不動。

我們互相監視。

我們是彼此的神明嗎。

窗戶成為鏡面，鏡面之外就是漆黑。不時可以聽見一些細瑣或空洞的聲音，刮磨敲打頭頂的金屬板面。也許車頂已積滿落果枯葉。也許很久沒下的大雨正以滴漏的方式延後發生。

我後退幾步，拍照。用我自己的手機。手抖，猴面模糊。我再試一次。拖曳幻影的猴眼無辜望我。

我決定改天再拍。

我拿出黑色筆記本，拉開固定外殼與內頁鬆緊帶，開始記錄。木柵附近淺山，未開發地區與次生林。動物園的一六五公頃就有七十五公頃是這樣的土地。研究地點與計畫，團隊與組織的資金來源與人脈。寫成完整的語句太耗時，字詞開始破碎。獼猴。脈絡。靈長類社會。文獻回顧。逐漸被遺忘的體質人類學者祖克爾曼，在上世紀初囚禁狒狒於狹窄獸欄。猴群中雌性極少。雄狒狒日日打鬥，近乎全滅。整年只有一隻小狒狒成功長大。他認為極端環境可以揭露猿猴社會的真實結構。

我們總是非常關心那人與非人的一切，窮盡詞語去描繪，最後又重新打散。從散漫的日記到正式田野筆記，再到民族誌。

過於簡略的提示會變成新的謎語。觀察與記錄其實是一種監控的技術。是的，一切都是技術，謎語的創造與破解也是。

但我求的，也不過就是一篇可以交出去的紀錄而已。一個證明我還能在這條路上持續走下去的研究。但我還沒告訴他們兩人，我要記錄他們。我要記錄整個研究。在面試研究助理時，我什麼都沒說。

研究所的老師說，知情同意。這是基本倫理。

在醫院蹲點很久的老師說，一份研究他會發兩版，一版登醫學期刊給醫生們看，極盡溢美之詞。另一版投社會學。研究科學社群是有風險的事情，觀察與揭露都可能讓科學大老覺得被挑釁。

我決定改天再記。

不急。

維芬姐走進來，正好看見我把筆記本塞回地上的背包。她用毛巾擦著頭髮上的水珠，身上已經換了新的衣服，但一樣是卡其色長褲長袖。她看著我的背包說，放在那裡，會髒。

她瞥了一眼macaca。就只是瞥了一眼。

仿生學的巔峰與我們共處一室，也只是共處一室而已。

macaca。這是維芬姐取的代號，猴子的屬名。無限模仿生命的結果，便是失去創意。

●

其實我很好奇macaca要怎麼發音。重音其實透露很多訊息，但解讀需要技術。維芬姐的發音近似瑪卡卡，佐安的版本聽起來像是痲咖卡。

我決定加入維芬姐的陣營。複誦，瑪卡卡。瑪卡卡。

清晨，我們前往林地。被圍住的林地。

我跟維芬姐已經帶其他人設好邊界了，有十五隻猴子。佐安對我說，可能有點不人道。不過是改良型的，電起來不會太痛。

維芬姐不悅：那你去被電看看。

她說，已經十月了，繁殖期，但還是什麼動作也沒有。大概是被我們嚇到了吧。

佐安說，可以停一下嗎，我要放下。瑪卡卡。

他用力搔抓頸部，額頭，小腿。只有他穿短褲。在他下一次抬頭看著我們時，有一種發音被遺忘了。

我說，瑪卡卡，很花錢吧。我開始後悔選擇瑪卡卡。我應該沉默，觀察兩種發音的競爭，誰贏，又為何贏。職位。知識。性別。但沉默是不可能的，沒人能夠脫離過程。

維芬姐說，畢竟，瑪卡卡是主角。

佐安說，這是公司跟研究室的一場合作。

合作？

中國最近才把人腦發育基因植入十一隻獼猴體內。

就是瑪卡卡啊。佐安說，間諜猴子。

維芬姐說，這是新技術的實驗。我們不必知道正在被測試的技術是什麼，公司的人知道。他們告訴我們如何測試，我們照做。

然後她指佐安說，公司的事情，問他比較準，畢竟他負責訓練瑪卡卡。佐安搖頭笑說，那是中國企業喔，你覺得他們有可能讓我知道嗎。

珍古德說他們在非洲像在搞殖民一樣，維芬姐喃喃道。

但她也說對中國充滿希望，覺得他們有在進步了。我說。

佐安說沒看過這則新聞。

我說是英文的。佐安翻白眼。

然後他問，什麼時候的新聞？
五年前，維芬姐說。
我們停在一片鐵網前。高大雙層，橫切樹林。
維芬姐問，切電了嗎？
佐安說，切了。
維芬姐戴上卡其色的鴨舌帽，又拿下，把垂過耳際的短髮上撥，再戴上帽子。有些頭髮已經白了。然後她走到鐵網前，拿出鑰匙，打開簡陋的門。構成門板的鐵網看起來隨時會剝離。
我們跟著懷抱瑪卡卡的佐安進門，姜主任把門鎖上。
我問維芬姐，圈禁不會影響研究結果嗎。
我有稍微翻過壽山的研究，他們是觀察一整區裡的猴群。
哪一個研究？她問。
維芬姐原本要做的。
她聳肩說，我必須妥協。
鐵網的其他面藏在看不到的地方。
網內沒有任何現成的路徑，落葉喬木緊接灌木。維芬姐抄起地上的樹枝，撥開前方的植物，一根斷了就再換一根。維芬姐的腳步明顯放輕。

其實挺重的，雖然很細，她說。

這樣撥的時候真的有看到什麼東西嗎，我問。

就是因為撥了，所以才不會看到啊。她說，不然如果撥了還是看到一隻蛇撲過來，不是很沒意義嗎。

我撿起樹枝，撥向前方的蕨類，卻被堅硬的什麼抵住。

筆筒樹，維芬姐說，是幼苗。

我壓住筆筒樹的枝條，讓穿短褲的佐安成功跨越。他看起來很緊張。

維芬姐說，講不聽誒，跟我小孩一樣。以前帶出去爬山，都不穿長褲。

妳小孩應該不怎麼喜歡爬山，佐安說。

你沒帶長褲來嗎，我問。

他說，我不是被訓練到野地工作的啊。

我點頭。這是一句辯解。想必有人已經問過他，為什麼一個到蚊蠅水蛭出沒地帶工作的人，會這麼沒常識。

維芬姐停下腳步，示意我們安靜。

眼前是一片岩石堆，不到一公尺的帶狀平地阻拒我們的樹叢。石堆挨著坡地向上，但岩石終究是岩石，坡地也只是微微隆起。它們也不會比樹更高了。

在一堆灰色岩石上，站著一群應該是在曬太陽的獼猴。

其中幾隻抬起頭來。

佐安放下瑪卡卡，拿出遙控器。

間諜獼猴，爬向石堆。

維芬姐說，動作很流暢呢。

佐安說，而且不用換外皮。跟其他猴子沒有色差，很ＯＫ。

大部分猴子只是看了瑪卡卡一眼，或持續盯著它，沒有移動。但有三隻從岩石上爬下，停在石堆邊緣。

瑪卡卡停下。

維芬姐說，有些時候，我真的很懷疑各種技術到底已經到什麼程度了。例如瑪卡卡，牠演得實在太像了。

我不確定這算不算稱讚。

我看著佐安操控著遙控器的手。他持續隨瑪卡卡向前推進，已經在我們兩公尺遠處的樹叢間。

一切都是技術。演技也是一種。

獼猴是很聰明的動物，維芬姐說。牠們可能完全知道發生什麼事。她說已經到交配期了，還是什麼事情也沒發生。團隊追著這群獼猴，意圖定位，但機警的母猴帶領群隊躲過一次又一次的圈禁。但一切都是技術，沒有事物能夠逃脫技術。

母猴？

維芬姐指著一隻曬太陽的獼猴說，那是帶著整群猴子跑來這裡的核心母猴。你沒學過，獼猴是母系社會嗎。

我不敢說，其實我蹺掉了整學期的靈長類研究導論。我的理由是，萬般導論皆廢課。

我說，他們好安靜。

沒必要浪費體力吼叫。維芬姐說，我們是整個島上最吵的靈長類動物。雖然其實也就兩種而已。

瑪卡卡動了起來。不是普通的移動。是奔跑。

維芬姐打開對講機說，停下來。

瑪卡卡撞向石頭，三隻猴子一躍而下，包圍它。

瑪卡卡迅速站起來，雙腳站立，揮舞起雙手。我看見它的側臉，張開的嘴巴露出牙齒。連獠牙都仿製出來了。山寨大國仿製工藝太令人感動。

它一拳揮向前方的獼猴。獼猴搧了它一巴掌。瑪卡卡四腳著地。

維芬姐大喊，停下來。

猴子們看向這裡。

我與維芬姐蹲得更低。

我看不清楚佐安的表情。但瑪卡卡的每個動作都像在洩憤。毫無理由地洩憤。

維芬姐說，你過分了。它會壞掉。

雖然是氣音，仍十分清楚、尖銳。

佐安說，妳擔心太多了。

維芬姐咬牙切齒地說，演好你的猴子。

維芬姐丟下對講機，在樹叢背後朝他走去。

她可能怕你毀了瑪卡卡，我對地上的對講機說。

有差嗎，她又不用負責。

嗯？

要負責的是我啊，我跟著機器來的。佐安說，她到底在發什麼神經。而且幹，我演得很好啊。

看見維芬姐靠近，他開始讓瑪卡卡撤退。瑪卡卡的動作變得搖晃而不順暢。

維芬姐折回。

她打開工具箱，拿出一袋果菜後，走向佐安，把袋子交給他。

瑪卡卡爬向佐安，陽光灑在它背脊的毛髮上。

回來後維芬姐說，其實，已經算成功了。

嗯？

公猴們沒發現威嚇的對象，是機器啊。

瑪卡卡把整袋果菜拎起來，動作有點生硬。

維芬姐說，要多練習。

對講機傳來佐安的聲音，嗯。

整群猴子看著瑪卡卡捧著那袋果菜，左右搖晃，走向石堆。在岩石旁牠高高舉起袋子，然後傾斜。水果與葉片滾落。

我看著遠處的佐安。這是操縱，還是扮演？

三隻公猴站在近處監視著。佐安看起來有點緊張。瑪卡卡試著躍上岩石，失敗。落地聲傳來時，我清楚看見三隻公猴的頭歪了一下。那是嘲笑嗎，牠們還是站在那裡。佐安看了岩石一眼，低頭看著遙控器，又抬起頭。瑪卡卡躍上石頭。

瑪卡卡拿起一顆蘋果，將手伸長，高舉，在岩石上環繞一圈。像是在宣示它手上有一顆水果。

我突然覺得這幕好可悲。

躺在中央的獼猴打了哈欠。

三隻獼猴靠近瑪卡卡，看著地上的東西。

然後牠們開始向上搬運。

瑪卡卡模仿著牠們的動作，拿起食物，向上跳躍，把食物放在中央的猴子附近。

那是一群雌猴，維芬姐說。

瑪卡卡一次又一次向上搬運。將近搬完時，瑪卡卡停在岩石上，佐安走向我們。

幹，他說，我覺得好現實喔。

民以食為天，猴子也是。維芬姐說。

我說的不是這個。佐安說。

嗯？維芬姐看著他。

沒事。他說。算了。

瑪卡卡就只是站在那裡。

我們看著猴群用餐。

一隻猴子突然從另一頭的樹叢邊緣躍出，衝向瑪卡卡。

佐安跳起來。

但那隻猴子只是拿走了佐安身旁剩下的八分之一顆高麗菜，然後奔回樹叢中。

我們看著牠消失的地方。

維芬姐說，數一下，石頭上的猴子。我是說真的猴子。

佐安說，十四隻。

我也是。

維芬姐說，嗯。昨天記下來的有十五隻。

群外孤猴，她說。牠的處境跟瑪卡卡一樣。要進入群體，得有一些貢獻。

●

我討厭這種說法，佐安說。

維芬姐上車抽菸，沒理他。佐安討厭菸味。

我問哪部分。

他說，你沒看到我剛才多卑微嗎，拿著那袋東西，請求大家來吃？請求那一大群母猴來吃？

祖克爾曼的論調。以性來交換資源，陳腐的靈長類研究假設。在極窄的獸欄裡，用稀少的食物做出來的結論。
我說，不是你。是瑪卡卡啊。這只是研究的一部分。
他說，實在是太噁心了。
我說，你在不爽什麼啊，你不過就只是幫公司做測試而已啊。而且之前維芬姐不是都提過了？
他瞪我。
我不懂這個人。
他坐下，把工具箱丟在一旁。
他說沒有想到，原來是這樣進行。難怪要花這麼長的時間，事先練習如何操作一隻猴子，然後把一群野生的猴子關在一起。結果竟然是來討好母猴。
討好母猴。
我說我突然意識到，原來，瑪卡卡是公的。
沒有啊，佐安說。瑪卡卡只是一台機器，沒有設計性別。
然後他又說，我討厭演猴子。
我說，你是在操縱猴子。這樣想就好吧。
他說，這些動作真的很沒意義。

我問，瑪卡卡是你設計的嗎。

佐安說怎麼可能。我又不懂獼猴。我只是負責測試而已。而且我成績那麼爛，被錄用都很勉強了，根本升不上去。公司不會讓我設計的。

瑪卡卡為什麼會被做出來呢，我問。

瑪卡卡只是初階版而已。他說。

嗯？

它還需要我操控。他說。

不用操控，不就變機器人了嗎。我說。

佐安笑說，你覺得它現在看起來像人嗎。猴子機器人？機器猴？

所以，為什麼要製造瑪卡卡？我問。

你覺得呢。他問。

我說我不覺得這是被發明拿來觀察猴子的。

佐安瞇眼說，你很敏銳。

我避開他的眼神。

他微笑。

希望早點結束。他說。還要拿食物去賄賂，真的太噁心了這群猴子。

賄賂？

他說，你就沒有過那種，得要拿什麼東西去換什麼東西的時候嗎？

我聳肩說，我得想想。

很幸福，他說。

我苦笑。

長大以後我才發現很多東西都有跡可循，佐安說，我的意思是，在識字之後。也許我就是有病吧。我發現我媽的櫃子上有一本跟過動有關的書，藏在很裡面，好像故意不要讓我看到。但就是在那裡，即使被什麼沒用過的電鍋或整箱茶葉遮住，它就是在那裡。我長得夠高的時候，就看到了。然後想，原來她懷疑過啊。原來她至少有懷疑過啊。

我點頭。樹林裡天色漸暗。

人際關係根本就是各種賄賂啊。佐安說。不受歡迎的時候就只能這樣。然後你說你沒辦法，大人一方面說要誠實做自己大家才會喜歡，又說要忍耐要怎樣怎樣。你不應該逃避，發脾氣不會讓你得到愛，你要控制你的情緒，知道嗎。根本矛盾啊。沒有邏輯。

我點頭，想起雙縛理論。死很久的學者貝特森認為，當孩童長期受到親人給予兩種矛盾的指令，精神會分裂。學術宣稱本必受挑戰，但有很多人信奉，家庭於是成為挖掘的目標，雙親擔起失能的責任與標籤。學者們進入家庭關係中，尋找重複的語言，重複的模式，在否定的語句之間尋找孩童困守的位置。無所適從。惶恐不安。

我應該要慶幸，佐安不是個分裂的人嗎。

我只能想像年幼的佐安拿著一袋糖果爬上樓梯，像瑪卡卡一般，雙手奉上的樣子。

佐安說，你有看到之前的新聞嗎，嘉義長庚精神科主任的新聞。

我沒印象。

他說過動是腦子的問題，就是要吃藥，用愛是沒屁用的。佐安說。沒屁用的。

你知道，我說，這種說法有問題……

你們也讀醫學嗎。他說。

其他領域的文本，也是要讀的。我說。

文本，他複誦。然後冷哼一聲。

幾秒後他說，我這樣是不是很沒用。怪東怪西的。

我沒回答。

然後他說，如果人類還跟猴子一樣，會殺小孩……

門開，維芬姐冷冷地說，所以，你們什麼時候要進來？

上車後，我們望著螢幕，十四隻猴子各自離散在附近的樹叢和岩石的縫隙。瑪卡卡的夜視能力意外頗佳，但不可避免地將畫面扭出弧度。整個螢幕被切分成好幾個畫面，原來小小一片林地有這麼多鏡頭。
維芬姐指著螢幕的一角說，這隻。
我們看不出那隻猴子有哪裡不一樣。
這隻就是剛才的孤猴。她說。
佐安退到車的另一頭。他說菸味太重。我看著桌上蜂巢旁的菸灰缸。
很安分的猴子。她說。
牠是打架打輸被趕出來嗎，我問。
你好像說過，你有翻過壽山的研究？她問。
嗯。
壽山那邊的結論是，雖然會有打架行為，但沒很凶殘，也不是一定會打，維芬姐說。甚至沒有猴王爭霸的行為。國外做的靈長類研究，不能套到台灣來。
搞不好這裡的猴王特別凶啊。佐安遠遠地插嘴。維芬姐沒理他。
然後她說，我們來取名吧。
佐安說，又不是養寵物。
比較好認呀。維芬姐說，而且珍古德也會替黑猩猩取名。
十五隻猴子，十五個名字要記。佐安說。

我也不想記十五個名字。

我說，不然就幫那隻孤猴取個名字好了。至少感覺不會那麼可憐。

但是沒人想得出來名字。

我對維芬姐說，不是主任提議要取名的嗎。

她說，我沒有想到是要從那隻開始取，所以我準備的都是母猴的名字。男生名字的話，嗯，感覺沒辦法隨便取。畢竟是邊緣人。總不能取什麼獅子王裡的狒狒長老拉飛奇之類的名字吧。雖然拉飛奇也是獼猴亞科沒錯啦。

我想著瑪卡卡的臉，還有獅子王的拉飛奇。荒唐。

維芬姐突然說，不對。也不算不對，但拉飛奇是山魈，不是狒狒。不過還是獼猴亞科啦。

我低頭鍵入拉飛奇，想知道山魈是什麼東西。然後想起這裡訊號很差，常沒網路。

佐安換上長褲披起外套，下車。帶著電腦。

維芬姐看著被重重關上的車門，然後說，我哪裡犯到他了嗎。

語氣不像問句。

然後她說，都是大學畢業的人了，唉。

隔天清晨我們在鐵網前遇到佐安，我們要開門時他問，食物有帶來嗎？

我點頭。

他說，今天我來就好。你們也得坐在螢幕前面寫紀錄吧。

過了幾秒，維芬姐才點頭。

我把手上的果菜交給他，然後再給他兩個便利商店麵包。

我一餐吃不了那麼多，他說。

是兩餐。維芬姐說。

佐安一臉鄙夷地看著麵包說，我寧願回去煮泡麵。

維芬姐緊盯著螢幕。她的菸仍在飄散。我背對著她，打開筆記本。筆在封面的硬殼上敲打出聲音，空寂呆板的聲音。配上菸的氣味，還有繚繞。露營車城為封閉的荒山神廟，監看猴群的神廟。我們是猴子的神。

甚至，我們也監控著鐵網內的人。

監控總是互相的。

維芬姐站起來伸懶腰，我警覺地闔上筆記本。

也許現在我不該浪費時間發呆，記錄的時間很寶貴。

但有時就是會忘記到底該記錄什麼，回想與爬梳總是耗時。而且記錄總是伴隨風險。

一個在愛爾蘭農村進行研究的學者有著難記的姓氏，薛珀－休絲。她被憤怒的村民驅逐。她說村裡的人為了養老，會特意羞辱一個家中的孩子。她套用貝特森的說法，指出無論表現堅強或軟弱，只能得到羞辱。怎麼選都不會是對的，怎麼選都是束縛。最後，小孩必須毫無成就地留在父母的農場，一生不被認可為成人，永遠是孩子。長期的矛盾造就思覺失調與自殺。觀察總得深掘，所有現象指向人性的無底深淵。但她挖太深了。太深，惹怒了被觀察者。

維芬姐說，你有在寫日記？

我回頭看她。她從螢幕前微微站起，前傾。

我想了一下後說，對。

這不算在說謊。

我以前也會叫我小孩寫日記，維芬姐說。

我抄下這句話。很潦草。

現在去對岸了。她說。

去讀書嗎？

對，這個暑假沒回來。維芬姐說，他讀化工。

我問是要留在那裡做實驗嗎。維芬姐說才大二，怎麼可能。

她說，聽說學期中，教授在黑板上寫了大家的座號，畫了條線說，線以右的，自己來找我。不要等我去找你。

反正現在很遠，我也管不到了。她說。也不知道是真的留在那裡拚，還是只是不想回來。我管不到了。

然後她指著桌上的蜂窩說，這是他小時候撿的，我幫他留到現在。那時候我還以為，他長大也會念跟這些有關的。

我看著那蜂巢的切片。洞穴緊密排列，無數的蜜蜂曾經擠在這樣的空間裡。社會性動物的社會壓力。互相監視的壓力。

你爸媽有反對你讀這系嗎，維芬姐問。

沒有。我說。

她沉默。

我好像終止了她的話題，她的找尋。

但找到又如何呢。我們總在發明自己以為的答案。

然後她說，唉，你們跟我們不一樣，不是我們那個年代的考試機器了。

我說沒有，我們只是換個方式考而已。還是要考，一直考。

但也許重點是，我們都不是機器。

過了一陣子她說，我不知道，我很尊重他啊。我有管太多嗎，我覺得我兒子留在那裡，只是因為不想回來。我知道你們學科的訓練很能看到我們沒看到的問題。不過你有辦法回答像這樣的問題嗎。

我說這種事情沒這麼容易，要靠大量的訪談，全方位的訪談，對每一個家族成員的訪談。一切都是技術，田野的技術。

她說，我只是不懂，為什麼他寧可去一個監控那麼嚴重的地方，也不要回來呢。我是有比中共嚴苛嗎。

看見我仍在寫字，維芬姐問，你該不會在寫我吧。

我說不是。

她看我，然後又看向螢幕。

也許我不該答應的。她說。

不該答應什麼？

幫忙測試瑪卡卡，來換錢。她說，我們騙了牠們。我們在玩弄牠們的感情跟生態。我們根本就不該加入牠們的。

我點頭。

維芬姐突然站起來。然後說，他到底在幹嘛。

我走近螢幕。監視器影像的顏色總是會失真，而且模糊。

在某格畫面的中央，一隻猴子高高舉起尾巴，靜止不動。動作不協調到看起來像是被一隻巨大的手掌握住尾巴，向上托起。

巨大的手掌。神的手掌。

佐安讓瑪卡卡維持這樣的姿勢，生硬地跨到另一塊岩石上。

畫面一片靜寂。

然後像是要回應這張狂的舉動，三隻雄猴也翹起了尾巴，整群在岩石上曬太陽的猴子開始騷動。畫面無聲，但在跳躍與抓爬中，存在那些細瑣而尖銳的聲音，屬於真的猴子的聲音。

一隻剛進食完畢的猴子也舉起尾巴，高舉臀部。

那也是雄猴嗎，我問。

維芬姐沒有回答。她的手按在對講機上，手指停在開關上。

她看起來很不解，一時之間無法反應。一個她不認可的動作，產生了她想要的結果。她認為正常的結果。

她說，這個動作，叫做邀寵。

然後她說。終於。牠們的交配期要開始了。

佐安回來時看起來很餓，泡了三碗泡麵。他的臉上有擦傷。他拒絕維芬姐的護理，隨便黏上ＯＫ繃。

他說，那隻猴子，那隻群外孤猴，搶了他的麵包。

然後抓你臉？我問。

不是。他說。我爬樹跌下來。

然後他猛抓額頭說，幹。在樹上還被蚊子叮。

傍晚，我和維芬姐進入鐵網巡查。

她喃喃道，正常人會這樣跟猴子拚了嗎，為了一個麵包，去爬樹？

她又說，小時候也被獼猴搶過，在柴山。一頂帽子。

有拿回來嗎？

有。維芬姐說，用麵包換回來的，我就是要說這個。但剛才在車裡面說，他大概會暴怒。

岩石上已經不剩幾隻猴子。岩縫間好像有些動靜。

是要睡了嗎，我問。

可能，維芬姐說。畢竟牠們睡得比人還久。

我點頭。身為人類，感到羨慕。

於是人類做出五隻失眠的獼猴，今年一月，在中國。

我們繞著岩石與灌木的邊界前進。

我問維芬姐，我們在找什麼。

她說，那隻猴子不太可能在石堆睡覺。那裡是猴群的地盤。所以牠應該在比較外圍的地方，但應該也不會離太遠。我只是賭賭看而已。能近距離觀察群外孤猴，這是一個好機會。

為什麼選在傍晚？

維芬姐說，也許牠要睡了。

我看見她的手上拿著一袋食物。

我們繞到岩石堆的另一頭。岩石依傍的斜坡過了高峰以後，接著另一個更陡峭的斜坡。仍然沒看到其他幾面鐵網。鐵網之內，是很廣的範圍。

地上有血。

維芬姐停下來。

對講機。我說，要不要讓佐安調畫面……

維芬姐說，安靜。

我們持續前進，沿著血滴的軌跡。

前方的矮樹上，一隻獼猴背對我們，尾巴翹起，露出紅色的臀部。

我們在後頭，偷偷看著那隻猴子，安靜滴血。

天暗得非常快。走回去的路上維芬姐說，繁殖季，雌猴的經血流得比較多，就可能會在地上留下血跡。我知道她沒把話說完。

那是一種超越物種且串起時空的某種共鳴，那種安靜、孤獨的血流。快被遺忘於上世紀初的祖克爾曼說，月經代表雌性靈長類對性的恆常接受性，且等待被支配。那種安靜、孤獨的血流，祖克爾曼不會懂。對那些沒經歷過的人，她們無話可說。

車上，佐安還在吃泡麵。

他問我們去幹嘛。

我聳肩。

我們各自吃了泡麵。

佐安說這樣看起來，我們吃得比畜生還差誒。

維芬姐的表情沉下來，還是不說話。

吃完麵後，她下車。

她沒帶菸誒，佐安說。

嗯。

怪，他說。

我說少抽一點也好吧。

我從背包中拿出筆記本，開始寫。

佐安說，車上的菸味，還是好重。

你可以下車啊。我說。

他聳肩，站起來裝水。他的眼睛瞥向我的筆記本，然後說，原來你有寫日記的習慣啊。

我也聳肩。

知情同意。所有研究者都該遵守的基本倫理。

現在的狀況是不知情。大概。

在發表之前，所有事情都能轉圜，好像什麼過失也沒有。就只是靜靜觀看而已，不被旁人知道的，刻意的觀看。什麼祕密也沒有洩漏的，刻意的觀看。

監視本來就是互相的。

我拿著筆記本下車。

我聽見水聲。細瑣而斷續的水聲。

越靠近車的後輪，聲音越清楚。

車尾有光。

有維芬姐的影子。

我不該站在這裡。

轉身，我的腳踢中了什麼。有東西倒在鬆軟的土上。

是瑪卡卡。

應該說，又是瑪卡卡。

它瞪圓眼睛。

然後我才想起佐安回來時，瑪卡卡不在。我們去鐵網內時，也沒看到它。

我抱起瑪卡卡。又一次。

當我抱著沾滿泥土的瑪卡卡走進車裡時，佐安只看了我一眼，然後說，記得充電。

我以為他會要辯解什麼。

他低頭看著自己的電腦說，對，沒有關機。

我瞪著他。

佐安嘴角揚起，看著我的臉。

不只今天而已，佐安說。前天也是。

嗯？

前天你在瑪卡卡前面寫了什麼，瑪卡卡都有看到。佐安說，我都有看到。

嗯。

我是公司派來的技工。佐安說。

嗯。

全車靜默。

原來車尾的水聲，如此明顯。

●

我抱著瑪卡卡，走在拿著手電筒的佐安前面。

好像抱著一尊神明，在夜裡行走。

這是一座安靜的樹林。

我看著光映照著我的影子。只有我的影子。光與影不時搖晃。每一次搖晃我都有回頭的衝動，或往前狂奔的衝動。

我想起我的筆記本。

我想起馬凌諾斯基，在大洋洲完成一本又一本著作，民族誌賣到變暢銷書。死後他的筆記本被出版，大師形象崩毀。人們被他的自我淹沒。那些矛盾。那些憤恨。

想著這些事情，我覺得自己冷靜許多。我的筆記本與馬凌諾斯基的筆記本，這聯想很自大，很滑稽。

也許這終究是一個行不通的題目，行不通的場域。也許我應該去蹲精神病院，醫療人類學的東西好像很有趣。聽說難度之高，國內似乎已經沒有學士班開醫療人類學了。就算有開，大概也在消失的路上。也許我學術生涯的希望，也在消失的路上。

也許我也在消失的路上。

我開始注意到樹林其實有蟋蟀的聲音。還有各種無法辨識的聲音，不需要被辨識的聲音。

佐安突然說，你有聞到嗎？

我沒有回答，我不知道該不該回答。附近只有泥土與葉片的氣味，伴隨某種濕黏的、野外的氣味。

佐安說，你不是有靠近嗎，那塊帆布幕。

我說，對。

那你有聞到嗎？

聞到什麼？

佐安說，算了。沒事。

過了幾秒他又說，但我有聞到。

嗯？

馬鞭草的味道。他說，你知道馬鞭草嗎，那種涼涼的、有點甜的味道。

我說，嗯。

我沒告訴他，這形容很爛。

那讓我想起來小時候的夏天。他說。

我勉強擠出一句，你們家種馬鞭草嗎。

沒有。佐安說，我們家太小，陽台放不下。

我點頭。

因為家太小，所以我媽出來的時候，全家都聞得到。佐安說。我想她們用的是同一種。

嗯。

你是不是想說，這不是理由。佐安問。

我不知道該說什麼，但又知道必須說些什麼，立刻。

你知道，如果人類還像猴子一樣會殺嬰兒，我真的希望小時候就被殺掉，佐安說。我只是浪費資源的廢物而已。

台灣獼猴沒有這種行為。我說。

你又知道了？

我來之前有讀壽山研究，之前講過了。我說。

結果你還被維芬姐嗆沒念過靈長類研究導論，佐安說。

然後他又繼續說：你知道，浴室關了很久，然後突然打開，馬鞭草的味道在整個家裡面飄散。打開的那一瞬間就湧出來的味道，突然被釋放的味道……

我不敢問他更多。

但他問我，你知道那種感覺嗎。

我用力地想，抓著瑪卡卡的手加重力道。

我想著封閉與釋放。

然後我說，有。

嗯？

我說，在我家的書房。有天回家看見書房門口遮了一張很大的白色硬紙板，黏在門框上，黏得很緊，毫無縫隙。

你爸在家裡呼麻嗎，佐安說。

沒有。

好吧，好無聊的家。佐安說，我爸會。然後馬鞭草的味道就會散掉。

我不知道是否應該繼續認真跟佐安談他的爸爸。

我只好說，對啊，我們家，很無聊。我也是一個無聊的人。

然後我說，隔天，那張紙板被拆下來了。在我面前，被拆下來。

然後呢？

那天地板上出現很多隻衣魚，也有一些躺在櫃子底下。就算還能動，也跑得不快。一隻又一隻衣魚，有的身體很灰，有的整隻是銀白色。我把牠們一隻又一隻集中起來，排在一個紙盒裡。衣魚的身體很軟，銀白衣魚甚至不會讓你覺得那是隻蟲，一隻噁爛的蟲，當然軟的部分還是很噁心，但衣魚本來就不太像蟲。

我想起高中時有次幫國文老師搬考卷，裡頭爬出一隻衣魚。

老師當場脫口而出，是蠹蟲呢。

佐安問，所以呢。

我說，我把牠們一隻一隻排起來，看著牠們所有不同的地方。我把手邊的昆蟲圖鑑拿出來，裡面有很多不同的圖片。我拿著一張又一張不是衣魚的圖，對著盒子裡的衣魚，然後覺得，果然衣魚還是種昆蟲啊。那時候我以為自己是個很有觀察力的人，也許會成為昆蟲學家。

後來我還是一直以為自己是很有觀察力的人，很願意觀察的人，很有耐心的人。因為那盒子裡面的一隻又一隻衣魚，讓我這樣相信。

結果最後，我研究人類。

沉默前行數公尺，佐安問，所以紙門撕下來的時候，你聞到什麼？

現在我只聞到樹林的濕氣。

但我需要一種氣味。

馬鞭草。

大概是說謊的緣故，我覺得自己聲音乾涸。

我又大聲說了一遍，馬鞭草。

他沒說話。

我好像聽到他滿意地微笑。

●

鎖上鐵網的門時，佐安說，昨天晚上，瑪卡卡確實還留在鐵網裡。

我點頭，他沒有反應。

於是我大聲地說，是。

你知道我發現什麼嗎？佐安問。

嗯？

佐安說，那隻猴子，不會睡呢。

他又說：我要揍扁牠。

他命令我把瑪卡卡放到地上。然後他用手電筒照向四周，掃向遠方，掠過岩石堆。

對講機傳來維芬姐的聲音，大吼，你們在幹嘛。

扮演猴子，佐安說，懲罰猴子。

然後他把對講機關掉。

他把手電筒交給我，然後蹲下，掏出遙控器。

瑪卡卡開始走動。

我們跟著它，沿著林地與岩石的邊緣行走。

瑪卡卡爬上一棵樹。

佐安要我用手電筒照亮瑪卡卡。

看著瑪卡卡身手矯健地向上爬，我還是不敢問他，瑪卡卡到底為何而存在。我想著比瑪卡卡更強悍睿智的瑪卡卡，在島上的林地穿梭。這次它們不需要討好猴群，不需要賄賂。它們散在島上各個植有樹木的地方，尋找隱藏的營地與設施。

強光照亮樹洞，刺痛洞裡獼猴的眼睛。牠畏光，瑟縮，直到我將手電筒稍微移開。

這是一顆壯碩的樹，有寬大的樹洞。

光影間，我看到瑪卡卡張大嘴巴，露出牙齒。逼近猴子。

兩隻猴子扭打起來。

我想著維芬姐在做什麼。也許她正在趕來的路上，對於現在發生的事情一無所知。也許她正看著螢幕，在露營車裡當一個神明。

兩隻猴子摔到我們腳邊，我們後退，用光照亮牠們。瑪卡卡的皮有些剝落，孤猴則開始流血。牠重新爬上樹幹，瑪卡卡追上。

瑪卡卡持續逼近。

孤猴翹起尾巴。

在孤猴的尖銳吼叫聲中，兩隻猴子纏入樹洞，又爬回粗壯的樹枝上。我知道佐安是不會停的。

他正奮力扮演瑪卡卡。

孤猴在喘氣。

牠奮力一躍，撲向瑪卡卡。

我聽見佐安快速觸碰遙控器的聲音，各種滑桿與按鈕的聲音。但猴子們已經沒有任何聲音了，手電筒的光停在牠們身上。任憑瑪卡卡再如何抓咬掙扎，孤猴仍緊壓著它，規律上下起伏，搖動，脖頸上昂。寂寞忍耐多時，宣洩必將失速。

佐安的呼吸越來越急促。
我靜靜監視這一切，在模糊光影中。
直到聽見什麼落到腳邊的聲音，我們都沒有移動。

——原載二〇一九年十二月十六日《自由時報》副刊

本文獲二〇一九年第十五屆林榮三文學獎短篇小說獎三獎

曾獲全球華文學生文學獎、中興湖文學獎、林榮三文學獎；《幼獅文藝》youthshow第一八四站主。作品偶見於《聲韻》。想像朋友（IF）寫作會一員。

探病——何敏誠

小紅帽的外婆病倒了，現在人在萬芳醫院。小紅帽下班回家之後，媽媽跟她說了這件事。媽媽的語氣很平淡，好像是在說，巷口那排欒樹的葉子變了顏色了，在說傍晚不要靠近青島西路那邊，因為遊行的人潮還沒有散去。小紅帽問媽媽，外婆怎麼了？她說是輕微的中風，狀況穩定下來了，還要在醫院觀察大概七天。小紅帽的媽媽說，外婆老了。彷彿老就是一切的因由。

小紅帽並不特別因為這樣的消息，而有任何難過或擔憂的情緒。在她的腦子裡，她只能想像，一張白色的病床，一個身形萎縮的老婦人躺在那邊。在那個想像中床顯得大得過分，幾乎像一塊地，一塊植物與生物都很凶猛的野地。人躺在那地裡當然不舒服，但人終歸得躺到那裡去。

小紅帽去洗了澡，裹了浴巾，回到自己的房間，坐在床沿塗乳液。這瓶乳液是她在樹林的深處跟一個滿口缺牙的巫師買來的。乳液的成分有水、角鯊烷、黃原膠、甘氨酸、尿囊素。一堆拗口的鬼東西。乳液的成分有從砸死過一窩豬崽的隕石所鑿削下來的碎片、有離過五次婚的女人所流的最後一滴眼淚、有人面石虎的糞便、有波紋蛇目蝶的蛹、以及一些詩稿、幾張歌譜，幾枚巫師從松山文創園區買來的破耳環。那瓶乳液聞起來有種挫傷的氣味，像跌倒了而膝蓋擦過柏油路面後所留下的一整片很醜的傷口，傷口上有小石子跟沙，有魯莽的日光，惶惑的血。小紅帽愛極了那味道。

她問那個巫師：「這多少錢？」

巫師一邊剔他所剩無多的牙，一邊殷勤地介紹：「現在週年慶打八五折，搭配台新銀行信用卡，滿五千再折三百。」

「所以到底多少錢？」

巫師說了個數字。

那是個讓小紅帽幾乎想立刻把巫師給勒死的數字。

用任何東西。任何東西都好。皮繩。皮帶。保險套。香蕉皮。電線。耳機。剛下鍋兩分鐘的義大利麵。她覺得，當想宰掉誰的時候，整座宇宙彷彿變成一束捧花，捧花上頭的每一種花，都會碰巧是自己鍾愛的花。

小紅帽刷了卡。

她離開樹林。

她想，自己要餓好長一段時間了。

餓嘛。好。也不是沒有餓過。

她餓過。

減肥的時候餓過。彼時，早餐喝豆漿，中午吃番薯，晚上去北美館附近的大草坪吃草。

四肢著地。像馬，像羊，偶爾耳朵就啪嗞搧起來，趕蚊蠅。

失戀的時候餓過。一直流淚的日子，或一直不流淚的日子。

老想著死。

死或許是很慈祥的。彼時經常那樣子想。

或許有張老婦人的臉，像比較不那麼糟糕的時候的外婆。

小紅帽邊塗乳液邊想外婆。病了。病了。病了。中風了。中風了。中風了。塗完脖子塗鎖骨，塗完鎖骨塗胸部，邊塗胸部順便按摩，想：你們拜託爭氣一點變大，幹我也沒有要求你們變多大，就從B到C，真的她媽的有那麼難嗎我操？但確實就是很難的。一對乳房，像兩個相依為命的聾子，一對聽不懂人話的，嫻靜的聾子。

他們不想變大，他們是一對彼得潘。有時候有人吸吮他們，他們就隱忍，他們不喜歡那些濕答答的嘴巴。

第一個吸吮自己乳房的，是小紅帽打從心底愛著的男孩。他解開她的胸罩的時候還微微發著抖。她很感激他的生澀，這讓她覺得自己跟他是同一國的，而性不是，性是另一國的。

她微微傾側身體，讓他的指尖可以更容易搆到背後的扣環。第一次做愛，小紅帽從頭到尾都睜大眼睛，她實在太好奇現在發生什麼事情了。她記得的，似乎都不是與身體有關的事情。那是在宜蘭的一間小小的旅社裡。她記得浴室的蓮蓬頭的滴答水聲。記得空氣中有一股燒紙錢的氣味。她記得冬日的光線穿透了格菱紋的霧面玻璃，像一段旋律那樣子在白色綠色相間的古老磁磚上幽幽地響著，摩娑著，花了好漫長、好漫長的時間，才潰散成不成調的、逐漸被淡忘的東西。

但她記得男孩的精液從陰道裡流出來時皺褶內裡的膚觸。不同於任何，不同於任何。他們並肩躺著。她抱著他，他也抱著她。起身的時候，他們牽著手。床單上一團精液的漬跡。他們看著，凝望著，帶著一種人唯有在面對極脆危的事物時才會顯露的哀愁與慎重。

小紅帽塗完乳液。她赤裸身子。她在等乳液變乾。偶爾，在赤裸身體的時候，小紅帽會湧起一股悲壯感，好像現在在這個世界上，自己就只剩下那個感覺起來不怎麼牢靠的身體可以依靠了。她曾經希望自己強壯一點，所以就在她開始上班三個月以後，她去了個健身中心參加免費的體驗課程。她跟一個倒三角形體格的男子面談。男子叫Jack，她還記得。Jack的手臂大概是她五倍粗。Jack的大耳朵上有個耳洞。小紅帽當時還想，那耳洞應該是用鑽地機鑽上去的。

Jack說：「動機比一切都重要。」

「蛤？」

「動機，motivation。」

「不好意思，」小紅帽說：「英文字母有幾個？十七個嗎？還是三十四個？」

「我的意思是說，妳為什麼要來這裡，why？我們必須找出來。Figure out。」

「為什麼來這裡？」

「對。為什麼？」

小紅帽感到自己來錯地方了。她對這種感覺並不陌生。第一天上國小的時候她就有過這種感覺。第一天到公館巷子裡的咖啡店打工，被色瞇瞇的店長撫摸髖骨的時候她也有過這種感覺。還有第一天正式上班，在出勤卡上簽上自己的名字的時候。後來，每當她再有這種感覺時，小紅帽就對自己說：錯的不是地方，是自己。就像地球不會錯，更何況地球只有一個。

「我想要變強壯。」小紅帽試著念：「Strong。」

「很好。」Jack說。小紅帽想他稱讚的是自己的英文。

「很好，強壯。不強壯的body，就是bullshit。」Jack倚近她。俯視她的領口，她的頸項。

小紅帽聞到一種皮革跟生雞蛋的味道：「妳對強壯的想法是什麼？」

Jack補充：「妳想變強壯的理由、妳想改變身體什麼部位、妳想達到什麼樣的行動，針對這些，我來設計鍛鍊的菜單。」

小紅帽仰起臉觀察Jack。他的頭方而大，令她聯想到高中畢業旅行去墾丁時看過的牛。但牛可愛多了，牛有雙多麼和善的眼睛，而且牛不說英語。他的面部肌肉感覺很有力氣，尤其是咬肌和頰肌。Jack的眼睛細長而眼尾下墜。當他盯著人說話時，總像在一邊分神找剛剛掉了的銅幣。

Jack問：「這樣子說好了，等妳變強壯之後，妳最想要做什麼？」

小紅帽脫口而出：「我想要打爆你的大牛頭。」

在那之後小紅帽就沒有再去過任何一家健身中心。無可奈何之下，她自己想了些運動強身的方法。她買了跳繩。她爬樓梯進辦公室而不搭電梯。禮拜六日她去仙跡岩走親山步道，還被蜜蜂螫了腳踝。她買了十張限期一年的游泳特惠券，在剩五個月就過期的時候，原封不動地把那十張券用一折的價格賣給了同事。她在YouTube上跟著鄭多燕跳有氧操，唯一的收穫是多學了幾句韓語。

後來小紅帽想，就算了吧。她不想再逼迫自己的身體去做些什麼。她想，一具不牢靠的身體，一具虛弱的身體，一具不強壯的身體，一樣有被這個世界善待的資格，一樣會在某些時刻被餽贈以只屬乎身體的恩典及經驗。當然她還是想改變自己身體的一些部位的，例如胸部的大小，例如手指的長度。她多麼希望自己的手指看起來再纖細些、再修長些。但那些改變的意向逐漸成為類似於懇求、耍賴或喃喃自語，彷彿她在向自己的身體撒嬌似的。而撒嬌之所以能一直維持下去的前提，就在於她所討要的東西，是永遠不會被真正的給予，永遠在她伸手無法觸及的地方。

因為身體不在外面。

乳液乾了，小紅帽穿上棉長衣棉長褲，裹進棉被裡，在手機上讀些LINE的訊息。有一些人傳了一些話給她。她把話點開，把話讀過，然後把手機熄滅。她想找一個人，告訴他，我外婆病了。那人會問，怎麼了。她會回，輕微的中風。對方追問，還好嗎？她會說，沒事。她會說，很快可以出院的。對方說，那就好。於是話題結束。她知道這個流程。她需要走進這個語言的流程中，讓自己得著深深的安歇。但她找不到這樣的人。

小紅帽走向客廳，走到她的母親身邊。她的母親正在看電視。小紅帽也盯著電視看了一會兒。畫面上有兩個人在潛水。小紅帽不知道他們為什麼要潛水？她看見黑得濃稠的海水，看見潛水伕持握的光束在水中掃晃時所照見的無數細細小小，轉瞬即逝的泡沫。然後就是廣告了。他們賣藥，賣車，賣漢堡。他們宣導從明年的一月一號開始，機車騎士將被強制一邊騎機車一邊吹法國號。「號角聲響多嘹亮，路上行人有保障。」一個知名的相聲演員這樣子說。小紅帽想，他說得有道理極了。小紅帽從小就喜歡那一位相聲演員。小紅帽馬上拿出手機，上網訂了個法國號。下完單之後，她把手機塞回口袋。

「外婆病房在幾號？」小紅帽問。

節目開始了。

小紅帽的媽媽念了串數字。

「等一下。」小紅帽掏出手機，把號碼輸入在記事本裡。

「妳要去看外婆？」

「可能吧。」小紅帽聳聳肩：「有空的話。」

小紅帽問：「他們幹嘛潛水？」

「我不知道，」小紅帽的母親說：「我沒有在看。」

小紅帽低下頭去看曲著腿蜷坐在沙發上的母親。她看她的浴帽，她未攏藏好的深棕色的髮梢，幾綹頭髮的顏色正在轉淺。小紅帽看她臉上的青色的斑點，她下頷連結著脖子的那塊地方的皮膚。小紅帽看母親手腕上的玉鐲。看她依舊令自己感到美麗與攝人的眼睛。小紅帽明白到母親確實是沒有在看電視的。母親僅是坐著而已，坐著，聽憑周遭的聲音與光影的聚散來去，像個富有極了的人，對於自己的財產，已經到了無動於衷的地步。

小紅帽決定坐下來跟母親說話。她們並不常說話。她們上一次認真談話是在英國脫歐大選那時候。小紅帽的母親批評了梅伊對《貝爾法斯特協議》的態度，而對她的金屬項鍊表達肯定。

小紅帽坐下來。

小紅帽說：「Yooooooooooooooooooooooo!」

小紅帽的母親瞅了她一眼，問她：「妳在鬼吼鬼叫什麼？」

「沒什麼，」小紅帽笑了，她說：「我喜歡鬼吼鬼叫。」

小紅帽還是少女的時候曾經很羨慕她的同儕們能夠同自己的雙親談心。他們跟爸媽聊初戀、聊衛生棉的牌子、聊人際關係的困擾、聊大學該讀什麼學校。小紅帽跟她的母親從來不聊這些。她與母親從不談心。長久以來，接近二十餘年的時光裡，她與母親的生活秩序純然由一種默契所建立起來，在那默契之中，她們向來只關照彼此最基本的作息、起居、飲食，除卻這些事項外，小紅帽與她的母親可說是無關的。當小紅帽的年歲再大一些之後，她就懂得了去欣賞那份無關性中的各種意涵：那是孤單、孤寂、輕盈、寧謐，以及一份對她而言珍貴至極的，自由的感受。那是死生所由自己決定的自由。沒有必要為了誰而活著，也沒有必要為了誰而去迴避自己對於消失於現世的盼望。

小紅帽總是這樣想的：如果要讓母親挑揀一件她在這世上最想要達成的事情，那母親必然會選擇消失。消失，獨留精神，或獨留身體。或遷徙至一個不屬於俗世的地方。那可能是個文明及靈魂開發程度都遠高過地球的行星、是高純度的虛空、是仙境，由琉璃與金剛鑽所造，那裡的人只食用花蜜、朝露以及琴弦的震顫。

打從小紅帽童年開始，她就是看著母親宛如一個旅行者一樣地在各個宗教之間奔轉。不同的教派，不同的信仰組織，帶給小紅帽的家不一樣的生活、飲食習慣。有一段時期，母親吃素。有一段時期，母親在缽裡裝食物吃。有一段時間，母親恢復吃肉了，但她只在中午前吃東西。有一段時間，母親吃滿月的月光。她會在滿月的那幾天，從廚房的流理台下方搬出幾只陶甕，將它們一一羅列在陽台上，到了開始月缺之後再將陶甕搬回屋內。

那時候小紅帽讀小學三年級。

小紅帽很好奇月光的味道。

小紅帽問她的母親：「我可以吃嗎？一點就好。」

「不行。」母親峻拒：「那是要有修行的人才可以吃的，不然會拉肚子。」

「什麼是修行？」小紅帽問。

小紅帽的母親用大湯杓舀月光吃。小紅帽看得兩眼發直。

「就是預備。」

小紅帽偷偷用手背擦擦唇角。她問：「預備什麼？」

小紅帽的母親堅定地告訴她：「離開這個世界。」

小紅帽的母親告訴小紅帽：「其實呢，月光吃起來跟蒟蒻凍差不多。」

「什麼是蒟蒻凍？」

「就果凍。」

「喔。」

晚上的時候，小紅帽的母親帶小紅帽到興隆市場附近的食品雜貨鋪買果凍。母親騎機車載她。小紅帽坐在後座，環抱著母親。那是個春夏之交吧，台北下了一個多禮拜的雨，這幾天放晴了，但空氣中彷彿隱約地能夠嗅聞到新店溪的淤泥的氣味。她們把車停在靜心國小前面，然後一前一後地走著。那時候的興隆路二段還沒有那麼多的車子，大家出門都還是習慣騎機車，騎巨型的青蛙或是施過了魔法的杉木桶。等紅綠燈的時候，小紅帽才追上母親，她有些羞怯地牽上母親的手。小紅帽告訴母親，她剛剛在行道樹穴的土窪裡，看到了乾癟癟的蚯蚓，死去的蚯蚓，彎彎扭扭的，形狀像個問號。「只缺了下面那個黑點。」小紅帽說。

她們在食品雜貨鋪裡挑零嘴。

黃澄澄的燈泡。

穿汗衫的男人。

菸灰缸。

籐椅上坐著一個嘖嘖吸著奶嘴的娃娃，她有雙天真得令人心疼的眼眸，一下子看小紅帽，一下子看小紅帽的母親。

吊扇喑啞地轉著轉著。

蛾在旋轉。

蛾在上升。

沉降。

球形巧克力。

梅心糖。

糖上的光澤鋒利得像刀片。

口哨糖。

情人果乾。

辣橄欖。

小紅帽的母親買了一袋果凍給小紅帽。小紅帽從袋子裡取了一個出來，紫色的一個。她用嘴巴把果凍撕開，遞給母親。小紅帽的母親擺擺手，她說：「不要。」小紅帽於是自己吃了。葡萄的口味。她的口腔內瀰漫著那種呆板的甜。她的齒縫、她的舌尖、牙齦、喉嚨裡。小紅帽感覺到口水的洶湧的分泌。好像那些口水要和她爭食嘴巴裡的果凍。小紅帽咬一小塊，走幾步路，再咬一小塊。果凍不會溶解。她和母親離開那間店。走遠了，走遠了。小紅帽轉過頭去看那幢在夜路的末端愈發地顯得光燦無比的糖果屋。甜膩、溫暖、沉悶、繽紛。即使只是要離開那樣一間小店鋪，離開那樣一個春夜夏晚的採買的時光，都令小紅帽感到一股酸楚，一種心彷彿也被一小塊、一小塊咬著般的不捨。

小紅帽望向走在她前方的母親的背影。她不知道自己的母親為什麼要修行，以及為什麼要預備離開這個世界。這個世界很好的，小紅帽這樣子想。小紅帽正想要在心中細細點數這世界的好的時候，後方有人騎了隻約莫有棟瓦厝那麼大的青蛙朝她們馳跳了過來。小紅帽慌忙讓路到邊邊去。青蛙的蹼黏踢踢的，一起一落之間，都發出一種糾扯的啪搭的響音，好像牠一邊跳，一邊在撕開大地。小紅帽痴痴望著牠碧綠而潮濕的皮膚，牠靜默深邃的黑眼珠。鞍轡。鞍轡上戴斗笠的人。青蛙跳過去的時候，就有重重的、略帶鹹味的風，把她的頭髮給壓亂了。小紅帽的母親站在原處等她。小紅帽不小心將果凍吞進胃裡了。她原本是想慢慢地咬它，慢慢地咬它，直至路程結束的。小紅帽流了一滴眼淚。九歲的小紅帽以為自己永遠不會忘記這一滴眼淚。

電視畫面上，潛水伕登上船了。

離開了海水。

那是一個陰鬱的日子，雲像岩石，在到處滾。

取下了潛水鏡和呼吸管。

他們是一個男人，一個女人。

很冷的樣子。

他們說話，說日語。
寒いさむい。
男人舉起撿獲的海貝。
一個特寫。
手掌那麼大的海貝。
海貝沒有說話。
……
然後是廣告。
車子的廣告。
車子。
在土星的光環上奔馳的車子。
車子裡邊有一張志得意滿的臉龐，彷彿那張臉龐遍歷了宇宙之間的一切。
小紅帽心想：我操他媽的在土星的光環上奔馳的車子。
小紅帽心想：這是個扯逼的世界。
然後是海。
船要開了。

光束在戳那些像石頭一樣緘默的雲。

在畫面中，雲和光束彷彿都痛。

船往岸邊開。

岸上沒有人在揮手，也沒有人在等候。

小紅帽問她的母親現在是誰在醫院照顧外婆。母親說是舅舅跟舅媽。小紅帽問母親，舅舅現在在幹嘛？在小紅帽的記憶中，舅舅就是一個不務正業的男人。小紅帽在外雙溪讀大學的時候，舅舅來找過她幾次。他們約在士林捷運站旁的Ikari Coffee。那時候那間咖啡店裡頭還有吸菸室。舅舅吸菸，舅舅喝冰的美式咖啡，無論天氣有多冷。舅舅跟小紅帽借錢。五百元。或是一千。小紅帽總是借他。小紅帽也沒問過為什麼。有一次小紅帽想告訴他，「這些錢，也是我辛苦打工賺來的。」但小紅帽忍住了。她沒問為什麼。她什麼都沒說。彼時的小紅帽，恍若是已然從內心深處一個很柔軟、且對萬事萬物皆無從抵禦起的地方知道了，在這個世界上，沒有人是不辛苦的。這個世界是個荒地。所有的人都是赤足走在上頭，所有的人的背上，都負扛著荊棘。即使是舅舅。一個遊手好閒的男人。一個賭徒，一個酒徒。兩個孩子的父。即使是這樣子一個男人，他也擁有著他的苦楚。

小紅帽的母親告訴小紅帽：舅舅現在在當保全。小紅帽的母親說，「我跟妳二阿姨，一個人每天出九百元給舅媽，讓舅媽來照顧外婆。」小紅帽問舅舅在哪裡當保全？小紅帽的母親回答：「我不知道，某個大樓吧。」某個大樓？小紅帽暗自在心裡思忖著：實在很難想像舅舅當保全的樣子。一個雙目浮腫，有酒糟鼻的保全。小紅帽又問，「那舅媽現在在幹嘛？」「沒有幹嘛，就照顧外婆。她之前也有經驗，她在安養院做過事。」小紅帽終於點了點頭，好像是在對母親的處置表達肯定的意思。小紅帽的母親問她：「妳打算哪時候去？」「明天吧，」小紅帽說：「明天。」

同她的母親一樣，小紅帽也沒有在看電視了。即使電視之中的海與人都依舊是在的。小紅帽回憶起舅舅最頻繁來向她借錢的那段日子，是在她失戀的前後。那時候她大二。那是她的初戀。她以為愛是恆久的。

小紅帽記得失戀之後她還是去上課，還是照常搭淡水線從士林到公館去打工。有一天她跟舅舅老樣子約在Ikari Coffee碰面。她想舅舅還是要跟她借錢的。她打開皮包，裡面有一張一千元的紙鈔、兩張五百元的紙鈔以及數張百元鈔。小紅帽將千元鈔抽出來，摺了幾摺，然後塞進皮包更深的夾層裡。小紅帽想，她不能讓舅舅將她的錢全數借光。她在等捷運。那一天她是下午的班。寒流來了。人都瑟縮著，或緊擁著。月台的角落，有幽靈在烤火，但沒有人看得見他們。列車鏇著強光前進，彷彿那道強光是片身不由己的雪牆。然後是風，是逼逼的聲響，是排隊人潮的竄動。小紅帽追著人流的推擠上車了。台電大樓。古亭。中正紀念堂。小紅帽望著車廂電子信息欄中地名的閃爍，想著，捷運來的時候，要是自己撲向它那該有多好。

在小紅帽的想像中，身體會粉碎。

會碎成粉塵。

像用指頭去觸摸百合花的雄蕊時指尖沾上的花粉。

像在一個太過明亮的地方醒來，

彷彿看不清、也搆不著萬物的輪廓及邊界。

取消了實體，只留下如光如塵的輕盈，

取消了身體，只留下告別之際，心神的決絕與無礙。

在那一列開往淡水海濱的捷運列車上，小紅帽想這是不是就是長久以來她的母親所看見、並且深深欲望著的世界？

在小紅帽還是大一新鮮人的那幾個月，小紅帽的母親消失過一陣子。約莫是兩個星期的時間。小紅帽試過打到母親的手機幾次，電話總是轉到語音信箱。小紅帽不著急，她彷彿憑著直覺，知道母親的消失，是出自於她的意志。小紅帽也不等她，她照樣過她的日子。出門上學、參加系上的羽球隊、在圖書館的書架間找參考書、和初戀男友約會。

她回到家，開門的一瞬間，她就知道母親不在，母親還沒有回來。即便如此，每一天，小紅帽還是像個偵探一樣地在那間約莫四十坪大的中古公寓裡頭反反覆覆檢視母親可能回來過的蛛絲馬跡。她查看母親的書桌、母親的茶杯、母親黏貼在一塊硬紙板上頭的便條紙。黃色的那張寫著不知道是出於母親或是她從何處抄掇來的句子：「思想不是我的。頭腦不是我的。這個身體不是我的。一切都是自動發生。」另一張綠色的便條紙上則寫了：「生薑＋葡萄乾，煮茶水，十一點前喝。」小紅帽檢查廚房的流理台、冰箱上的軟性磁鐵貼紙、探看母親所布置的、客廳角落的一方神龕，母親打坐時瑜伽墊的位置，香爐中的灰燼、三個西藏頌缽。小紅帽其實知道母親不在的。但她彷彿感覺到，母親不在的這個事實，和找尋她在的痕跡這兩件事之間並沒有任何的衝突。

只有一個晚上，小紅帽曾經想過要打給她的父親，告訴她母親不見了。但她很快就打消了這個念頭。小紅帽的父親和母親在她國小畢業前夕離婚了。那之後小紅帽就很少見到她的父親。

那一陣子小紅帽經常和初戀男友到陽明山一帶找便宜的溫泉湯屋。他們從不過夜，因為過夜要花比較多的錢，而他們只是需要一個空間，需要三兩個小時的時間做愛。小紅帽不喜歡泡溫泉，但那個男孩子喜歡。即使小紅帽從來都懷疑那不是什麼溫泉，只是一缸熱水，頂多就是摻和了一點點廉價的溫泉粉，但她的男友還是喜歡。他會慎重其事地測試浴池中的水的溫度，搓一搓那水，聞一聞那水中是不是真有淡淡的硫磺的氣味，然後便滿心期待地等待著水位漸次地上漲到他所心儀的高度。

在那過程中小紅帽就先去淋浴，裹著浴巾出來。小紅帽有次淋浴完出來的時候看見她的男友已經開始在泡溫泉了。那是個寒傖的景象，一個身高約一八〇公分的男生拗折起自己的長腿，委屈地將自己塞進那大約只有半坪大小的浴池裡。男友閉著眼睛。水光晃漾。水淹至他的肩膀下緣。滿室苔綠色的氤氳。小紅帽輕聲走向他，細細觀看他的身體。她看他的脊椎，他皮膚下方緊緊裹住的骨頭。她看他的鼻梁，他的鎖骨。她看他緩緩起伏的胸腔，她知道那裡面有一顆心臟，這個簡單的事實，令小紅帽感到無比的安慰。

後來小紅帽的母親回家了。她告訴小紅帽她去中國修行了。此外就再無細節，也無說明。

小紅帽想起她問過母親的那個問題。當她還是個九歲的幼童的時候，她問母親為什麼要修行？母親回答她是為了預備，預備離開這個世界。小紅帽看著十來天未見的母親。母親正在興致勃勃地整理行李：拉開二十四吋的行李箱，從中取出幾本贈閱的經書、幾張封面是由五彩色塊的靜坐之人像所構成的光碟片、一只人耳的橡膠模型，上頭密密麻麻地標誌了穴位。小紅帽從來不知道耳朵上有那麼多穴位，彷彿一個一個的按鍵，每按壓一個，就開啟一種特定的頻率的傾聽，而在各種各樣的傾聽之間，各自獨立，並無任何交會。小紅帽的母親遞給她一盒線香，要她去神龕那邊點了。小紅帽從來也不知道母親的神龕供奉的究竟是什麼，但她還是聽話地抽出一根線香來點燃。那是茉莉香味的線香。煙裊裊地上升、潰散、破碎。灰燼垮下來。母親蹲在行李箱邊，對著窗外的光，正在端看一條顏色像柔荑的花穗一樣淺黃的絲巾。台北冬季珍貴稀少的陽光眷戀地照著她，也照著她手上那條彷彿也是用日光所編織出來的絲巾。美極了，小紅帽這樣子想。接著她想，對於母親，對於她問過母親的那個問題，她已經不感到疑惑了。

小紅帽想，母親為什麼要離開，不關我的事。母親將以什麼形式離開，也不關我的事。小紅帽想，母親或視自己的身體為舟船，只為抵達彼岸；或視自己的身體為窒礙，是她的永生、或更光輝的身世的仇敵，也不關我的事。小紅帽想，只是她的身體還在的那一天，我就不得不去注視她，我也不能不去注視她。凝望她的身體，是我的靈魂的責任。

小紅帽問母親探病該帶些什麼，她沒有什麼探病的經驗。母親依然望著電視。畫面上已經沒有了潛水伕。

「不用吧。」小紅帽的母親回答。

「好。」小紅帽說。

第二天，小紅帽醒得很早。

她化了妝，然後將保溫杯打滿水，裝進背包裡。

繫上圍巾。小紅帽在母親的房門邊停留了一下子。

母親也起床了。小紅帽聽見母親的房門中傳出來嗡嗡禱頌的音樂。小紅帽想，母親是在做禮拜吧。母親有一天告訴她，她學到了一種將禮拜和古印度的瑜伽術結合在一起的方法。在這個早晨，小紅帽想像了一下母親在墊子上匍匐、伸展、蜷縮如卵的樣子。小紅帽想像初生的母親的樣子。滿臉皺巴巴的母親，脆弱而無依。世界對當時的母親而言除了嚎啕大哭之外，什麼都不是。

小紅帽出門了。

比她想像中來得要冷。

日光攀在雲間，像某些蕨類。

她把圍巾攏得更牢一些。

小紅帽朝醫院的方向慢慢走過去。

一路上風颳著她的臉。有點痛。

小紅帽牢牢記憶著臉頰與嘴唇所感受到的痛覺，彷彿那就是待會兒她可以告訴外婆的，僅存的一點東西。

小紅帽走進醫院了，她心中默念外婆的病房號碼，在醫院的走廊上梭巡，那些蜿蜒如迷宮的走廊，有些通往海燭影幢幢的洞窟，有些通往寂靜的冰川。她看見在長廊的盡頭有群正在打槌球的羊，牠們「咩~咩~咩~」地交談，並且可能因為披了羊毛衫而滿頭是汗。她走過麥田，走過瀑布，走過一座小小的山坡，山坡上開滿羊蹄甲花，花樹上有綠色的小蛇，有流滿了蜜的琥珀色蜂窩，她在山坡上看到早已去世的外公，在那裡靜靜地對著她微笑，像個吸毒吸到ㄎㄧㄤ掉的危險分子，如果不是因為他是自己的外公，小紅帽絕對會轉頭就走。

「外公。」小紅帽叫他。

「嘿。」外公回應。

「你在這裡幹嘛?」小紅帽問。

外公說:「我在乘涼。」小紅帽這才發現外公舉著把蒲扇,正搧著涼,他那悠緩的神色,使得他看起來像個官衙裡的師爺,像柳橋上的說書人。外公也替她搧涼。小紅帽舒服地瞇上眼,她說:「好涼呀。」其實並沒有很涼的,她只是在撒嬌。蒲扇的植物纖維在扇子擺晃而拗彎時發出彷彿潮水注滿砂質灘地而又決絕撤去的細微響音。小小的風裡有粽葉的味道,有萬金油的味道,有老去之人的皮膚一種粉甜膩滑的味道。小紅帽覺得遙遠極了,這是在她童年記憶中不可或缺的一種味道,在外婆的臥榻上頭,在每一個暑假,在每一個長假,母親開著車,開著她那台九五年的福特嘉年華載她去外公外婆位在北海岸濱海村落的家。小紅帽的媽媽將她扔在那裡,然後自顧自走了。

她不知道母親還回不回來。

她覺得假期是永恆的。

日與夜的交替全無順序。有時候連續五個夜晚,然後才是短暫的一個白晝。

市集裡的魚腥味。

保麗龍箱子的冰。

她從來不被允許去碰那些冰。

就像她也不被允許去海邊。但是怎麼可能？那個村落裡到處都是海，廟埕，漁會的窗台，窗台上瀕死的日日春，客廳，客廳裡那些隨地亂爬的嬰孩，以及人的灰眼珠裡頭，全是一片深不見底的水。

她問外婆：「我這樣算不算孤兒了。」外婆罰她跪，在神明桌前面。她眼珠咕碌碌轉，一下子看燈，一下子看瓶，一下子看杯，最後看觀音的畫像。小紅帽不知道自己問錯了什麼問題。在她讀過的許多故事裡，都存在著一個孤兒，好像孤兒就代表了冒險，代表了奇遇，代表了聚散分離的迭代，也代表了一輩子都不會再被丟棄的強悍命運。

在外婆的床榻上，聽外婆說話。

外婆有一個盒子，裡面有玉鐲、金戒指、金手鐲、古老的銅幣。她時常取出來，細數這些珍寶的來歷給小紅帽聽。然後，她會趁著小紅帽睡著之後，偷偷地、輕悄悄地把盒子藏回原來之所在。其實小紅帽一次也沒有真正睡著。她能從外婆對自己的防備，感受到外婆對那些東西的寶愛，而她想，這很好，有個這樣的盒子。小紅帽想如果我有這樣的一個盒子我會裝些什麼？

她想：霧。她想：落日。她想：雨後的水窪。她想：綠繡眼。她想：半透明的小石子。

她想：音樂。好聽的那種。她想：洪瑋寧。她國小時候的好朋友。她想：郵票，不要是水果蔬菜類的，其他的都可以。她想：偶像貼紙。她想著想著，想著想著，有時候彷彿是想不完的，像條無止境的漫長旅途，永遠都有新的東西可以裝進這個盒子裡。有時候她卻一個都想不到，都不願意想到。她寧願就讓盒子空空的，搖晃的時候，兜在懷裡跑的時候，半點響音都不發出，多麼安靜，多麼安靜，多麼安靜。

外公把蒲扇遞給了小紅帽，然後擺了擺手，消失了，山坡消失了，外公也消失了，就像烤吐司機裡的吐司那樣子喀地一聲轉瞬之間不知道蹦彈到哪邊去了。她手裡拿著蒲扇，站在醫院病房區裡。她隨興地晃，看每間病房門上的紙卡上寫著的名姓，她一邊看著讀著，一邊想像每個人的病。小紅帽知道的病不多，於是一整排逛過去，大部分的人都是感冒，要不就是胃痛、腸病毒、鼻子過敏以及蛀牙。她後來看到外婆的名字，於是走了進去。

外婆在最角落的病床上，小紅帽一眼就看見她。她在睡覺。其實小紅帽不知道她有沒有在睡覺。說不定外婆只是閉著眼。她問外婆：「外婆，妳有在睡覺嗎？」外婆沒有回答。

外婆的隔壁病床上就躺著大野狼。大野狼的毛是黑色的，不用趁近聞就能聞到燒焦的味道，好像剛逃離了一場森林大火一樣。大野狼的鼻子上有個紅色的圓點。「嗨大野狼。」小紅帽打招呼。「嗨小紅帽。」大野狼問：「妳在這裡做什麼？」小紅帽沒好氣地說：「你眼瞎了嗎？沒看到我在看我外婆嗎？」大野狼委屈地說：「我哪裡知道她是妳外婆？」「算了，」小紅帽說：「那你在這裡做什麼？」大野狼說：「我感冒、胃痛、腸病毒、鼻子過敏，還蛀牙。」小紅帽說：「你吃太多牛奶糖了。」大野狼說：「才沒有。」

接近了中午，天氣轉暖，病床邊的窗，照進來一束日光，光像一尾魚那樣子在大野狼的懷裡活蹦亂跳。小紅帽坐在大野狼床邊，把兩條腿伸直擱在外婆的床上。「好熱喔。」大野狼說。小紅帽就用蒲扇幫他搧風，搧了一下，又搧了一下，「搧一次五塊。」小紅帽說。「我沒有錢。」大野狼喊窮，小紅帽說：「那你就熱死吧。」「好餓喔。」大野狼又說：「我可以吃妳外婆嗎？」小紅帽說：「你覺得咧？」大野狼又說：「那我可以吃妳嗎？」小紅帽說：「你有種再給我問一次。」大野狼於是閉嘴了。他不知道從哪裡掏出了把烏克麗麗，用簡單的G7和弦唱起了一首鄉村民謠，他唱：「咕嚕咕嚕餓壞了，可是口袋沒有錢，為什麼這麼窮呢，因為買了張唱片，是披頭四的唱片，而且還是黑膠的。」「你閉嘴吧。」小紅帽說。於是大野狼就改成了只撥弦。單調的幾組旋律像發著微光的彈珠，在小紅帽腦子的地板上滾過來又滾過去，慢慢地滾過來，又慢慢地滾過去。小紅帽想睡覺了。大野狼好像摸透了她的心思一樣，唱起了搖籃曲，小紅帽才發現，大野狼實在是有著無比溫柔的嗓音。「快快睡，我寶貝，窗外天已黑。」歌聲裡唱的天黑，彷彿是真實的，像霧，像冬日的日光，像溫泉浴池裡的薄煙與暖水，從小紅帽身體深處一個哀傷的空洞裡無聲息地湧出來，小紅帽努力著，不要讓那樣柔軟細緻又迷人的黑暗，滲出了身體與世界的邊界。大野狼百無聊賴地撥弦，一邊凝視著昏昏欲睡的她，藍色的大眼珠裡轉著同情，也帶著理解和體諒。小紅帽幾乎要覺得，在大野狼的目光中，就有著她在現世裡頭最想要擁有的東西，那已然不再是愛或被愛，而僅是被真摯地告知：在微妙地偏離了通往愛的航向的普通命運中，你並不孤獨，你有數不盡的同行者。整個長長的下午，在外婆的病床邊，小紅帽幾乎耗盡了一切她對他人虛妄的熱愛，才沒有真正睡著。

——原載二〇一九年十二月二十日《自由時報》副刊

本文獲二〇一九年第十五屆林榮三文學獎短篇小說獎佳作

一九八〇年生，擔任兒子、丈夫、爸爸，兼任文創公司負責人。大學念過政治和法律，因此能用聽來較有條理的方式，訴說對世界的感受，即便那些感受常以荒誕居多。為了合理那些荒誕，進修文化創意研究所，並透過設計服務，成為職業。

最後的訪客——鍾文音

她聽著盲眼按摩師倒背如流的佛言佛語，

一時竟喃喃自語地說著希望母親不要再延壽了，這苦吃太久了。

盲眼師聽到了笑著往門外走時說，延不延壽不是看妳，也不是看佛。

她覺得這盲眼師根本不是盲眼人，倒像是有著二十七雙眼睛的千手千眼觀音……

繞著母親色身轉的是汗水，熱天裡臥床的色身總濕透了床枕。到了冬日，手腳轉僵硬，縮成剪刀手，觸摸如冰塊。起初固定來家裡的陌生人有居家護理師、針灸師，還有一位幫母親從醫院按摩到家裡的盲眼人。盲眼人每回來總像一個明眼人地說著她的房子陳設，說著她掛的神像是誰，說著她母親的手掌紋路圖，盲眼人解讀其中的密碼謎團，說著她的母親很不捨得走。

盲眼人一直想幫母親復健手腳，但卻沒有辦法防堵不斷在吃掉母親身體的病菌，病菌去而復返，臥床者的大敵，色身準備投降。於是很多的角色即將落幕，隨著母親啟動最後一場告別的來臨。採買工拍背工沐浴工打掃工朗讀工陪病工，隨著母親即將離宴人世而將告別的分裂自我。當這些疲憊都成了身後事時，她知道日後將常想念起這些因為母親才擁有的奇特身分。

最後一個來見母親尚能張開一絲目光且手腳還能微動的陌生人是居家復健師，長照方案的一點點福利。那個個子不高老是帶著微笑的復健師是母親出院後見到陌生者唯一會微笑的人，但那回他來，他似乎知道那將是最後一次來幫她的母親做復健了，彷彿心裡回響著這是最後一次的回音，以後不再見面了，於是復健師所有的聲音與動作都被放慢，很仔細地按著揉著。她怕母親躺久不動變成剪刀手剪刀腳，還請另一位自費的盲眼按摩師來家裡，這盲眼按摩師很願意到府服務，即使她知道媽媽不喜歡給男生按摩，但她想盲眼人什麼都看不到，色身應可跨越那條難堪的界線吧。針灸師復健師護理師退位，最後只剩下盲眼按摩師還願意撐起母親的病體。家裡沒有人走動，又恢復深海般的死寂。

這盲眼按摩師身體頗壯，看起來像是可以爬一百零八層刀梯的乩身靈體，在神明出巡的陣頭之前，吞火球刀刺背的人。他說起自己是三十幾歲才眼睛瞎掉的，是一個眼睛光明時到處遊玩的匪類人，所以什麼樣的身體極品也都玩過。她聽了自己就更不給這個男盲眼師按摩，對男按摩師的戒心依然在。雖然這盲眼師暗示過很多次可以按完她的母親之後換按她，母女合起來且只收一千元。她笑著沒有接話，且因聽過盲眼師曾跟母親附耳說阿嬤把汝查某囝嫁乎我好否？雖是玩笑話，但不知為何她覺得這玩笑話聽起來比真話還真。也許連盲眼師都感覺到這屋子的空蕩蕩，一間沒有男人氣息的屋子，盲眼師故而探視地說鬧著。

盲眼按摩師幫她母親按摩，她在旁邊看著，說是看著倒更像是盯著檢驗盲眼按摩師手腳乾不乾淨似的，那盲眼按摩師也總打破沉默地邊按摩邊和她說著話。

妳的書很多，每一本都有看完嗎？

你怎麼知道？她覺得奇特。

我聞到很多紙的味道，他說的時候正把母親按得哀爸叫母。母親的眼睛翳灰，瞳孔因痛溢著淚光，眼裡求饒地帶著怒氣。彷彿說著我再活能有幾年，為什麼妳非得這樣讓我受苦？她退到床的後邊，不敢靠近母親。妳看這麼多書，但仍然常感到灰心無力？盲眼按摩師又說著。

沒等她回話，盲眼按摩師又說著妳的唐卡最好去裱起來，藏式唐卡佛像裱在卷軸上容易受潮，最好改成壓克力框。

連客廳牆上掛著唐卡他都知道，她想著這人根本沒盲。

你又聞到味道了？你聞到我經常焚香這不難，因為空氣到處都是香塵殘存的氣味。但你要知道我掛的是唐卡，這就很難的，我可能擺的是立體佛像也可能是玻璃框的佛像，但知道我掛的是比較少見的西藏唐卡，除非你觸摸，不然不會知道。

其實我是猜的，因為妳燒的香是藏香，一般會燒藏香的多半懸掛唐卡。當然也可能是裱立體框而不是卷軸，只是憑直覺，覺得妳會喜歡卷軸，比較古典。

又何以知道我比較喜歡古典？妳的家具偏木質氣味，且是老木頭的香味，這種人大概都滿古典的。盲眼按摩師忽然低語說著唐卡上的佛像是準提佛母，妳修持得很好。

她聽了驚詫，盲眼按摩師怎麼如此精確地知道上面掛的是準提佛母像。就是要猜也會猜觀音菩薩或阿彌陀佛，很多明眼人看過她懸掛的佛像還無法分辨是千手千眼觀音或是準提佛母。盲眼師還說這張唐卡將準提佛母十八臂各臂或結印或持劍或持數珠或金剛杵等物，十八樣寶物，繪得栩栩如生。

她聽到盲眼師在按摩時邊念念有詞，念咒似地念著稽首皈依蘇悉帝，頭面頂禮七俱胝，我今稱讚大準提，唯願慈悲垂加護。縱然不斷酒肉妻子，只要依法修持。無不成就。準提佛母，簡直對世人太寬容。她聽到末句不斷酒肉與妻子時笑了，生活可以照舊如常，慾望如常，福報卻像是強大升級版，裝載著眾生抵達淨土的各種超載具功能。

她聽著盲眼按摩師倒背如流的佛言佛語，一時竟喃喃自語地說著希望母親不要再延壽了，這苦吃太久了。

盲眼師聽到了笑著往門外走時說，延不延壽不是看妳，也不是看佛。

她覺得這盲眼師根本不是盲眼人，倒像是有著二十七雙眼睛的千手千眼觀音。

那你猜猜我長什麼樣子？她笑說。

那我得摸妳才知道，盲眼按摩師笑說。

她聽了忙轉話題，你按摩我母親全身，那你說我媽媽長什麼樣子？

妳媽媽身型偏中胖，腿漂亮，個性不是屬於秀氣的人，頗大氣呢，可惜妳媽媽脾氣很急，煩惱很多，摸起來總是手腳冰冷，頭部卻熱脹。

她聽得猛稱是，覺得這盲眼按摩師根本像是一個卜命的摸骨師。

妳要我幫妳按摩嗎？盲眼按摩師又問。

不用謝謝，她快速回著。

盲眼按摩師聽她忙說不用也心知肚明地微笑著。

他笑著嘆口氣，彷彿是可惜啊可惜啊。妳長得滿好看的，尤其妳有一雙充滿渴望美麗如湖水般的眼睛。她聽了突然有種感動，在這樣如荒原般的房子有陌生人傳來溫度，即使是曖昧的語詞竟也是可喜。

他每回剛進到屋子，常要她形容住家的河邊風景給他聽。

有一回她沒說窗外風景，倒說了手機收到不斷轉傳的勵志故事。有一個盲人在街上乞討，盲人在板子上寫說我看不見，我是盲人，我看不見，請你們幫助我。有個女生看到他板子上寫的文字，就上去幫他改了文字：我看不見你們所看見的，所以請你們幫助我。改了意思完全就不一樣，不是看不見，只是看不見你們所看見的。

你看見很多我們看不見的東西，她邊說邊遞給盲眼按摩師七百元，他來家裡按摩母親一次的費用。他接過，不用摸就知道數字。盲眼按摩師潛入這座寂靜如深海的空間，每週一回，甚至母親因敗血症住院時這盲眼按摩師也沒間斷地去病房看望她的母親。但也是那個時候，她跟盲眼按摩師說母親出院後就不需再按摩了，因為敗血症把母親最後的眼睛餘光也吞噬一空了，我想讓母親就安安靜靜地過完餘生，且每回按摩其實我媽媽都很抗拒，媽媽很怕痛。

盲眼按摩師聽了點頭，然後他用手摸了摸她母親，彷彿在道別。接著杵在她面前良久，無語，彷彿那看不見的眼睛窩藏著一團火。

盲眼按摩師拄著拐杖離開病房，拐杖聲敲擊著地磚，蒼白的鎢絲燈下身影孤寂，他背後好像長出眼睛似的，突然轉身朝著還杵在大門口望向他的她揮手道別。

又一個轉身自此不再相見的人了，最後一個撤退母親這場戰場的人。所有的醫病關係，走到盡頭時，不說再見。

這最靠近母親身體的一師撤退了，而度亡師還遠在天邊。最後的訪客離開，屋子除了靜止如繭的母親外，一切空蕩蕩的，她又回到習慣的寂靜空氣。

——原載二〇一九年十二月十八日《聯合報》副刊

專職寫作，以小說和散文為主，兼擅攝影、繪畫。旅行他方多年，曾參與台灣東華、愛荷華、柏林、聖塔菲、香港等大學之國際作家駐校計畫。曾獲吳三連文學獎、林榮三文學獎、大陸三毛散文獎等。著有島嶼三部曲《豔歌行》、《短歌行》、《傷歌行》；短篇小說集《一天兩個人》等；散文集《憂傷向誰傾訴》、《最後的情人》、《捨不得不見妳》等。二〇一八年最新長篇小說《想你到大海》。

再說一次我愛你——伊格言

正如我們所知，起初，沒有任何人會將一代傳奇科學家、動物行為學家兼鯨豚生物學家Shepresa與「人類的未來」或「人類心智」此類議題聯想在一起——起初，她只是那個「能和鯨豚說話的人」而已。她生平的起點似乎並不特別：西元二二〇六年，Shepresa生於美國康乃狄克州一普通中產階級家庭，父母均為美籍華裔科學家（父親生於台灣，母親則為台日混血），分別任職於康乃狄克州立大學與輝瑞藥廠研發部門。她是家中獨女。十歲時父母因故離異，她一度被確診患上嚴重的創傷後症候群——長達七個月期間，她保持沉默，拒絕說話，拒絕原先所有人際關係；不意外地同樣拒絕任何親友與心理輔導人員之關切。幸而她隨即復原。根據她後來的說法，是海豚拯救了她——祖母帶她去看海洋遊樂園裡的海豚表演。那似乎對當時正經歷著生命中首次重大創傷的Shepresa有著無可取代的療癒作用。也正是在那時，她主動要求父母讓她茹素（她成功了），並開始思索，如果她自己曾感覺遭受命運的冷遇，那麼動物們也會有被遺棄的感覺嗎？

動物們是否擁有如同人類一般的情感？這是個再古老不過的爭論；同時也是後來被視為

激進動保人士的Shepresa最初的智識啟蒙。第二次的啟蒙時刻很快接踵而至——那是Richard Russell與母鯨J35的故事。這已不算新聞，因為無數閱聽大眾早已透過媒體聽聞Shepresa本人多次提及此一歷史事件，此一她宣稱改變了她一生的真實故事——西元二〇一八年八月十日，亦即距今一百六十年前，北美洲西岸一仲夏傍晚，時年二十九歲的西雅圖機場地勤人員Richard Russell單獨走向停機坪，闖入一小客機駕駛艙，於未經航管許可下擅自將它開上天空。除了Richard本人之外，這架九十人座龐巴迪螺旋槳小飛機並無任何其他乘客；換言之，他等同於竊取或劫持了一架客機，並以其自身為唯一人質。於長達七十五分鐘飛行期間（他依賴的是在模擬飛行電玩中學到的有限知識），這位溫柔而憂傷的劫機者始終與塔台保持友善通話——事實上也正因為這些通話紀錄，人們才約略了解他劫機的原因。塔台航管人員以小名Rich稱呼他，持續耐心安撫他，試圖引導從未受過正規飛行訓練的Richard Russell成功降落。然而他顯然沒有活著回來的打算。某些報導節錄了他們之間的對話：

塔台：我們只是想給你找個安全降落的地方。

Rich：我還沒想降落呢。天啊，油用得太快了——

塔台：好了，Rich，可以的話請向左轉，我們會指引你往東南方向飛。

Rich：我這樣得被判個無期徒刑吧？但也沒關係啦。我不想傷害任何人……我只是想聽你們對我說些好聽的廢話……你覺得如果我能成功降落的話，阿拉斯加航空會不會給我一份飛行員的工作？

塔台：我想他們會給你任何工作的——

Rich：我知道很多人關心我。他們一定對我很失望。我該向他們道歉。我只是個壞掉的人……或許不知道哪裡有幾顆螺絲鬆了吧？

根據鯨豚專家Shepresa的說法，她始終清楚記得首次聽聞此一故事的情境：二一一七年初冬，她剛滿十一歲，就讀於美國康乃狄克州樹蒂．蘭恩小學五年級，父母已於一年前正式離婚。她剛剛對自己立下再也不理睬數學老師E. Bonowitsky小姐的誓言——前天她在課堂上指出她算式裡的錯誤，然而她認為Bonowitsky小姐並未給她應有的尊重。這誓言後來僅僅維持了三天。但在那三天裡她可沒閒著：她自行破解了教室的網路密碼；每逢數學課，她一面心懷怨恨，拒絕聽講，一面瞪大眼睛盯著自己視網膜上的植入式顯示投影，偷偷瀏覽網頁。

「我就是在那時讀到Richard Russell和J35的故事的……」二一四八年一月，於接受台灣媒體「Labyrinthos」專訪時，Shepresa再次提及此事。她與採訪者正重回康乃狄克州臨海的樹蒂．蘭恩小學；芒草原上海風獵獵，變幻的光、潮浪與大片雪白色芒花充塞著空間，海水在嶙峋怪石下升起又破碎，化為玫瑰色的泡沫。對於後來長期被視為爭議人物的Shepresa而言，那是個無比柔軟的時刻；因為在與塔台的通話中，劫機者Richard Russell主動提到了那隻虎鯨。是的，虎鯨，又稱逆戟鯨或殺人鯨；那是當時的另一則新聞——海洋動物學家發現，一隻編號J35的母鯨在自己的幼鯨寶寶甫出生即告夭折後，背著牠的屍體，與之相伴，在廣漠的北太平洋中洄游了整整十七日，歷經長達一千六百多公里的哀悼之旅後方才放手，任屍體沉入深海，隱沒入無光的黑暗中。於劫機者Richard Russell這段最後的航程中，他向塔台表示想去看看那頭悲傷的母鯨：

塔台：如果你想降落，最好的選擇是你左前方的那條跑道。或普吉特海灣——你也可以在海面上降落。

Rich：你和那裡的人說了嗎？我可不想把那弄得一團糟。

塔台：說了。我，還有我們，所有人都不希望你或者任何其他人受傷。如果你想降落——

Rich：但我想知道那條虎鯨的位置。你知道嗎？就是那條背著寶寶的虎鯨。我想去看看那傢伙。

數學課堂上，十一歲少女Shepresa就此得知了Richard Russell與母鯨J35的故事。那是一百多年的二十一世紀初葉，人類對此類海洋動物的了解與現在完全不可同日而語；但Shepresa不厭其煩描述此事對她幼小心靈的震撼：教室裡她將這則故事看進眼底，四下無聲，淚水暈開了光線，周遭景物如鉛筆素描般無限褪淡退遠，然而視網膜上的幻影卻彷彿神祕的心象般無比清晰，像是有人在她腦內深海中對她低語。許多年來她在公開場合多次引述這則古老報導中一則網友的評論：「我們總有未竟的夢想，無法付出的愛」——「我可以確定就是這樣；」於「Labyrinthos」專訪中，Shepresa強調：「對，『未境的夢想，無法付出的愛』——我完全認同。不，那不是悲傷……那不純然只是劫機者Richard Russell對母鯨的憐惜或同情，不是。那是某種快樂、某種寧靜、某種幸福。我不知道人何時會有這樣的情感……」海風吹起了她厚厚的黑髮，無數沙粒自她的聲音中剝落。「我們總在生命中面臨各式各樣的傷害：生老病死，情感的無償，內疚、罪惡感，獨自面對際遇的隨機、凶暴與無理……我們總會悲傷、憤懣、徬徨；或者相反，因這些負面情境的消解而暫時感到喜悅……當然了，我必須說，動物同樣也會——許多人遲遲不肯承認這點；但我知道那不是這樣。Rich……Richard Russell並非因為痛苦或恐慌的暫時解除而感到喜悅……那太淺薄了。我知道他的墜毀是世上最美麗幸福的死亡……然而正因為人類的妄自尊大，我們不肯正面承認這樣的情感，不肯承認那其實暗示了人類或動物心智最好的可能性，最後的歸宿……」

何為「最好的可能性」、「心智最後的歸宿」？對此，小女孩Shepresa似乎並沒有懷疑太久。許多嚴謹的科學家主張不應率爾將動物的某些儀式性行為視為動物具有意識或情感的證據，因為這中間難免存在太多尚待實證的環節。然而針對此類說法，Shepresa向來嗤之以鼻。「我不是說他們的『嚴謹』是錯的。」她在各種場合重複強調：「科學原本必須嚴謹。但這件事與其說是個科學上的爭論，不如說根本是個語言問題。動物當然有意識——幾千年來人類親眼目睹這麼多證據還不夠嗎？我們頂多能說：對的，動物所擁有的意識或情感，不見得和人類『相同』……所以說，我們確實不宜直接斷定牠們擁有『同於』人類的情感。但即使是在那時，在我們對動物遠不如今日了解時，我們也早該承認，動物毫無疑問擁有牠們自己的心智……」

「像……維根斯坦討論過的語言問題那樣？」二一六九年，Shepresa六十三歲冥誕後不久，距她首次發表那五篇震驚世界的論文整整二十三年後，我在德國柏林近郊首次與Shepresa的獨生子Mike Morant會晤；聽他轉述他母親此一早年看法時，我如此提問。「類似維根斯坦的概念：許多哲學問題，其實只是語言問題？」

「對。有些科學問題，本質上也只是語言問題。」Mike Morant笑得爽朗。「你的反應和我完全一樣……我的意思是，我曾向我母親提出過一模一樣的疑問。她回答，她小學時就想過了。然後她又說，你想想，維根斯坦多久以前的人了？居然有那麼多人到現在還在爭論這個問題……」Mike看了我一眼。「她說，你看，人類就是這麼笨，怎麼可能會比鯨豚聰明？」

我想到了濠梁之辯。那是中國古代哲學家莊子與好友惠施之間的爭論。你不是魚，你怎麼知道魚很快樂呢？你不是動物，你怎麼知道動物有沒有屬於牠們自己的「心智」呢？但我想許多事本質皆是如此——個體們的感官體驗終究無法與他人共享；而更為巨大的鴻溝則存在於人與動物之間。事實就是這樣：因為我們不是動物，所以我們原本便無法體會動物的感覺，也永遠無法確證動物是否擁有所謂「心智」——至少我本以為如此。

我們都曾如此認為。然而我們全錯了。一整個時代的人，全都錯了。但請容我為自己辯護：沒能親訪Shepresa本人並不是我個人的失誤——這顯然牽涉某些不可抗力因素。作為一位鯨豚生物學家，她原本不應如此聲名大噪。二一二三年，十七歲的Shepresa考入麻省理工學院；二一二九年，年僅二十三歲的她以對虎鯨的中樞神經系統之演化相關研究獲頒博士學位。她的求學生涯堪稱一帆風順——除了因天賦極佳而深受師長賞識之外，她似乎也擁有極圓滿的人際關係。她待人親切熱情，不吝與人分享資源，對任何挫折皆樂觀以對。幾乎所有與她有所接觸的人都對她持正面看法。就我們所知，至少在當時，童年裡那長達七個月的沉默失語似乎沒有在她往後的人生中留下任何痕跡。詭異的是，這與那年啟發她親近鯨豚、走向海洋的Richard Russell頗為類似——毫無疑問，自殺者Richard Russell在各方面都是個「好人」：他待人溫柔和善，熱心助人；擁有再正常不過的社會連結。他的同事們一致表示他工作認真負責，為人善良正直，且於事發前未曾表現出任何負面情緒。他的家人則表示他與妻子感情親密和睦，婚姻美滿，既不憤世嫉俗亦無憂鬱徵候。他是忠誠而負責的丈夫，溫暖而慷慨的友人，鄰里街坊的好鄰居……然而所有這些，都沒能阻止他浪漫而決絕的自毀；正如無人能阻止Shepresa對鯨豚的偏執與愛。二一三四年她與Bertrand Morant結婚；二一三六年，三十歲的她生下長子Mike Morant，同時自伊利諾州羅德理格茲學院轉職至西岸西雅圖華盛頓大學任教。十年後，二一四六年，時年未滿四十的科學家Shepresa發表了她生命中第一個震驚世界的研究——她宣稱她破解了虎鯨的語言。

「『母愛』是個令我感覺非常矛盾的概念……」Shepresa的獨子Mike Morant長年於德國柏林北郊Sachsenhausen納粹集中營遺址附近一所中學擔任英語教師；首次採訪時，他如此向我談及他的母親Shepresa。「對，我小時候不常見到她。她確實就是一般人想像的那種工作狂……每日早出晚歸；許多時候她必須出海追蹤鯨豚，一去至少幾個月。」Mike的眼睛黯淡下來。他身材清瘦，嶙峋的臉和顴骨上一雙神經質的眼睛；說話時總有些習慣性傴僂，帶著曖昧的憂傷。我們正走在集中營外的鄉間道路上，鐵絲網在灰色石牆上攀行，腳下石礫摩擦，冰冷透明的光線自周遭穿行而過。「她沒有花太多時間在我身上。對，我當然恨過她。她對婚姻也並不用心。她和我父親婚姻的失敗，我想多數責任在她身上。但我知道她是個『好人』……她的研究夥伴、她的學生們，全都愛她……」他苦笑。「當然了，我相信那些鯨豚們——她其他的『孩子』們——也都愛她……」

一位母親能否真正讀懂自己的孩子？對Shepresa和她的虎鯨寶寶們而言，這完全不是問題。她關於虎鯨語言的論文共計五篇，於二一四六至二一四七年間陸續發表於包括《自然》、《細胞》在內的三種權威期刊上。這是人類歷史上首次有人宣稱成功破譯其他物種的語言。不意外地，虎鯨的語言以波形與頻率之組合呈現意義；但令人印象深刻的是，Shepresa先是成功區分了虎鯨的「歌唱」與「一般語言」，接著又在一般語言中解析出了可靠的文法規則。而這套文法規則中，居然包含了海水溫度與海流速度的變項。「乍聽之下這匪夷所思。」時任中國北京師範大學講座教授的動物學家黎玉臨表示：「我記得第一時間裡學界其實非常懷疑；因為這相當於告訴你，人類說話時，可以因應空氣濕度與溫度的變化而改變發音，以求傳達精準。這怎麼可能呢？」這位中國演化生物學泰斗如此回憶他執教於麻省理工學院時的得意門生：「但當解剖學證據出現後，許多人由懷疑轉為驚嘆。這成就太驚人了。」

關鍵的解剖學證據出現於第五篇論文中。Shepresa與廠商合作，以訂製的研究用類神經生物植入虎鯨之中樞神經，成功獲取了關鍵證據：當虎鯨發聲時，其大腦的語言區神經元與職司海流偵測的部位有著頻繁且模式固定的連動。她將此類固定模式歸納為三十九種，並一一指出這三十九種模式如何與語言的波形、頻率和文法產生關聯。結論是：一頭成年虎鯨的語言複雜度，約略等同於一十五歲人類青少年；而在某些特定方面（例如對海洋環境、洋流與色彩的理解與辨識，以及某些謎樣的、人類並不熟悉的情緒反應），其語言程度則幾可被確證為超越人類甚多。「請看看你的手。」她甚至在論文注解中語帶譏諷：「請寶愛、珍惜你的手——要不是這雙手，要是虎鯨擁有的是手而不是鰭，人類幾乎確定無法稱霸地球；因為一頭虎鯨的心智能力很可能超越你甚多。牠們比我們更高等。」

一夕之間，Shepresa聲名大噪。無數邀約如雪片般飛來，而她的後續舉動則將她推向風口浪尖。這其實頗令人意外，因為在此之前，從未有人將她定位為「激進動保人士」或「激進素食主義者」；事實上，她也未曾公開提出任何與此有關的政治倡議。「所有人都嚇呆了。」Shepresa的獨子Mike Morant表示：「對，包括我的父親。後來我父親告訴我，在此之前，他唯一聽她提起過的相關說法，也只是輕描淡寫地說『鯨豚確實比人類聰明』而已……」

那時Mike Morant年僅九歲。他始終清楚記得母親以他完全不認識的形象出現在全像電視上的情景。由於相處時間不多，他與母親從來並不親密；即使年齡尚小，敏感的他早已察覺自己與母親之間的鴻溝。「我後來有種說法，」他自我解嘲：「我說，我和她的關係要不就是『溫柔的疏離』，要不就是『彬彬有禮的親密』……」但即便如此，母親在他心中依舊維持著正面而溫和的形象；更何況他僅僅是個九歲小孩。但Shepresa在媒體上的說法卻完全把他給嚇傻了。「我和父親在家裡看她上電視受訪。她居然說，人類這個『肉食者社會』根本徹底養壞了所有小孩，而人類文明本該受到大屠殺或種族滅絕這樣的懲罰……」

為何人類需要受罰？因為懲罰人類對文明有益，對地球有益；而被這低素質的文化養壞的小孩們則一點也不值得同情。這是Shepresa的基本論點之一。初時她的某些論述不算新鮮——例如，她主張人類食肉是極不文明的殘忍行為，其罪堪比猶太大屠殺。「動物們當然擁有心智。我就不再重複那些一百年前老掉牙的論點了……」Shepresa強調：「我要說的是，現在，我們現在已經聽懂了虎鯨的語言，我們甚至可以，也應該跟牠們溝通；跟這些非我族類的動物溝通。」攝影棚的白色燈光下，Shepresa的表情扁平而嚴厲。「所謂『非我族類』。告訴我……對，看著我的眼睛：你認為我們真有權利圈養牠們、宰殺牠們，然後若無其事地把牠們的屍體吃掉？」

Shepresa的態度毫無意外引起軒然大波；但她並未就此退縮。數月間，她持續發聲，起手無回，變本加厲，且對動物的同情似乎漸漸延伸為對人類的憎惡。「有些人認為蜥蜴的中樞神經構造極其粗陋，魚、豬和雞的中樞神經也太過簡單，簡單到僅具備求生與繁殖功能，而不可能有所謂情感或意識……」於接受英國BBC《世界大運算》新聞節目訪談時，Shepresa語出驚人，顯然令主持人尷尬不已：「我也不再重複批評這種看法多麼自我中心了。我要說的是，人類嬰兒或胚胎的中樞神經根本就比太多動物還要簡陋，他們根本就比豬更缺乏『意識』。然而殺豬可以，殺嬰卻是最大的禁忌。為什麼？很簡單，那只是人類這個物種的自我保護而已。人類竟發展出了如此自私自利的文化……」她稍停。「但從另一方面來說，這一點也不意外——記得佛洛伊德的《圖騰與禁忌》嗎？」她進一步挑釁：「當然，這樣的黑暗與自私同樣存在於人類群體內部。記得上次被同事陷害的感覺嗎？記得那些明爭暗鬥、巧取豪奪，毫不在意傷害他人的人嗎？記得那些以貶低、霸凌無辜他人為樂的嗜血者嗎？記得那些策動種族屠殺，毀滅一整個世代的人類魔頭們嗎？人類根本是咎由自取。這種文明，如果有一天被滅絕，我一定額手稱慶……」

如前所述，Shepresa原本恰恰是個在人際關係與社會連結上極為成功圓滿的人；也正因如此，她對人類偏激的敵視態度更令人意外。她迅速爆紅，瞬間毀譽參半；而她的言行則將周遭較親近者全數捲入一場始料未及的風暴中——包括丈夫B. Morant與兒子Mike在內。「我們開始感覺，有人總在監視著我們。」Mike Morant回憶，當時除了狗仔隊明目張膽於住家附近守候外，他也明顯感覺到了周遭其他人異樣的目光。這令時年尚幼的他既害怕又困惑。也正是在那時，他與母親的關係急速惡化——因為母親未曾帶給他任何受保護的感覺。「我太脆弱了。」他眼眶泛紅：「對，我很害怕。但我的個性使我也沒向父親求助太多。我太壓抑了。但我畢竟還是個小孩子啊……」Mike提到，母親和從前同樣早出晚歸；新開的戰場（動物權利）更嚴重壓縮了他與母親相處的時間。他感覺自己像一艘暴風雨中的孤單小船，被母親徹底遺棄。某次，一凌晨遭到惡夢襲擊，他驚醒下床，推開房門正巧撞見母親回來。他已超過三個月未見到她，怯怯喊了聲媽；後者儘管臉上盡是疲態，意識卻依舊不知神遊何處，僅僅看了他一眼便不發一語轉身回房。

「我知道某些更激烈的母親。我知道。」二一六九年十二月，德國柏林市Tempo e amore咖啡館，暗影埋伏於窗外的側光中，我看見Mike Morant眼眶含淚，一張臉上正幻變著眾多深淺不一的痛苦。「比如那些因過度疲累而心不在焉，將幼兒禁鎖於密閉車輛中轉身離去的母親；比如那些情緒失控，無來由搧孩子巴掌、拿髮夾或筷子戳他們的母親……我知道她不是那種母親。現在的我也早已不再恨她。但那時，不知為何……我想她那時的態度更令我難受……」Mike哽咽起來，嘴唇顫抖，毫無血色。「我寧可她激烈斥責我或體罰我……在她轉身離去的那一刻，我想我已經知道，在我與她之間，所有的親密都結束了。」

當然，始終承受著巨大使命感驅策的Shepresa並未停下腳步。二一四八年十一月，她召開記者會，宣布啟動「忒瑞西阿斯計畫」（Tiresias Project），宣稱研究團隊將以五年為期，分階段達成「與虎鯨對話溝通」的目標。忒瑞西阿斯是古希臘神話人物，天神宙斯賜與他聽懂鳥語的能力，他也因之而能預見未來。「我們已經聽懂了牠們的語言。」Shepresa強調：「接下來是和牠們說話的時候了。這將是對『虎鯨語言學』相關論述的再次驗證。在演化史上，我們的祖先連續滅絕了直立人與尼安德塔人等其他人種，在地球上建立了智人唯我獨尊的霸權，延續至今。如果人類與動物、與其他物種之間的藩籬能被撤除，那必然是人類文明史上嶄新的一頁。」

時至今日，歷史終究必須承認，Shepresa所言非虛。「忒瑞西阿斯計畫」的結果幾乎撼動了整個人類文明；說無人能置身事外，並不誇張。歷史學者、哲學家、文化研究學者等人文學界對此多所討論固屬必然，生物學界、演化學學者等科學家社群內部亦對此熱議不斷；後續則進一步啟發了人工智慧與數學、邏輯學、量子力學（是的，關於「觀測者」之意識：一頭虎鯨算是有「意識」嗎？如果虎鯨伸出牠的鰭打開了箱門，看見了內部，那麼箱子裡薛丁格的貓是生是死？抑或依舊「既生又死」？）等領域連篇累牘的研究與討論。然而在此一後續效應徹底發酵之前，令Shepresa之名再度攻占媒體版面的，卻是她的個人私事。二一五〇年，於忒瑞西阿斯計畫進行期間，四十四歲的Shepresa結束維持十六年的婚姻，由獨子Mike的父親B. Morant取得監護權。即便已極盡低調，媒體依舊發現了此事並進行追蹤報導。然而始料未及的是，這竟使她被捲入數樁恐嚇案件之中——其後數月內，幾位署名不同的罪犯不約而同寄出恐嚇電郵，聲稱將「處決無情的反人類者Shepresa」。

但對於Shepresa與Mike Morant母子而言，那卻是一次意外的契機。「這有點奇怪……但事實是，知道母親正遭受著生命威脅，我感覺自己與她的距離反而拉近了。」Mike解釋：「對，我領悟到，這同樣是她為個人信念做出的犧牲。我那時跟著父親住；但警方依舊派出了編制人員保護我們。發生這種事，我和父親當然也受影響……」「壓力很大？」「很大。但說真的，不比從前來得嚴重。」Mike平靜下來。「或許是因為我已經習慣了吧？他們結束婚姻時，網路上各種奇奇怪怪的臆測和傷人的不實謾罵……罵她、罵我的父親，當然也影響到我。我可能在那時就已經被徹底『訓練』過了？」Mike苦笑。咖啡館中燈光昏暗，植栽枝葉扶疏，鄰座原本埋首書頁的灰髮平頭青年突然抬起頭看了我們一眼。「那時我突然就理解了一件事：我的母親是位不折不扣的勇者。」Mike Morant聲音沙啞。「當然，直到現在我依舊這麼認為……原本在我父母離婚後，我幾乎已和母親形同陌路。他們剛分開的一段時間裡，因應她提出的會面要求，我們甚至曾見過幾次面，但——」「感覺如何？」「非常，非常彆扭。」Mike凝視著自己的掌紋，彷彿長在他手上的是一張張陌生無比的臉。「我不自在，她也不自在。我能感覺她的歉疚，但那樣反而令我們彼此都神經緊張。我尷尬起來，不再答應會面。我想這也讓她鬆了一口氣吧？但後來發生了恐嚇案……我記得，至少在一段時間內，我似乎更能理解母親的言行作為……」

恐嚇案件後來不了了之。然而如前所述，這意外事件卻為Shepresa與Mike Morant的母子關係帶來新生的契機。Mike主動與母親聯繫，二人試圖修補親情。「現在想起來，我還是太天真了。」Mike Morant苦笑。「我想，我的母親終究也是常人無法理解的。為什麼我會有這樣的母親呢？又為何，有這樣的母親的我，竟會如此平凡呢？」他臉頰上淚痕縱橫。「開始時她給我的感覺也非常好。她有誠意，我感受得到。但後來卻又逐漸疏於聯絡……不，我不會期待能和她享有真正的親密；我們從未擁有過那樣的時刻，即使在我幼年時也是如此。但這是怎麼回事？後來我想，我自己也該負部分責任，因為我長大了，我也有自己的事要忙……我並沒有認真思考過她的期待……我原本以為她也就是在忙著做研究，忙她的『忒瑞西阿斯』計畫……」Mike雙手掩面，終於抽泣起來。「她寧願試著去和她的殺人鯨講話，卻不願意跟我講話嗎？……我想要的，不過就是……就是……」

Mike表示，Shepresa顯然忙於研究工作，消失的時間愈來愈長，即使他試著與她聯繫，卻總是找不到人。這使他修補母子關係的希望再次落空。當然，那時他完全不可能知道，母親竟是獨自身陷於那樣的「狀態」之中。Shepresa已騎虎難下，她的忒瑞西阿斯計畫誘使她隻身涉險，而她的熱情與偏執則使她做出了難以想像的極端選擇，甚至蓄意欺騙了整個研究團隊。事後發現，當時她並不僅僅是透過發聲器以波形、頻率等變項試圖模仿或再製虎鯨的語音而已──二一五一年，她首次祕密訂製了以虎鯨大腦語言區為藍本的類神經生物，將之植入自己的中樞神經，並以特製神經元連接自己的聲帶、耳內聽細胞與大腦聽覺區──

她自己當了白老鼠。她打算親自和虎鯨說話。

沒人真正知道她決定這麼做的原因。起初，也沒有任何人發現此事。「那年冬天我和初戀女友分了手。」Mike Morant說：「聖誕夜我喝得爛醉，福至心靈撥了通電話給母親，居然接通了。她說可以給我十五分鐘。我跑到她的實驗室，一個街區外尚且亮著兩棵大聖誕樹，路邊一隊隊笑鬧著的年輕人和送福音唱聖歌的小朋友們……但不知為何，實驗室門口一片漆黑，街燈故障，隱約的青白色微光像將散未散的霧。我的母親在黑暗中向我走來，她看著我，視線卻彷彿穿透了我的臉、我的眼睛。我第一次在她面前失控，質問她為何忙著和她的動物溝通卻不想跟我說話。我崩潰大吼，說，我知道那些虎鯨是你的孩子，但我同樣也是你的孩子、你的親人啊……

「她說了些很奇怪的話……」二一七〇年二月，我陪同Mike Morant重回現場，於事件過後十九年再訪Shepresa團隊位於美國西岸華盛頓州橡港（Oak Harbor）的實驗室。實驗室本身已遭廢棄，原先屬於虎鯨、連通著北太平洋的大池已被抽乾，自上方俯視，落葉與塵土棲居其中，細雪正緩緩沉降，像一個因過度清寂而橫遭中止的妄夢。「她似乎心不在焉。她說，說話對人很重要嗎？愛或親密，對人類而言很重要嗎？……人們一直在索求著的，到底是什麼呢？」四下寂靜，我們空洞的腳步迴盪在空間中，水光在Mike Morant的瞳孔中無聲明滅。「然後，就在那彷彿籠罩著全世界所有暗影的街邊，她伸出手撫摸我的臉。我突然打了個寒顫，因為那指尖如此冰冷，全無體溫，幾乎完全不像人類……」

紙包不住火。半年後事件曝光；原因是，Shepresa已完全變了一個人。她的外在形體維持原貌，但長期植入的，仿虎鯨大腦的類神經生物顯然已侵入並重組了她原本的中樞神經。

她已離人類愈來愈遠。她能發聲，但音節或句法本身已無意義；她能說話，但說出的卻已不再是人類的語言。再沒有人能聽懂她、辨識她的語意。少數時候她或許能說正確的英文或中文，然而僅限隻字片語。但當研究夥伴以先前的「虎鯨三十九種語言基本模式」為藍本試圖逆向理解她時，卻也並不成功。已無法與人溝通的她無疑已完全失去了領導團隊的可能性。然而研究人員卻發現，Shepresa顯然與她的虎鯨寶寶們更親密了——她時常在船上，在大池岸邊，或貼近池底連通道玻璃凝視著牠們，透過擴音器對牠們發出既尖銳又溫柔的吟唱。而虎鯨們也明顯有所回應：牠們或者群聚在她面前，或者在船舷旁洄游繞圈，或者以規律的噴氣與跳躍譜出節奏、海水與浪花的鼓點；或者應答以同樣溫柔而聒噪的語音……

沒有任何人類能再與Shepresa說話。但也沒有任何人類會懷疑，她正在與虎鯨們說話。

無人能夠預料，當初被眾人寄予厚望的「忒瑞西阿斯計畫」竟會以此種方式收場。二一五二年九月，Shepresa與虎鯨「交談」的畫面曝光，立刻引起轟動，躍登頭條。全世界陷入混亂與瘋狂。媒體逕以「瘋人科學家」、「鯨女」、「能和鯨豚說話的人」稱之；談話性節目全炸了鍋，社群網站沸騰熱議，評論家與學者們紛紛發表長文，而各國領袖則在輿論壓力下被迫回應。「這是斬釘截鐵的重大事件。」文化評論人A. Chufurst表示：「六百年前，哥白尼將地球從宇宙中心的神壇上拉下；三百年前佛洛伊德則摧毀了人以自己的理性為絕對中心的錯覺。這是人類史上的兩次重大認知革命。而現在，Shepresa跟隨達爾文的腳步，再次無情毀棄了『人類為地球中心、萬物之靈』的妄想，接力完成了人類史上第三次認知革命……」

這算是忒瑞西阿斯計畫的成功嗎？客觀上我們很難如此認定。然而時至今日，我們也不再能知曉Shepresa心中的真正看法了。她拒絕受訪，同樣拒絕與他人溝通（就像她童年那長達七個月的沉默？）——事實上，這兩項任務對她而言已力有未逮。她和她的鯨寶寶們的親密時光也並不長久——植入的類神經生物很快開始侵入並破壞她中樞神經的其餘部分；病症以一種類似漸凍人混合阿茲海默症的方式蠶食了她的生命。二一五二至二一五四年間，逐漸失去記憶、失去生活自理能力的Shepresa接受了共八次奈米機器人手術，試圖清除在她體內與人類中樞神經嚴重沾黏、縮合，爬藤般交纏共生的仿虎鯨類神經生物，然而終究失敗了。二一五五年四月，Shepresa死於西雅圖華盛頓大學附設醫院，得年僅四十九歲。而陪伴她走過最後時日的，依舊是她的兒子Mike Morant。

「我最遺憾的是沒有再和她說話的機會。」Mike Morant哽咽起來：「但我感激那段最後的日子。我甚至不曾認真考慮過她疾病的進程……我有點逃避吧？但那算是疾病嗎？不，那是她的瘋狂、她的偏執、她的信仰，她自己的選擇。她沒有病，她只是做了和一般人不一樣的決定。而且我們當然也不會知道接下來會怎麼發展……這世界上沒有人得過這種病不是嗎？」毫無疑問，在這位傳奇科學家與她的獨子Mike Morant的最後時光裡，外界的紛擾對他們已不再具有意義。熱議持續經年，討論方興未艾；學術界與科學界姑且不論，因應此一事件而生的社會運動、政治倡議，甚至新興宗教如雨後春筍般出現。隨時有人為此自殺，隨時有人因此獲得重生的勇氣；甚至有激進團體主張，動物與人類心智的混種結合才是人類心智演化的正確道路，是最終且必然的結果。然而喧囂之間，我們甚至無法確定，在這段生命中最後的時光裡，Shepresa是否真正「知道」這些因她而起的「後果」。

「我還記得那天……」二一七〇年二月，北太平洋東岸橡港的冬季，我與Mike Morant已漫步至海邊。潮浪來回，暴雨般嘈噪的回音，水與浪在近處粉身碎骨，而遠處，隱沒於無光中的夜海正以純粹的聽覺向我們展示著大自然龐巨而黑暗的力量。「那天清晨，我似乎心有所感，突然驚醒，發現病床上的母親已自行坐起身來，空洞的眼瞳正凝視著窗外某處。我感覺她似乎想看看外面，於是慢慢扶著她走過長廊，來到盡頭面光的落地窗前。雲層高而厚重，天光雪白明亮，樹與樹的枯枝如此抽象而美麗。我看見她蹣跚走到窗前，側臉把耳朵貼上窗玻璃，像是在專心傾聽著什麼……

「原本沒有任何聲音。但我隨即知道了答案──那是一架孤伶伶的飛機。很奇怪，我已經看見了那架飛機，但我的母親似乎並不想『看』。她只是持續在聽著它。聽著那些我不可能聽得見、不可能聽得懂的。我心裡想，難道那和虎鯨的語言類似嗎？我看見她臉上露出微笑，如痴如醉；像是被某種此生從未親歷的，巨大無比的寧靜或幸福感所淹沒……我忽然想起了她一提再提的，那位兩百多年前的劫機犯，那曾經『啟發』了她的Richard Russell……」

Rich：我準備降落了。我會先翻滾幾下。成功的話我就會開始下降。今晚就這樣了吧。

塔台：Rich，如果可以，請盡量把飛機貼近水面。

Rich：我有點頭暈。景色變化得太快了；我想好好看看它們，享受這一刻。一切都很美。

塔台：你能看清楚周遭嗎？能見度還好吧？

Rich：很好，沒問題。我剛才還繞著雷尼爾山飛了一圈。太美了。我想剩下的油還夠讓我飛到奧林匹克山去看看。

Rich：我不知道該怎麼降落。其實我根本就沒打算降落——

這就是二十九歲劫機者Richard Russell最後的遺言。一百六十年前，於天空中獨自漫遊七十五分鐘後，二〇一八年八月十日夜間約九時二十分，Richard Russell與他的螺旋槳小客機於西雅圖近海一荒島上墜毀。該小島全無人煙，是以除了駕駛者本人如願喪生之外，並無任何人員傷亡。那是北太平洋東岸的夏季，西雅圖的黃昏時間漫長，空氣與流動的雲彩折射了高緯度地區的稀薄陽光，致使天色絢麗多變一如一場未境的幻夢。Richard Russell不會知道他此生最後的航行如何影響了一位生於一百多年後的小女孩，更不會知道這位特立獨行的小女孩如何撼動了人類的文明發展。「飛機消失後，像是過了很久很久……」Mike Morant說：「她回過頭來，對我說了此生最後一句話……」

「她說什麼？」

「我當然聽不懂。」Mike Morant微笑，無限神往。「但她重複說了好幾次，所以我手忙腳亂把它錄了下來……」

「那是什麼？」

「我愛你。」

「什麼？」

「『我愛你』。意思是『我愛你』。」海水在我們腳下舔舐著礫石海岸。Mike Morant已熱淚盈眶。我看見無數細小的雪花，或雪花的幻影在他眼中緩慢融化。「那居然有意義……我事後把錄音拿給她的研究人員聽……他們查了論文，告訴我，那是虎鯨語言裡的『我愛你』……」

那也是Shepresa最後的遺言。二一五五年四月十八日，在說出那句話之後，一代傳奇科學家Shepresa面帶微笑，平靜地中止了呼吸。說話對人很重要嗎？愛或親密，對人類而言很重要嗎？人們持續在索求著的，究竟是什麼呢？我不知道；我相信古往今來許許多多的人們，也不曾知道。然而我似乎能親見那個場景：醫院窗前，雪白的寂靜，一架不知何來的飛機，一段失去了終點的漫長航行。「未境的夢想，無法付出的愛」。我彷彿看見她心中那位在西雅圖絢麗的黃昏中孤獨翱翔的青年。青年始終未曾死去，他以另一種方式活了下來；而我們終將在這個被Shepresa改變了的世界裡繼續旅行，像一隻永不落地的鳥，像一架孤獨的飛機。

——原載二〇一九年十二月二十九～三十一日《聯合報》副刊

國立台北藝術大學講師。《聯合文學》雜誌二〇一〇年八月號封面人物。

曾獲聯合文學小說新人獎、自由時報林榮三文學獎、吳濁流文學獎長篇小說獎、華文科幻星雲獎長篇小說獎、中央社台灣十大潛力人物等；並入圍英仕曼亞洲文學獎（Man Asian Literary Prize）、歐康納國際小說獎（Frank O'Connor International Short Story Award）、台灣文學獎長篇小說金典獎、台北國際書展大獎、華語文學傳媒大獎年度小說家等獎項。

著有《噬夢人》、《與孤寂等輕》、《你是穿入我瞳孔的光》、《拜訪糖果阿姨》、《零地點GroundZero》、《幻事錄：伊格言的現代小說經典十六講》、《甕中人》等書。

作品已譯為多國文字，並於日本白水社、韓國Alma、中國世紀文景等出版社出版。

大象死去的河邊

黃錦樹

據說那是數百年難得一見的月亮，不止是離地球最近的一次，而且還是血月，不止如雞卵，還像受精的雞卵，孵雞老手說，裡頭「有形」，還隱約看得到臍帶。半個地球的狼都仰頭嗥叫，狗和公雞也不甘寂寞，還有好些鹹濕佬也不禁獸性大發。

星相學家、巫師、神棍都很激動，紛紛預言會有大條代誌（大事）發生。像火車出軌、墜機、高樓倒塌、鼻屎國政變之類在世界史上屬於芝麻綠豆的小事，哪擔當得起那麼大的異相？除非，美國那個天天冒煙的黃石公園來個大爆發，滅掉這稱霸已然數百年的頭號白人流氓國，可惜火山也不是那麼聽話的。大血月來時，它還是不痛不癢的冒著那點煙，連富士山也不肯給發動大東亞戰爭的小日本來點天譴。

其實也不是沒事發生，只是沒有人知道而已。譬如那深埋於羅馬尼亞某古堡陰森地窟裡的吸血鬼始祖，那晚就一直鬧牙癢，只可惜胸口那支黃禍牌的桃木釘太結實，不止在他心上長根，那根還穿透他整個朽木蔭身，吸取他萬世胡亂吸血積存的精華，以致全身粉渣渣的使不上力。瘦而高的樹有數十尺，在古堡中庭開枝散葉，春天還開花結果。桃子肥美多汁，富於修道院情色意趣，頗獲好評。

又譬如古埃及某金字塔祕藏的貓木乃伊，就喵嗚了一整晚，附近的料理鼠王不止都嚇破膽了，公鼠的睪丸還因此紛紛萎縮成米粒大小。

偉大航道的多艘沉船從厚積的泥底蠢蠢欲動，有一艘還浮出海面，似欲續集《神鬼奇航》，不巧遇上台式墜機，夢遊中的機長不小心把沒故障的引擎關掉了。

湖南地底深處的幾具千年浮腫蔭屍都放了屁，小豬造型的可愛白玉屁塞都給推離屁眼三吋遠；連幾千年沒動的大禹都忍不住在山谷裡爬來爬去，發出石器時代的宏大笑聲，釀成嚴重泥石流，埋掉了幾座百年歷史的古老村莊。

全球各地都有死者復活的訊息——耶穌除外。有的是誤食河豚，有的是練氣功走火入魔，有的是在床上太勤快，節奏沒掌握好，「小死」得稍久了些，是家屬誤會了。

然而，更多春心蕩漾的年輕女子因此受孕。情人如蜜的耳語情話，月光溫暖潮濕，卵子發燙自轉，吞噬了向她奔赴而來的所有熱情的閃光。

遇上狐仙或女鬼的好色書生，當然就被吸到只剩皮、白骨、頭髮和指甲這些比較不好消化的部分。

在臭和尚法海轉世為田螺、許仙不知道轉世投胎變成什麼低等動物的幾百年後，白蛇還是老實的被壓在即便已然倒塌的雷鋒塔下，盤起來熟睡。這月光，讓她回憶起傷心的感覺。

「月光皎兮，我心傷悲！」而褪下一層寫滿佛典經文、像一襲完全褪色的舊袈裟、年輪不知凡幾的老皮，重新白皙細嫩，像一尾鱔魚，鑽進軟泥，遁走了。

●

在愛倫坡小說裡才會出現的一間郊區療養院，百年老樹環抱的濃蔭，爬牆虎包覆著外牆，室內盡是霉味、老人味、病味、消毒水味。突然，彷彿在那裡住了超過一百年、早就忘了自己是誰的老婦人突然醒來，那異樣的月光穿過半透明的玻璃，讓她非常悸動。她腦中甚至響起一個四音節的詞：媽的哈里（matahari）（註❶），她不確定那是不是自己的名字，但能確定那是懷念的父親的聲音。兩個音節：伊尼（ini）（註❷）。依然是父親的聲音。她那木質化甚至石化的腦好像有什麼東西微微顫動，有一股難以言喻的愉悅歡欣之感在皺巴巴的陳年老皮之下，似蛹中有物蠢動。

那個令她又愛又怕的夢又回來了，也許就因為這異乎尋常的月光的緣故。多年來，她泰半時間都渾渾噩噩的，腦中像是一直起著大霧，暈乎乎的，不知道自己是誰，當然更不記得偶爾來看望她的那些自稱是她兒孫的那些和她有什麼干係。

荒廢的時間，朽木餘生。北國窗外的風雪，秋日颯颯的落葉，春日櫻花、紫藤、杜鵑，夏日的暴雨，對她而言，都如夢如霧。

但此刻，她突然想起那南國的月光，好似可以穿透皮膚，直照到肝膽腸胃心都微微發亮。記得那粗大潮濕的舌頭用力的舔在膚表上的感覺，粗硬得似乎可以把石頭磨平。

那許多個夜晚，窗子打開，月光涼涼的灑進來，然後，巨大的身影攔走了月光，尖銳的陰影投在她身上。她光裸著細小的身子，清醒，卻動彈不得，眼睛睜不開，身體微微顫抖，她甚至可以感覺到，膚表密密麻麻的雞皮疙瘩一顆顆豎起像細小的豆子。她記得那陰涼粗糙的鼻頭，那巨大溫熱的舌頭舔舐時滴下的口水，黏稠的，急切的、緩慢的，有時是冷，有時是熱；有時是一滴接著一滴，有時是接二連三，在敲打她黑得發光的膚表；時而浮現一張巨大的臉，幾乎就塞滿窗子的框，粗大的鋼毛拂過，像竹掃把掃著地面上的竹葉。那是個，散發出強烈公騷味的虎頭，舔著她發抖的、豆莢般無辜的私處。

有時，她會覺得可以清楚的看見那纖毫畢露的老虎頭，像幅工筆畫，許多虎毛邊緣都閃著鋒芒般的光。但她也清楚的知道，那形象不是從她躺著的位置的視角，從那裡，頂多只能看到側面；但那形象，好像她就在牠的正面，毫不畏懼的與牠對峙。仔細看，那老虎的眼神其實有幾分憂傷，雖然下頷皮毛兀自潮濕晶亮。然後——如果她是從那觀看位置，會發現，那虎頭占用的空間的兩側，還各有一個虎頭，牠們的位置稍後，像是牠的分身，其中一隻是白色的，白底黑線條，兩隻都在默默舔舐自己的腳掌。

那是那三個來自北方的難民到來之後的事了。

那個夢，那月光，無比清晰的喚醒了一段記憶。

那個尋常不過的黃昏。一如往常，她開開心心的自學校放學回家。穿過馬來村莊的一角，肚子裡咕嚕咕嚕的響，經過有五隻羊的人家，有五頭牛的人家，有八隻鵝的，黑母雞帶著二十隻可愛小雞的，娶了三姐妹當老婆的……她沿路向認識的叔叔伯伯嬸嬸揮手，道聲午安。推開門時卻嚇了一跳：昏暗的大廳裡煙霧瀰漫，那是菸味，然而不是父親常抽的那種菸，更濃烈更嗆一些。還有一股強烈到嗆鼻的野獸騷味，好像置身動物園。餘光裡，依稀可以看見三個黑暗的身影，一高而壯魁，一高而瘦，一個一般。相較之下，父親的個子瘦小得多了。眼睛熟悉後，看清楚那三張疲憊不堪的臉孔了，父親要她向三位伯伯請安，搭著她肩膀說，這三位伯伯剛下火車，要到我們家借住兩三天。他們身上的衣服也不一樣，像是話劇舞台上演員的穿著，長袖，全身都包著，只露出粗髮蓬亂的頭。火車站偶爾見得到幾位那樣穿著的人，淌著一頭汗，都是剛從唐山南下的，還沒來得及換上較薄的衣物。

那一晚，她看到父親領著他們摸黑到河邊沖涼，母親也為他們借來幾套紗籠。晚餐時母親特地殺了兩隻雞，煮了一大鍋咖哩，還請鄰居向鎮上的印度檔買了鍋羊肉湯和一大疊印度麵包。那天晚上吃飯的場景簡直像一場夢——瀰漫著煙，黯淡的燈光，朦朧的臉孔，聽不懂的口音和話語像飄浮在空中，像煙那樣在微光裡變形。那個個子特別大的，頭也格外大，寬大的額頭泛著油光，大概怕熱，直接打赤膊圍著紗籠，吃肉的速度很快，量也大，大口喝酒；瞇眼時，有股寒涼的殺氣，但仰頭大笑時，卻也聲震四牆；另外兩個都穿著白汗衫，套上寬鬆的棉褲，吃東西時細嚼慢嚥。左邊那個濃眉大眼的，說話很慢，很沉穩，說話時提到很多國家的名字。另一個幾乎不說話，滿頭白髮，瞇著眼啜著椰花酒，心事重重的樣子。

不久之後她就知道，和他們同時乘火車從新加坡抵達的，是俄羅斯大馬戲團。馬戲團的工作人員、動物和帳篷等道具，幾乎包下了一整列火車。那之前，從歐亞輪塔斯馬尼亞號下來後，馬戲團短暫的駐紮在牛車水，在那裡表演了一個多月，相當受大眾歡迎，報紙曾大篇幅報導，但她還沒大到有興趣看報紙。

第二天陪媽媽去巴剎途中，在霧濛濛的早晨裡，她就看到一群工作人員影影綽綽的搭起帳篷。她在那裡駐足觀察了幾分鐘，那帳篷有點褪色有點髒汙。那些人都壯碩高大，金髮、紅髮、黑髮，黑眼、碧眼、藍眼，彼此間話不多，在霧裡看起來不太像真的。

她喜歡馬戲團，父親帶她去看過一次。那動作笨拙的小丑，跳火圈的老虎，在鐵圈內不停咆哮奔馳的電單車，命懸一線的空中飛人，都給她留下深刻的印象，那樣的不可思議，讓她不禁遙想那些人來自的遠方，那裡冬天時多半會降下美麗的大雪。

第二天放學後，她注意到三個客人都不見了，雖然他們帶來的黑色籐箱都還整齊的擱在客房裡。那裡原本是個儲藏室，床是用厚木板臨時架起來的。

晚上，父親果然帶她去看馬戲團，還給她買了瓶冰冰涼涼甜甜帶點嗆的芬達汽水，那一向只有華人新年才喝得到的。

在魔術表演時，她相信她看到那三個一度出現在家裡的異鄉人。他們在賣力的表演在箱子裡失蹤——出現、身體被鋸成兩半、身體飄浮空中等把戲，雖然他們都戴著戲台上的臉譜面具，但那身影並不難辨識。第三天，大批軍警包圍了馬戲團，馬戲團被迫暫時停止所有活動，所有人都被帶回去問話，包括父親。還有那三個人不知何時逃走了，借放她家那些東西也不知被何人移走了，但父親還是被拘押了三個多月，幾度被威脅要被遣返唐山。那之後，父親就變得怪怪的，好像徹底換了個人似的。獲釋返家後，他經常陷入一種恍神的狀態，有時自認是神的使者，曾經獲得神啟；有時自認是魔術師，相信自己有一些特殊的能力，可以改變歷史。母親認為他瘋了，把他送去著名的精神病院紅毛丹關了幾年。那些年，精神病院人滿為患，看他病得還算安分，就把他放出來，任由他到廟裡去和神棍合作，很快成為地方上知名的乩童，為需要的人傳達「那一邊」的消息。

可惜的是，那個從小帶著她讀《千家詩》、《百家姓》，觀星測字，磨墨臨寫〈千字文〉的父親再也回不來了，母親沒認識什麼字。那之後，她愛上塗鴉，成年後甚至愛上繪本。

伊尼知道父親的瘋言瘋語或許不全是胡謅的。糢糊的記憶裡，她記得父親有直視正午太陽的能力。她不確定那是不是在夢裡；就好比她記得父親偷偷撫摸她尾椎上的太陽，呼喚她

matahari，讓她差點把自己燒成灰燼。

父親的胸前有一道黑色月亮的標記，那是一道浮起的傷疤，她幼時愛偎著父親邊聽他講故事邊撫弄它，甚至給它取了名字bulan hitam（註❸）。父親以開玩笑的語氣說，那是前世敵人留下的傷痕。父親說，他前世是隻大公雞，為一個老是想復活的怪物守墓。有一天，有一隻穿靴貓穿著一雙破鞋來挑戰牠，大戰了數百回合。

就在那三個人消失、父親被拘押的同時，她開始了那纏繞一生，被老虎砂紙般的舌頭舐刮磨的夢。她一直沒弄清楚那三個人究竟是誰。長大後，陸陸續續知道，那之後，殖民政府竟再度宣布緊急狀態，原本被逼入死角的山老鼠軍隊竟不知道獲得什麼強大的支援，竟然有能力來一次強力反撲，攻下一個名叫「暮傷之窟」的小鎮，建立了個蘇維埃政府，還處決了數十個叛徒。可惜維持不到一個月，又被政府軍奪回。那之後，父親就不常回家了。後來就再也沒回家了。連他借寓的那些廟，都說很久沒看過他。母親求神問卜，也問過父親的一些朋友，猜想他如果不是上山去，就是腦子燒壞，到處流浪去了。

此後，伊尼每次看到瘦削骯髒失魂落魄的流浪漢，都會想說那是父親，至少是他的一部分，她慣於把對父親的思念勻一點給那身影。就在那樣不斷的把對父親思念的刪削中她成長，但她覺得自己對父親的思念並沒有減少。但她自己生命的時鐘正常的運轉，甚至可說是正常的成長，除了那不斷復返的放肆的夢。

十七歲那年，有個不同校的男生常騎著腳踏車尾隨她。有一晚下著大雨，她夢到父親也變成了老虎，是隻衰老而枯瘦、脫毛褪色，像垃圾堆裡破敗的老虎玩偶。那時，因忙於功課，忙於自己人生的瑣碎事務，她其實已習慣不太想起父親了。

她需要解夢人，但她羞於啟齒。她黧黑的膚色，和父母都不像的臉容五官，自童年起就常被指指點點，她自己也懷疑是不是他們親生的。但從父母的態度中看不出來。她自己一直覺得自己和爸爸長得像，爸爸也是又黑又瘦小啊，朋友不都叫他火炭（bara）嗎？但那總是心底深處的一個疙瘩，難於啟齒。

母親為人幫傭拉拔伊尼正常的長大，但她的人生再也沒有大事——再沒遇著什麼大不了的事，她長大成一個平凡人，樣貌也不出眾。受完基本的國民教育，甚至考上某大學的冷門科系，半工半讀，順利的畢了業。在不同的小鎮換過幾份再普通不過的工作，在圖書館上班時，偶然遇到一位北國外派到此地分公司的紅毛外鄉人，說是欣賞她異於常人的熱帶風情。相戀、結婚，隨他返國，然後在異鄉安定下來，生下兩個資質和長相都一般的紅毛。孩子無災無害的長大，和她一樣，受完基本教育，找一份普通的工作。再正常不過的，經歷自己的平凡人生。她幾乎不曾向孩子多談家鄉那些事，太複雜了，一言難盡，孩子們對異國的歷史也沒興趣，總以為他們成長時經歷的那個世界一直以來就是那個樣子。

然後，貪戀她異國風情、熱愛床上運動的丈夫竟然六十多歲時就突發心臟病死了，不願久住紅毛之鄉的母親，若干年後也病死在家鄉的養老院，埋骨於中華義山。

那份讓她安定下來的工作，是大都會某學院圖書館的一個角落，負責處理圖書和剪報、資料分類歸檔。

業餘時間她畫繪本，出版了幾本還頗受異國的孩子歡迎，最著名的《三隻悲傷的老虎》。那些自己編寫的動物寓言，雨林蓊鬱，蕉風椰雨，老虎、大象、猴子、四腳蛇、穿山甲、雉雞都是常客，著色華麗豐腴如童畫。她那鬍鬚總嫌太茂盛的先生的評語是「富於南國風情」（那原是他讚美她的翹臀和屁股上的黑太陽胎記的詞彙）。

這北方的國度，也是紅毛鬼數百年前從住民手上掠奪來的土地，以上帝之名，經由屠殺、驅逐、暴力榨取、強迫同化，把他人的歷史清除得乾乾淨淨，再重寫歷史，墾殖史、開發史、文明史……造鎮，完整的運輸系統、醫療系統、教育體系……說也奇怪，這樣的國家這小小的學院竟對南方的歷史特別感興趣，大量的收藏相關的資料，在相關領域的研究還頗有地位，出版過系列叢書、期刊，定期辦研討會，做口述歷史，甚至收集軼聞傳說。

多年來她的工作就是經手大量的書，把它們從書目中挑出、下單、購進；再編碼、登錄、上架、歸位。關於山老鼠的書，都會挑起來讀一讀，父親的名字經常被提到的，但通常被看作是無關緊要的人物，有時被提到兩三次，有時甚至四五次，分布也不會超過五頁。父親偏愛老中國的計時系統，天干地支，日月星宿。當他的化名出現，就好似時序運轉，不同的生肖，不同的動物在字裡行間跳躍。對伊尼而言，那似乎也就足夠了。那名字，就活在字句裡，活動在那些名詞、動詞、形容詞、標點符號間。因為簡略，感覺就有幾分神祕。伊尼甚至會用那指尖反覆撫觸紙頁上微微凹陷的字，即便那是音譯。她喜歡那樣的感覺。名字，路名，站名，熟悉的遺忘。

長大之後，透過閱讀和親戚長輩間的言談，伊尼漸漸知道，父親應該是山老鼠革命集團的外圍分子，所以會協助安頓那幾個來自北方的異鄉人。想當然耳，父親也多半參與了許多她並不知道的事。那些著作一再寫到他的幾個化名，也算指證了他在那一場革命中扮演的角色。

但她也清楚感覺到，裡頭還有很多故事沒有說出來，或者說不出來。

因此即便在退休之後，仍天天到圖書館去，看自己想看的書。圖書館人手不足時，她也經常義務幫忙，維持一種有事做的感覺。那裡一直給她留一個座位。

這天，一來到自己的位子，就看到混雜在其他雜七雜八新書裡的那本厚厚的書。寄到單位，地址正確、字跡工整，厚瓦楞紙上寫的收件人Fatimah卻不是單位裡的任何人，其下括弧小字matahari卻無疑是針對她。

那是一本由一間從來沒有聽過的史頓出版社出版的似乎是手工裁切的孤本中文書《老虎革命潰敗後的山老鼠革命》，作者署名峇株（Batu）（註❹）。紙質粗糙，每一頁都比一般的書厚，所以實際的頁數沒有想像得多。書頁裁切得不平整，感覺疙疙瘩瘩的。竟然是手稿，第一句就很怪，「余，無來由人民共和國之遺民也。」而全書用一種古怪的動物寓言風格寫成，好像刻意避開真實的歷史指涉，人名、地名、事件，好像那不過是動物世界發生的事情。因此，要從字裡行間裡讀出事實，需要相當熟練的分析技巧，豐富的背景知識。離析出來的，有些事是她知道的，有些是她聞所未聞的。那些聞所未聞的，其實她也將信將疑。

作者自稱費了十年功夫周遊列國調閱露西亞、紅毛鬼國（殖民地時代）、巫來由（殖民地半島）、山老鼠內部的官方檔案，把相關線索串聯起來，講出一個完全不一樣的歷史故事。那故事，已經經過她老家的門口了，那個名字最後消失於群山環繞的小鎮多皆（閩南語，歇腳），再過去，就是她的故鄉了。她老家就在一個叫作大象死去的河邊（Kampung Sungai Gajah Mati）的小鎮（書裡文言化為死象之濱）。但名字長得要命也還是名字啊——每當有人問起，她總愛這麼反詰，杜斯妥也夫斯基的名字不也長得要命？這年頭誰聽得懂死象之濱啊？那裡雖然荒涼，不遠處就有火車經過。雖然在她出生之後就沒有大象和老虎出沒了，但她父親可是經常提起野象群的咆哮和老虎遲疑彷徨的腳印。

Batu的書中說，一九四六年，那場決定性的戰役之後，老虎部隊從幾個不同方向潰敗，最大的一支由山貓、獅子率領的部隊在龜茲、樓蘭境大敗於小石頭黨的黑熊，殘餘部隊散入「寧靜的土地」，部分流竄入高麗，咸信是被牛虻祕密保護起來；南方的鱷魚部隊敗於金絲猿，餘兵散入諶離、暹羅、安南，初期受在地山老鼠的支援從事「復國」游擊戰，但在天龍國政府及山姆國的強力施壓之下，小國境內的老虎餘軍要嘛加入在地的老鼠黨，要不就是在失去支援的情況下，逐一被當地政府軍殲滅。即便是阮愛國領導的安南山老鼠，也有腹背受敵的壓力。老虎餘兵被諶、暹政府軍圍剿幾至覆滅之際，咸信有數百人更往南行，最終選擇加入已取得政權的山老鼠，共同對抗重返聯合了身毒、袋鼠等雜牌軍的鬼佬殖民政府軍。這是歷史的弔詭，老虎覆滅反而造成山老鼠部隊的略微壯大。

被懷疑是倭狗國、英國間諜的無來由山老鼠第一任總書記甲由早在一九四五年九月倭狗國投降後，據說迅速被黨內的有識之士處決（但也可能化名變性潛逃了），無來由人民共和國建國。次年北方龍虎大軍內戰，小石頭竟取得最終勝利。同樣難以預料的是，無來由人民共和國的國祚竟只維持不到一年。

那是伊尼零歲時的事了。

一九四六年九月收繳倭狗軍留下的武器、宣布建國、內閣組成後，隨著處決了幾百個倭狗戰犯，山老鼠中央即下令展開一連串的殲滅漢奸的行動，主要針對那些倭狗統治期間和倭狗軍合作的商人、士紳，審訊、關押，也槍決了幾百個受倭狗軍重用的土虱警察（尤其在南方），後一行動導致土虱群體的武裝抗爭，在半島大部分土虱村莊都發展出游擊戰……而山老鼠對土虱的武力鎮壓則進一步惡化了情勢。宣稱建國還不足三個月，已是舉國紛亂，野火四起，無處不種族衝突、不流血。次年二月十四，農曆年間，紅毛鬼佬大軍復返，轟炸機同時對南方北方的機場、碼頭、軍營發動空襲，瞬間就把倭狗軍留下的三十多架戰鬥機、十餘艘戰艦和數百坦克炸毀，萬千士兵從淡馬錫港、耽蘭港口登陸——封鎖了港口，從海灘迅速推進，都是從二戰戰場退下的熟練老兵，裡頭有數萬來自非洲的烏人、吉靈仔、宰卡兵。數百位空降部隊，因此迅速控制了石叻，待在島上的山老鼠高層隨著被捕，包括了繼甲由之位任總書記，一直坐鎮星島的總理目虱；內政部長家蚤、外交部長蠔仔、教育部長虱母等二十餘人，還好國防部長兼陸軍總司令牛蜱將軍其時遠在蓬豐坐鎮剿滅一場土虱的叛亂。

延續紅毛、倭狗統治時期的習慣，無來由人民共和國也把城市建設最完善的淡馬錫作為首都，那裡的現代化設備（尤其是機場、碼頭），方便他掌控全局、運用現代通訊設施發號施令。

占領獅城後，部隊過長堤、進半島，與山老鼠主力部隊激戰，山老鼠部隊敗退羅越；同時，紅毛鬼軍軍艦查泰萊夫人號沿滿剌加海峽北上，遣部隊數千登陸馬剌加。北上，收復庇能島……吉普車隊沿著當初倭狗兵南侵的舊轍，從急蘭丹南下，迅速和被冷凍中且即將被廢黜的土虱皇室逐個取得聯繫，重新簽定合約或給予包山包海的承諾，東岸很快就收復，也快速集結了鄉村裡的土虱反抗軍，以農村包圍城市的戰略，讓山老鼠陷入苦戰。

在南北馬的許多城鎮，紅毛鬼發動「逼你死」計畫，將郊區村民圍在鐵絲網裡集中管理，成功切斷了山老鼠的補給，讓他們瀕臨覆滅。一九四七年八月，將近三萬山老鼠兵士被殲滅。戰事基本上結束。

●

退入森林的山老鼠只有數百人，且很快就被紅毛鬼軍追剿。在那場慘烈的激戰中，那位強悍的國防部長牛蜱將軍也不幸戰死。眼看覆滅在即，恰巧有數千位老虎游擊隊從暹羅或謀離邊境長征南下，被引領入森林深處，其後多年展開零星游擊戰，即便巫來由半島依紅毛鬼的期望建立成以土虱為主體的虛君共和政體之後。但也不過再撐幾年。

新來的人顯然很快就掌握領導權。新任總書記的身分是個謎，檔案裡給他的代號是大毛（Rambutan）註❺，由臥底情報員以馬來文檔案註記著Orang daripada Cina（支那來的人）。新來者運籌帷幄，機關算盡，還是難免一敗，重演歷史。半島太小，沒法跨越族群，紅毛鬼佬對捕鼠太有經驗了。

Batu相當有說服力的判斷，老虎部隊那一干領導人，那幾頭猛獸，原本都沒有向南方流竄。而是一路往北，但只要不是戰死沙場，很快就由牛虻給保護起來，安頓在莫斯科、聖彼得堡，而不是如某謠言所言，被拘禁在克里米亞……也許也因為北方實在太冷，才有人一心想到南方去。在第三國際的安排下，有人走進矮金的智囊團，有人到了扶南阮愛國身邊，襄助南征，伺機從邊境對小石頭政權發動游擊戰。但根據Batu引述的密探長期監視的資料，是否第三國際授意他們南下巫來由半島，官方資料語焉不詳。遲到南下，也許因為資訊的傳遞有所遲延。官方資料載錄了大毛消失在北方大地前，曾在晚宴上喝了幾杯伏特加之後，和暴躁的牛虻有過一番激烈爭執——他堅持應沿著吉爾吉斯、哈薩克、樓蘭、蒙古一帶展開游擊戰，但牛虻堅拒，不願提供武器和後勤補給，而被懷疑和小石頭之間或許另有條件交換。那之後，有人大概就伺機離開。混進俄羅斯大馬戲團不失為難得的機會，但Batu懷疑，說不定還是得牛虻老大哥的默許。

●

但那本書最讓伊尼驚豔的是，它花了不少篇幅描繪她父親，這也是她這輩子讀過的書裡，賦予父親最重要位置的一本。單憑這點，就算它是瞎編的，她也喜歡它，甚至想一見作者。書中稱，資料都出自山老鼠內部和巫來由官方極機密的檔案。

書中指稱，己丑，乙酉，或丙丁並不是無關痛癢的小角色，他其實是地下組織的領導之一，負責訊息傳達、後勤調度，甚至人員的輸送、轉移，但他也是個真正的魔法師（而不是比喻意義上的），他唐山的家族繼承了中國古老道教的祕術，在南洋的家族裡還混合吸收了馬來巫師的血統，可謂有著雙重古老的傳承。

但北方巨獸的南下也改變不了命運，格局所限，戰敗勢不可免，死灰復燃終究不過是曇花一現。

在那最後的戰役裡，為免全軍覆沒，他決定自我犧牲，耗盡畢生法力，藉一場大霧的掩護，把所有殘剩部隊成員全數變為飛禽走獸、蟲蟻水族，藉著夢與現實、瘋狂與清明的混淆，讓牠們消遁於大森林。畢竟，在森林裡，蟲魚鳥獸比人容易生存。三個大人物被變為三隻憂傷的老虎，搖晃著巨大的卵蛋消失在雨林裡。但那總比完全被消滅好。五十多年過去，原始林被砍伐殆盡，即便飛禽走獸可能也走投無路了。

為此，他個人付出慘重的代價，失去能力、失去自己，剩下殘破的軀殼，被他原本安身的世界唾棄，過著流浪狗一般的餘生，有一天，他會變成一塊毫不起眼的石頭，在路邊永世受風吹雨打。

他不只犧牲自己，也犧牲了心愛的女兒，她生命中某些重要的東西被他一舉抽掉了。但他女兒自己並不知道，她睡著了有時會化身為幻影；也不知道她自己繼承的能力，她的故事會改變這個世界。她很小的時候，就曾經讓一隻烏鴉變成白鴿，一隻死去的蝴蝶復活為蛾，一隻綠鸚鵡背誦半本《子平真詮》。看到這裡，伊尼不禁懷疑，這本書會不會是她父親住精神病院時，在那些偶爾神智清明的時刻，寫下的幻想的歷史—傳記。但書中有幾頁離題涉及她的來處，卻讓她驚駭莫名。

他寫道，因為前世被詛咒，他和妻子結婚多年都沒能成功有自己的小孩，一直非常懊惱。往往懷孕幾個月就流產。最接近成功的一次是產下幾乎足月的死胎，懷孕最後一週孩子的心跳突然停了。

那一天，在椰子樹下埋葬了夭兒之後，他因心情煩悶信步到河邊散步，走到據說百年前兩頭公象纏鬥同歸於盡的地方。據說其時那惡臭持續了好幾個月，河裡的魚翻肚，周邊火車站大小的地方草木都枯死了。那兩張大象皮和四支象牙、象骨，都被村裡的大巫師取走當傳家寶，象牙後來獻給了紅毛鬼佬。那兩張厚重的象皮，也輾轉賣到好萊塢去，據說被剪裁成蝙蝠俠和羅賓的披風了。

那一大堆死象之骨早就被稱斤論兩的賣給了鎮上的中藥店。

那晚的月亮雖然只露半張臉，還是很亮。竟然聽到微弱的嬰兒哭聲，從一顆大石頭邊傳來。恍惚之間他以為是死去的孩子復活了，復活是最難的，以他的法力也還做不到。雖然感覺也像是貓雛的叫聲，他還是飛快的找到聲源，一襲舊紗籠包裹著的，確是個嬰兒無疑。他三步併作兩步，風也似的抱回家。仔細檢查，是個女嬰，從膚色看來如果不是吉靈妹偷生的，就是吉靈仔的種、馬來妹偷生的，集兩大種族之精華，匯合了兩種不同的黑。尾椎骨處有一個類似煥發烈焰的太陽的胎記，讓他不禁朝著它喊出matahari。苦於脹奶的妻子和他都覺得這是上天的恩賜，是對他無後的一個補償。她的能力與許能補濟他先天能力之不足。

讀到這裡，伊尼不禁尾椎麻癢，血氣翻騰，渾身顫抖，像火苗點燃了哪裡的枯草，她聽到大腦深處一陣嗶嗶剝剝作響。這世間，這知曉一切的人，除了父親還有誰？他還活著？他一直知道她在哪裡，千里迢迢的把書寄給她？

淚水滾湧而出，滴滴答答的灑在書上，然後頹然仰後一倒。

被緊急送去醫院後，確診嚴重腦溢血及多處栓塞，動了長時間的開顱手術，清除血塊和淤血，勉強救回一命，但心靈已如槁木死灰。勉強能緩步行走，但不認得人，不能言語，也沒法再閱讀，算是廢了，子女只好把她送去愛倫坡住過的那間知名的療養院。

據說那裡有的病人已經住了好幾百年了，有的病患住院的歷史比病院本身還久遠。牆壁吸收了病人百年的絕望、憂傷、呼喊而長年潮濕發霉，時序變化時磚頭們還會竊竊私語，且經常有黑貓出沒。

因為她平日也常到那裡做義工，教神經佬畫動物，院方開神經—前衛畫展賺了不少錢，因此送了她大量的優惠券，這輩子大概都用不完。

護理人員發現她常暗自流淚。猜想，那是淚水本身的記憶吧。

她當然不知道，那本書，被她的淚水浸透後，不止字跡漫漶，紙頁也像被白蟻啃蝕消化過那樣糊成一大團塊，崩塌為未經分頁的漿塊，任何現代技術都沒法還原。看不出它的前世竟然是書，裝訂成書的手稿。乾了後，更萎縮成表面多坑洞如月表的石頭，和她留在辦公室的物品一道被裝箱，被家人收藏在自家的地窖裡，和孩子們的廢棄玩具老虎貓熊一道。

這蒼老的月光讓伊尼突然醒悟，那夢中老虎的舔舐，或竟不是從身體的外側，而是自裡側。沿著骨肉內臟被啃蝕殆盡後，剩下的一張皮。

夢裡的老虎滴在她夢中女孩細膩膚表的，也許不是鹹濕的口水而是涔涔的淚水。回憶讓她的尾椎處暖烘烘的，像紅毛情人貪戀的吸吮。

淚止。

月光下，她看到一個小女孩奮力剝開堅韌的老皮，赤身光裸的跨了出去，穿過玻璃，踩在皚皚雪地上，留下長長的兩排腳印，毫不猶豫的消失在風雪深處。那盡頭處，是一輪似太陽非太陽的巨大紅輪，其中彷彿有物昏黃，蠢蠢欲動。

註❶：Matahari，馬來文，太陽。由mata（眼睛）和hari（日子，白天）組成。後文的老虎harimau，馬來文亦由hari組成，mau字義為「要」，音譯可做「毛」。

註❷：Ini，馬來文，這個。

註❸：馬來文，黑月。

註❹：Batu，馬來文，石頭。

註❺：Rambutan，馬來文，紅毛丹。rambut意為毛髮，加上語尾an原意為「多毛的事物」。

——原載二〇一九年五月二十六～二十八日《聯合報》副刊

一九六七年於馬來西亞柔佛州，一九八六年到台灣留學。台大中文系畢業，清華大學中文博士。現為國立暨南大學中文系專任教授。著有小說集《夢與豬與黎明》（九歌，一九九四）、《烏暗暝》（九歌，一九九七）、《刻背》（麥田，二〇〇一）、《土與火》（麥田，二〇〇五）、《南洋人民共和國備忘錄》（聯經，二〇一三）、《猶見扶餘》（麥田，二〇一四）、《魚》（印刻，二〇一五）、《雨》（寶瓶，二〇一六）、《民國的慢船》（有人，二〇一九）。論文集《馬華文學與中國性》（元尊，一九九八）、《謊言與真理的技藝》（麥田，二〇〇三）、《文與魂與體》（麥田，二〇〇六）、《華文小文學的馬來西亞個案》（麥田，二〇一五）、隨筆《焚燒》（麥田，二〇一七）、《注釋南方》（有人，二〇一五）、《火笑了》（麥田，二〇一六）、《時差的贈禮》（麥田，二〇一九）等。

奈落——高翊峰

蛛引絲

你曾目視，他者的灰飛煙滅。但你惻隱不捨，也尚未學習瞥頭無視，只能延續偽裝，如無脊椎生物，作為存活策略。於是，你假死，藉詞一隻哀戚自憐的雄盜蛛。雄盜蛛假死，並非全為躲避無心且良善的掠食者。牠以假死之名，任由風，悄悄將自己的一隻長腳，勾附在毒牙麻痺的獵物身上。牠針粗的長腳搭上食物的腳，慢慢等候死的氣味醞釀，無風依舊散逸四方，只為了引誘雌盜蛛前來。

這些所有的哀傷自憐，都起始於飢餓。

繁花種籽的飢餓，萬肉萬草的飢餓，餵食隔代的飢餓。

餓者親臨，亦如惡者。

雌盜蛛因餓蹣跚，搖擺搖曳，不斷嗅聞獵物的死體氣味。一尋找到死體，牠漫步的姿態化如魅惑鬼魂，開始將費洛蒙悄悄流向體尾的紡絲器，以肉眼無由發現的細絲，洩瀉軀體之外。

你想像，如果自己也如某一獵物死了，將如何棲身於瀝青繪製的黑石冥河，如何與濕泥捏塑的死者雙瞳對望。你擔憂身體的寂寞，必然會與其他的靈一同搖風，捲起枯葉舞蹈，彷若歡慶，甚至攀過眼前的紅磚牆面，讓窸窣成為動作，牽引出招魂的歌。

你點起一根菸，胸腔徐徐緩緩擴張壓縮。口與鼻同時呼吸那在空氣中暈開的裊裊白煙。你忽地想起，曾有壽命悠長的家族耆老向你描述，七日內的亡者，不知死，於是以為自己依舊是活者。如此亡者未盲，祂們只能看見白煙，並尾隨白煙如活時那樣活於已逝的日常。

你躊躇思想，那類亡靈，亦是假死之徒。

你有幾分感慨，人如獵物，在盜蛛取命之後，體的死前，只是暫時活著。

白煙畫成魂幡遙遙，歌僅能微微撫慰悼念。你的雙腳，穿套已由年歲淘汰的老舊球鞋，隨那魂魄歌謠，隨那任風欺凌的白煙，在圍繞這幢百年老宅的數條巷弄之間，不斷折返徘徊。彷若那不可見的柏油路面地底，有一奈河流動。唯有魂魄懂得，無人無可奈何，卻也無人願意立即走渡立名為奈何的橋，遺忘自黑霧深處傳來的親者哭泣。

或許是吧。你如無數眾生，皆非第一次行經奈落幽谷，不是第一次浸身於無流的忘川。唯獨你還有殘存記憶，就是那遺忘之川的寒，仍然留存於骨髓根處，提醒著輪迴之於你最揪痛的所在，是不忍擱置身後的與生眷戀。

你曾想過，如步履走到地界盡頭的那座橋前，是否應該吞嚥那湯？你深知不該飲湯遺忘，但面對浮塵選擇，你是無能為力的一環。

時序在瞬間移腳，抵達竊取者意識深處的完好時辰。那月暈偏紅的凌晨，便開始脅迫你潛入老宅。

你點燃勇火，接續拔起左右雙腿，弓起纖瘦但精實的身軀。你正準備拍拂雙手的細沙粉塵，才留意到兩手心窩，都有一極細的凹孔紅點，溢出微量血液。彷彿你曾經不經意主張，活著只為自由的時分。有一如蛛絲的鐵絲，因此穿過你的左手背撥開肌肉肌理，穿出左手心，再刺破右手心皮膚，滑過千千微血管，刺穿右手背。血流太少，但痛感暫時麻痺了你是否思想上犯了罪的討論。關於疼痛，你已理解那是構成活者的全部。抽、鞭、折、刺、剮、片、翻……這些動作所引來的感覺，你懂得與祂等共處。你無法想起誰人所為，也不在意劊子手是善者惡者。即便陰厲鬼使以蛛絲穿肉引魂，你也懂輕笑忽略。無以數計的疼，最終都將轉化無感之痛。

你起身正踩出第一步，又發現差點踩了一隻蛛。

牠是一隻不願結網的盜蛛。

這盜蛛軀體兩側有白線，體態有斑斕褐紋，前四肢與後四肢，分別筆直仰拜天地。那長腳細毛，是穿過牠皮膚的蛛絲，無相生長。

伏地靜思的牠，彷彿被地氣凍結了軀體。你凝視這隻雄盜蛛，過於久時，徒生驚慌而猝思——沒有結網，蜘蛛落家於何處？無網無家，又如何成盜？思慮淡定之餘，你自行解意，正因沒有結網無以為家，才能以盜維生，以盜孕生；生無一落腳之所在，只好不停奔馳，才能寫就盜蛛的亡命者歷史。

謎陀自轉，無風魔之徒，亦無困於語之術者，你靜謐私語宛如沉入涅槃。

初冬的深夜之心，如此乾冷，氣味開始騷動，費洛蒙從老宅深處飄搖，應躲居了另一隻雌盜蛛。眼前雄性的牠，靜止於路面的漆黑樹影，繼續偽裝如一長了八腳的葉子。漆黑的葉，失去季節的辨識，似生亦似死。

也似此時，夜色露月的路燈下，一只白色人型線圈，在眼下的路面顯形。你的這一步，不確定是踏界人之圈內，還是人之圈外。下一步，你確定自身遠離了扁平躺地的祂。祂只是一只不規則的線框，也可說，白線如絲，祂由白線絲牽引形體。不意外地，你聽見昆蟲走過枯葉，恍惚忽悠，耳朵內壁也迴盪鉛筆寫字摩擦紙張的聲音。

那些繁字造聲，在你內耳擬音表述：

一人試圖苟活，只為演述。

以聲重活，產下如卵連結的新字意圖。但從來沒有人真正相信，聲與字；也無人真實進行辨識，活與死。用聲可活，使字可死。至此年代，信仰不再呱呱墜地，亦不再由冰冷牙齒咬合。人落中陰之後，並不迷惘生死界分。玉幣壓嘴，以錢買通渡船舵者，亡者也能繼續講述。

你曾感到悲戚，只因沒有人真的相信亡者的訴說。雖非全然，但人只要存於活，那繁字造聲之歌，僅存於謊語。你懂，你真實懂得，無法責怪續活之人，他們使用謊言，有如那蛛僵硬閉息，暫停生命的鐘擺。

人與蛛假死，都只是為了繼續活。

竊取者

你終究只能是一名因膽小而顯微懦弱的竊取者。

雖說竊取，如同來自奈落的奇異之蛛，你竊取的物無它，是那些原本就屬於你此生的食物，與性與愛。如果有祂的眷顧，以記憶之名，還能悄悄竊藏更多。竊取者，如此的身分，你無能規避。如此意識自魂之後，你不再猶疑，穿戴老舊合成塑料製作的假皮手套，翻越老宅後方的圍牆，闃靜地沿著後院的內牆牆垣潛行。

屋內這時傳來一聲，關門。

你驚悸猶存，老宅前庭大門方向，又多出一聲，門上鎖。

你捲曲四肢，躲藏在陰暗處屏息不動，聆聽那計算得出四對腳的窸窣，一前一後，走入眼前的百年老宅。

直到屋內完全寂然，近百坪的庭園失去所有動靜，你才又潛行。一移動，你立即發覺身軀，如臃腫已被割喉斷血的癱地豬隻，肌肉忽地緊繃如同嘶力奔馳之後的虛脫野馬。更多時候，你意識生而附帶的這具皮囊，如平凡庸俗的草地泥濘。

老宅的前方庭園，有日式傳統造景，邊角掘有一池。水深僅弱年孩童腰際高度。抽水馬達穩定循環，輪流助念，將地底的忘川之水反覆淨化，循環落入魚池。恆定低溫的陰寒，讓三尺的鯔魚黑體光亮，讓三色錦鯉潛入大正與昭和的越冬鐘聲，分別沾染了白、黑、紅之後，再尾隨圍困庭園魚池的魂魄呢喃，越過漣漪水紋。你聆聽，心念尾隨錦鯉體色，三色三路，忽略路途上的平成，悠然洄游令和。

老宅室內的最後一盞淡黃明燈，這時熄滅。

屋牆角落的月光暗處，是理想的爬行道。你隱身於夜的樹蔭。手不出聲，扳動每一扇窗。沒有任何一扇窗，背叛與通報；也沒有任何窗，為你分唇張口。屋內漆黑，住戶是都在夢裡睡入更深一層的夢了吧。你如是猜想，勇氣憑空誕生，連鞋底都為你噤聲，直到手觸摸側門門把，一轉動，這才發出已經圍繞百年之久的謎謎聲。

門閂脫離，百年木窗門敞開。你如四肢節蟲，躡足移動入屋，再無聲關閉百年時光之門。玄關躲藏許多黑鴉，張開翅膀阻擋夜色蔭光。第一眼便能理解，這老宅的整潔彰顯它曾經的舊時榮富。下一眼，很難不去瞧看由客廳延伸向內廊道盡頭的大型冰櫃。它的怪奇異感，來自於它被置放於此。你被冰櫃吸引靠近，發現冰櫃底盤裝有可以推動的腳輪，四腳的煞車墊全都緊扣。你沒有猶豫，悄然打開冰櫃。諾大的冷凍空間，儲存的食物不多。這一點反而令你背脊的毛孔瞬間打開，吸入少許偷渡逃逸的寒氣。

夜色剩餘的漆黑縫隙裡，你低身潛行。在客廳茶几的按鍵式撥號電話旁，發現一本桌上型行事曆。行事曆格子內，其中幾格，以不同等量的藍色筆填滿。另有兩格，以不同顏色的筆寫下的標註：

九月三十日——昨日的格子，寫著：清潔公司打掃。

十月一日——今日的格子，寫著：Blue。

你心繫這兩個日子，卻對昨日與今日，是否真的存在？昨日與今日，是否真能往前未曾止步？心存猶疑。

另外一陣冷涼，抵達背脊。有一引線身影，無聲走過你的身後。在那時間一格一格靜謐著的行事曆紙面，生出鉛筆寫字摩擦紙張的聲音。隨即，有一耆老聲音在你耳邊細膩碎語：

竊取者，最後如何瀕臨死？

這老態疲倦的腔調，你向來以為是祂重複的訓誡，只是未曾兌現。一次都沒有。你因此不懂死，也漸漸不相信有死。

空氣先懂了停滯，再尾隨你回頭。但身後沒有人，也無另一身影。你將視線返回，那體之殘影，這才偽裝為魂，飄移進入一旁敞開門的書房。

亡者他

一盞燈罩翠綠碧玉的銀行桌燈，突然點亮書房，照映黃光。有一形體的殼，坐落於書房書桌。那人有臉，雙頰慢慢生出灰白鬢髮。轉身之後，疏落的鬍鬚也在暗處刷出灰刺。他的雙手之間，擺放著黃與紅的便利貼紙，各一。他凝視整齊對稱的它們，彷彿那黃色空浪處與紅色無字處，有無數苦難的業駐留，脅迫他猶豫無盡。

苦思中的他，忽略了躲於門側的你，一動也不動，幾乎靜止停滯。在不易察覺的呼與吸間隙，他取出隱藏一旁的信封袋，皺眉望向一大疊顏色分層、多種面額的鈔票。

他推開黃色便利貼，在紅色便利貼上寫落一句話。

筆尖勾起最後一筆畫，他抬眼，這才看見書桌對座出現另一有形體的殼。

從驚訝到恐懼的時間，短暫且無知。他以為自己突然遇見了鏡子。但書房裡從未放置任何鏡面。眼前面對面的人，長相與他一模一樣，也逕自對看著。另一個他，沒有驚訝，沒有恐懼，卻有詭異竊竊微笑。

他聽見心跳，但不確定是自己的，還是空氣鏡面裡的他的脈搏。一陣劇烈的心臟絞痛襲來。他揪著左胸的針織衫，臉皮隨著喀什米爾的毛料扭曲。另一個他，笑著的臉皮也一起扭曲，變形，直到他吸吸哼哼最後一口氣，趴倒書桌，引動老宅內部縈繞百年的碰撞。

這道聲音，引領剛眨了眼的你，重新看見他。

你先是發現睜眼趴伏桌面的他，接著才意識到自己不知何時坐落在書桌前的單人椅。你身軀僵硬，如古老的冰層凍屍。你無法不去凝視他，無可以判斷他的體溫究竟失溫多久，更不敢為他闔眼。

一會後，你傾身，隔著假皮手套，確認他沒有呼吸、也沒有脈搏。

你沒有恐懼，唯有的念頭是滿溢的疑惑——他為何而死？

你四處查看，書房沒有任何心肌梗塞的急救用藥。隨即留意到書桌上有一厚厚的郵寄信封，被他的左手壓藏。你懂得規矩，深吸一口氧，憋著忍著氣息，小心翼翼移開那隻靜脈浮現管路的手背。他的手沉重，肌肉也失去不少彈性，但還能描述為柔軟。這些死後與亡者的細微末節，你自年輕就都懂了，只是假皮手套依舊無法偵測他的體溫。

信封是中式標準信封，那厚度，那鼓起的方矩模樣，你知道那裡頭安放了什麼。只不過，信封正面沒有正貼郵票，沒有勾選寄件方式，沒有遺留來信者的地址，也沒有謄寫收信人的地址。寄件人郵遞區號，空著呼吸。受件人郵遞區號，也是沒有填寫數字的五節白蠶蟲身。這些空蕩蕩小方格，讓信封背面密麻印生的郵遞區號總攬的所有數字，深感被遺棄的淒涼。

就在你也幾乎觸摸了它們的哀戚，在銀行桌燈的光褶裡，你發現收件人姓名欄裡，沉澱了些許的髒汙。這髒汙是鉛筆輕輕摩擦後，又被橡皮擦擦拭清潔，再經過一定時間沉澱才能獨有的髒汙。

你瞄一眼只能直視未知視覺焦點的他，不知為何心生此念，再取出信中物之前，必須確認那收件人欄目裡，是否隱藏關乎亡者的訊息。你閃過指紋被採證的問題，最後仍決定脫下手套，以指尖撫摸那片髒汙。在那紙張的纖維芯裡，你隱約發現曾經被書寫壓印的凹陷紋路。

你臆測，那片長方形的空白，或許曾經有過一個名字。

你取來筆筒裡的玉兔鉛筆，以黑的鉛華撫摸，再次摩擦曾經死去的凹陷紋路。一筆畫留一道薄薄的鉛粉。你不敢急躁，深怕下一筆畫稍加用力，便會失去幾乎了無生氣的筆跡；你更憂慮下筆的窸窣，會打擾在這老宅裡沉睡百年的他靈。

你留意到了。書桌一角，放著一本夾有書籤的書：《抵達自決》。

筆尖磨損的速度，遠比一旁的哲理書籍被理解的速度，更加更加的遲緩。你不懂那是一本什麼樣的書，也不知道他最後的閱讀時刻，讀到哪一段、哪一句、哪一個詞彙。自決，這二個字，讓此時的你微微憤怒。這書名所使用的動詞，抵達，更是令脈搏加速帶出輕微的戒慎恐懼。

你不懂，為何被一本書的書名，騷擾了情緒。

鉛粉全境覆蓋。收件人填寫欄裡浮現出圖騰。不是數字，不是立即可以辨識的獨體象形。你定眼細看，是注音。那些筆畫紋路的形體扭曲，筆畫也異常生澀，有如幼童習字練寫的兩組符號：

ㄈㄨ

ㄕㄥ

其下的注音，「ㄕㄥ」的頂頭，有一小黑點，應是輕聲的「˙」。

其上的注音，「ㄈㄨ」。但是，你無法判斷那右側平行的一筆畫「ˉ」，究竟是準備上揚觸摸天的二聲「ˊ」，抑或決定墜落深谷的四聲「ˋ」。

其後，你不願再受困於二聲與四聲包裹的天與地，直接撐開信封口，取出裡頭整疊的紙鈔。鈔票因煥光顏色不同，烙印不同面額的幣值。紙鈔分色層放，紙質有經常使用後的舊皺摺，也有平整熨燙的全新。你推想，它們可能在不同年代，由他逐一整理收納於信封。

你將一整疊鈔票收藏於圈繞的腰包，躲著偶然舞翅的夜下飛蟲，默念悼詞，告知趴伏的亡者，這些紙鈔你代替他收用。等你轉身離開老宅，返回安全的家，必然購置數倍以上的冥地銀紙，焚燒予他。祈望他死後的日子，可以不致匱乏。此時，你慣有的憐憫，生出懦弱的猶疑——火化冥錢需要印刻指名，否則無數孤魂野鬼必然在紅藍火光的縫隙之間，竊取你為他燃化的點滴財富。你不願任何碳化飛灰，不是由他領受。你相信，這是竊取者該有的盜義。

亡者他，已無可以眷戀的餘生，但依舊需要一個名字。

你深信如此。你再次看向失落所有之後的扁平信封。在黑畫鉛華裡，反向浮現的兩組注音符號，ㄈㄨ與・ㄕㄥ，帶來祂的神靈啟示。

你在意識暗流，決定首字以向天的二聲，為他命名，福生。

不到五坪大小的書房，由書架圈圍。每一層板都背駝著書半攏長的書籍。你忖度，究竟要花費多少時間，才能將這些繁星數量的書冊捧讀完畢。

你心念又起，決定再為伏案的他增添一項身分——教授。

人因誕生獲得的姓氏，是被給予的，即便不是自主情願，也無從辯駁。那是一種與生應得的背負。你也是的，無可抵抗地繼承了你的姓氏。你忿忿轉想，堅定要為亡者他，取一個新生的姓氏——既然姓氏是應得的，就姓應。如此一來，他也就不是與生必然應得的他。

此後，他死後的姓與名與身分，便是應福生教授。

此身與此生，應得的幸福之生。你因自己為陌生的死者命名，感到莫名驕傲。

你不再移動他任何一部位，試著將信封推回掌心底。也是這時，你發現紅色便條紙最上面那一張，微微捲翹紙角。好奇心催促你偷偷瞧看，他氣息停止前落筆完成的那段文字：

竊取者，最後如何瀕臨死？

這句以鉛筆清楚寫下的提問，讓眉間深深閉鎖。你稍感訝異，這神諭般的預示，剛剛才聆聽過。不，你曾經不止一次接收類似的話語。這句話再次從夢魘地界竄出向你追索。你說服自己，這是抗躁鬱藥物對神經系統的反噬，只要深吸一口氣，便能將糾結的情緒，輕放擱置。

你深吸一口氣，留意到《抵達自決》精裝書冊旁的一本紅皮記事本。

血色書皮上標寫著：「他者支命」。

記事本的書冊命名，引你入魔，捧起它，起身坐入靠近書架的單人沙發。牛皮皮革油油發亮，一坐落便生出熟悉感，彷彿這個位置一直都有你。你不自知地點亮一旁的老舊立燈，全然忽視可能驚醒老宅裡的住戶。

你掀開紅皮，開始任意翻閱記事本。筆記的內容，時而跳躍時而連接，小段小塊的描述，交錯貫穿，前後可以各自獨立又有所關連。偏黃的紙頁自顧自神遊走意，流轉的思緒很快沉浸於絲網之間。

矮櫃上的黑膠唱盤，這時逕自開始轉動。茲茲前奏，如氣體蜘蛛絲，交織著透明，一絲一絲獨立演奏。保養得宜的老黑膠唱盤，透過軌道兩壁摩擦橢圓唱針。唱針如沙蚤緩速鑽入前奏的皮膚，將顫抖傳入唱頭，歌音轉身，那同時遙遠也同時久遠的女子嗓音，便從那宛如一朵盛開花型的銅質喇叭，傳遞播送出來：

好花不常開　好景不常在
愁堆解笑眉　淚灑相思帶
今宵離別後　何日君再來
喝完了這杯　請進點小菜
人生難得幾回醉　不歡更何待
（來來來　喝完了這杯　再說吧）
今宵離別後　何日君再來

逍樂時中有　春宵飄吾裁
寒鴉依樹尖　明月照高台
今宵離別後　何日君再來
喝完了這杯　請進點小菜
人生難得幾回醉　不歡更何待
（來來來　喝完了這杯　再說吧）

是〈何日君再來〉。一首經歷過無數翻唱的經典歌曲。

你可以全曲唱誦，但無法理解自己為何知悉，這首歌並非一九三七年周璇在電影《三星伴月》裡演唱並錄製成唱片的版本，也不是一九六七年鄧麗君改歌名灌唱的〈幾時你回來〉，而是一九三九年由滿洲國百樂唱片錄製，改由李香蘭重唱詮釋的版本。這首〈何日君再來〉曾經被列為禁歌。那可笑也可悲的警戒，可能源於念讀的諧音：賀日軍再來。

乾淨的歌聲是未命學名的遠洲雀鳥，一路伴隨滑軌的茲茲雜音。許多詞句的尾音，她再轉喉，嗓子便切開了書房的空氣，也割開你的胸腔骨肉，直抵心室。訝異隨著歌詞中的念讀之詞，字字抵達，你仍不知為何憑空記憶這些。你錯亂了，無法判斷那已逝的女伶李香蘭，是否已成另一位亡者她。

再一次翻頁，再一回猶疑，鉛筆在某處寫字，摩擦紙張。筆畫之力穿透你的耳膜。寫字的人，不是女伶吟唱者，而是一旁書桌上的亡者他。你說服自己，此時傳入耳內的，必然是以應福生教授之名的他者話語：

我先用手銬反綁他，不讓他看見我的臉，再從後背以玉兔原子筆穿繞他的手指，上下各分兩指，上下再各夾兩支玉兔原子筆，緊緊夾住，然後我用勁施力，以塑膠筆管絞壓他的手指。

他一直隱忍，沒有哀嚎，沒有爆口咒罵。不斷淌流的眼淚努力適應疼痛。在這樣的過程裡，他靜靜地試圖呼吸，再多一次呼吸。一直到脖子頸部的靜脈，浮腫扭曲變形成一條條的蚯蚓，在皮膚下顫抖爬行了，他都沒有出聲說話。

我準備的玉兔原子筆，不論是紅筆蓋、藍筆蓋、黑筆蓋，都曾經因此折斷。但不管折斷哪種顏色，他都沒有說出另一個他者的名字。

那咬牙忍痛卻又偶然流露鄙夷的笑容，彷彿是在通知，連他自己都失去姓氏，沒有了名字。

我放鬆手勁，讓他逃離筆夾手指的疼痛，稍稍再多幾次呼吸。然後，從我下層櫥櫃抽出一個透明塑膠袋，套住他的頭，再以隔絕膠帶纏繞他的脖子，固定塑膠袋，讓袋口與頸部表皮，緊緊地環狀貼合。沒多久，他開始掙扎、輕微抽搐。沒多久，他無法控制排出尿液，濕染了一片褲襠。沒多久，他劇烈掙扎，劇烈抽搐，直到。

這一頁「他者支命」的描寫，停止在一個怪異的句點。

你自幼便無法接受這種武斷。你急於翻看前後幾頁，希望能爬梳相關字句，理解這位應福生教授在記事本裡描述的他者，究竟抵達了何處？又處於何種受虐的情狀？

一隻盜蛛突然抵達書房地面。牠快速跑動的身軀，引誘入室停留的意念。

是剛剛在老宅外頭的那隻盜蛛？

你才猜測，牠立即折返出門。數秒離間而已，牠又拖著另一隻蛾，如一位長年禁語的默劇表演者，奔跑回到書房的同一個地面點。那死後徒留肉身的蛾，因為翅膀翻開，看來比盜蛛更為巨大。

蛾不是孤單的亡者，透過一條看不見的蜘蛛絲，後頭牽著掛著另一隻八腳彎曲且僵硬的盜蛛。

你立即辨識出誰是雌雄。第一時間也猜想，那偽裝成另一塊營養肉塊的雄盜蛛，正在詮釋理想的假死姿態。

假死，讓雄盜蛛的體態顯得弱小許多。獲得食物的雌盜蛛，弓著前後腳節，可能有意識，或者完全不以為意，自己正掉入另一個盜者設下的陷阱。

你無端羨慕起盜蛛，不論雌雄，都有強悍的殺戮能力。你早有自覺，自身清瘦的皮囊，此生只能是竊取者。經常盤據心室的警慎，其實是膽怯，更是讓你無能為力成為凶殘的強盜者。竊取的罪，遠不及強力搶奪的盜。

強悍的雌盜蛛，拖著食物蛾體，也拖著偽裝死亡的雄盜蛛。牠以前肢為觸角，忽快忽停探向牛皮單人沙發。你舉起雙腳，讓牠與它們通過。牠繞了沙發腳一圈，便往外走。雌盜蛛的費洛蒙在書房泛黃的光暈裡，顯形成一條如煙搖曳的蛛絲，淺淺的夜風盜走一次煙絲滾動，費洛蒙劃過你的人中。你嗅聞到如花蕊凋零以後的氣味，夾著記事本，醒著起身，一起被雌盜蛛拖曳，離開書房的亡者他。

支命門

瓦斯爐上的水壺，煮沸著，不知多久。紅藍小母火頂著，吹響微弱的警示笛聲。水蒸氣滾動得不快，福生教授高跪在餐桌旁，地磚上躺著另一位約莫三十多歲的男子。

體格強壯的男子，頭顱上套著透明塑膠袋。他雙眼瞠大，視線落腳在廚房門口。你剛由蛛絲牽引抵達，費洛蒙便引你與男子彼此目視彼此。穿著深藍工作服的軀體，止不住顫抖，直到男子失禁的尿液，由褲襠滲流地板，福生教授才撕開透明塑膠袋。男子嗆喉搶氣，深深幾回呼吸將所有氧氣都吸入肺，嘴角堆積了皂白般唾液，兩側眼角都流出淚水。

福生教授看向門外。你無法確認，如何能在此時此刻，目視廚房裡的應福生？眼前的教授，是假裝活著的另一個他者嗎？四目交錯，你無法得知，你命名的他，是否也在注視你？

他先是鬆開男子的手銬，協助男子坐上靠椅，接著取來廚房用紙吸取尿液，清潔那片潮濕的地磚。

男子擦拭唾液與眼淚，復又啜泣，看著佇候門口的你，開口說：「謝謝你……教授，謝謝你。」

眼前迷濛，你驚訝於男子出聲稱呼的教授，彷彿窺視了不可言說的神祕。

那被男子稱為教授的應福生，接續回應：「我能陪你做的，只有這些。離開這裡之前，記得簽名。寫清楚自己的姓名，不要遺忘。」

男子起身離開廚房，跨出門之際，你側身讓道。男子指尖輕觸記事本，劃過紅皮表面的「他者支命」字樣。你手臂上的寒毛，因男子經過身邊拂攪而起的微風，紛紛豎立搖動。與你等高的壯碩背影，一拐彎，消失在通往客廳的廊道。強壯男子消失後，你看一眼紅皮記事本，沒有誰翻閱，但削尖的筆頭摩擦紙張，再次迴盪：

女孩那雙纖細的長腿，生長得不自然。

她總是仰身平躺在工作檯，要我同意，她纖細的長腿，是美麗的；那因為過瘦而明顯凸起的膝蓋骨，更是美麗。只有我同意，她充滿骨線的雙腿，是父親遺傳留給她的美麗，不是病的形狀，她才會願意為我講述。

她告訴我，滿十八歲那日之後，就無法真的入睡。每天進入夜心時辰，那彷彿飢餓了一生的雙腳，會自行醒來，領她走往不同的所在。

行走時，意識淺眠，瞇眼朦朧，她同時能看見眼前與身後。

那裡，經過環繞河道的草叢小徑，可以在河的沙洲上發現腳印。如果下雨，一滴水珠就可以包覆她光裸的全身。瘀青的微小乳房、被剪短的稀疏陰毛、小顆的假門牙、稍稍向外翻突的手肘骨，和經常出現咬痕的上唇……這些她擁有的肉身，全都會被雨水稀釋成水氣分子，散溢成為雲。這些，那裡的環繞視界，都只是臨時的所在，每一次形成都是因為少數的意念，或一或二的她，在哪裡犯了錯，生成了她父親口述的罪業，所以那瘦骨的雙腳，帶她去看見所有。

全景環狀魚眼。她如此命名那些看見的景深與細節。

我問她，奈何失眠？奈何夢遊？

關於這兩個奈何，她一直都無法找到精準的講述。

女孩的無可講述，吸引我掉落到更深的奈何深，誘惑我抵達更遠的奈何邊陲。

你相信，聆聽的是另一個女孩的他者支命。

福生教授念讀的內容，停止在無法探見盡底的幽都深遠處。你也相信，這一段關於瘦骨女孩的講述，也寫落在紅皮記事本的某一頁。

廚房裡的福生教授，拎起手銬，離開了廚房。你讓身給道，教授無視你，也沒有對話。

你察覺他身體飄逸著類似蕈菇的異香，糾纏著雌盜蛛的費洛蒙之絲。兩道氣味雜交捻成一條新絲，你的雙腳也彷彿新生有命，牽引你尾隨教授的雙腳，一同行走，抵達老宅內的另一處臥房。

教授靠近門板，皺眉聆聽。駐足在他身後的你，也探索臥房。除了屋外的鬼蟲鳴鼓與偷偷呲牙的樹人，沒有誰在說話。他打開門，臥房內無燈也無夜光。小窗外頭的庭院，是只剩半張臉路燈的深夜。但你不覺得黑暗，異常適應這種光感。

臥房內沒有日常起居傢俱。一張類似按摩床的長型工作檯，擺放在空間中央。其上，平躺著一位充滿學生稚氣的女孩。

她穿著運動短褲與背心，直視盯望，彷彿天花板那裡，模仿繪製了一小憩之女——她以左手指尖輕觸過於紫白的嘴唇，纖細身軀筆直，大腿因浮現腿骨線條，也顯得過瘦。過瘦女孩躺著，也如油畫之女，自膝蓋處交叉更細的小腿，彷彿只要這麼做，女孩真的可以靜置為油墨顏料，獲得靜置之後得以永恆的小憩。

那有稜有角的膝蓋骨，真的美麗。你無法不停留目光。

順著小腿骨線再往下，就能留意到交叉的腳踝處，有近於白皙膚色的防水膠帶。那乳白的柔軟膠帶，多半纏繞於水管，防止溢漏。它纏繞於少女腳踝，你以為那也是在防止血液滲流體外。

福生教授褪去外衣，只穿潔白的內衣內褲，走到工作檯旁，將手銬鑰匙交給女孩。他以手銬銬住自己的雙手，筆直躺平在女孩身邊勉強容身的床面。膠纏腳踝的女孩鑽進鐵銬鎖手的福生教授的雙臂間，趴伏胸膛，落眼在潔白的布料纖維。

「試著睡一下。好好休息。」教授說。

「我擔心真的睡著，會被腳帶到下一個地方。」女孩說。

「下一個地方，會是哪裡？」

「那裡。」

「那裡是？」

「如果你掉落到更深更遠的地方。就是那裡。」

女孩的回聲催眠著福生教授。他穩定呼吸，迅速進入深層夢境。女孩的耳朵尋找著肋骨，貼著舒服的棉布，一路移動到他的腹肚。她先撫摸自己的腹肚，睡意濃濃，趴在福生教授微微隆起的腹肚，如蟻囓訴說：「為了你，我一定要真正入睡，一定要好好休息。」

瘦骨女孩與福生教授入睡之前，都無視你的目光。

他們盜走了你的在場，令你深陷旁觀者的奈何處境。

數個若有關連的迷惑與遐想之間，屋內某處，傳來不間斷的水龍頭落水。初睡的瘦骨女孩猛然睜開眼睛，凝視著教授，再緩慢轉臉看向門內的你。這一次，你依舊無法判斷她是否在凝視你，或者是凝視你的身後。那輕微憤怒的目光，彷彿你的身後真的藏有什麼。

你聆聽水聲，試著回頭，探看身後。

那裡，什麼都沒有。

你回身，卻無法判斷這一微小的轉身動作，究竟花費多少時間。教授也被流水聲喚醒，睜開眼睛。他的身邊沒有人。你回頭之後，瘦骨女孩已經不在工作檯上。

原本她該仰躺的，那裡，也什麼都沒有。

原本鎖住雙手的手銬，不知何時解開，置放於床頭櫃。他起身，打開床頭燈。這時你發現手銬旁，整齊收納了一綑使用過的乳白色防水膠帶。應福生教授起身著裝。穿衣的動作有時停頓，也猶豫，彷彿不熟悉下一個動作應該穿套手袖，或者繫緊腰帶。

褲管飄飄，與腿的內側皮膚摩擦：

> 慢慢變老，這件事，人無法逃開。
>
> 變老的過程簡單也直接。一如黑膠唱盤、綠罩檯燈、銀霧暗光的手銬、吹噓熱情的煮水壺。這些所有機械工具，被使用，然後磨損。內臟器官也如此一個接連一個磨損脆弱，直到不堪機體運用。
>
> 那些無痛的生之部位，以另一種形式毀壞。

比如，頭髮，突然就會轉灰變白。

比如，手指甲腳趾甲，也會突然軟殼變皺。

比如，最大面積的皮膚，也會在皮下的微釐距離之間，生成暗沉黑斑。

這些灰白、這些軟甲、這些斑，經常貼近老者，是老了的顯形。

我和她都一樣。不論使用哪種清潔工具，怎麼搓洗，都無法把老這種東西，從身體裡洗出來。這個洗出，無關清潔，只是一種嘗試的動作。

我和她也都理解，這個洗出的嘗試，不可能有結果。但只要洗澡時，浸泡在滿缸水裡，不論冷溫熱，她還是會掐水淋過全白髮絲，咬去軟化的指甲趾甲，彷彿明天不再，一直搓洗皮膚上的斑，嘗試對抗那裡頭的老。也或許，她不是在對抗，而是非如此持續執行動作不可。

我問過她，如果拔光白髮、吃光軟甲、搓去那些老人斑，你還剩下什麼？

她回我說，沒有人知道，躲在老了後面的是誰？誰又可以躲在老了的後面？

老了。

她是老了的婦人。

得查清楚，究竟是誰？

你專注聆聽，興起一絲引線——誰查清楚誰？究竟是誰的人，又是何者？記事本裡，還寫落了多少他者支命？眼前這位被命名的應福生教授，他又是誰？

福生教授整理好衣褲，關燈後離開臥房。他再度行經你身邊，停下了步伐，凝視臥房門外的地板，若有所思。

「我需要成為應福生教授，對吧？」他說。

他的神情不是對你說話。那地板暗光處，如有另一位他者，也望眼他，聆聽福生教授的提問。但他，是否以無聲回應了他？

你雙腳自行移動，繼續尾隨教授。在漆黑的老宅屋內行走，直奔那水聲的源頭。你越靠近，越能分辨，一部分是落水，一部分是流水，兩者交錯忽快忽強，狂躁鬧耳同時，又忽地變細轉弱，顯露出你能體感的哀戚。

你們一路來到了老宅的浴室。浴室門沒關，半掩的門內透出燈光、白霧蒸氣與交織的水聲。他一推開門，你看見一位頭髮全白的老婦人。她輕微駝背的個頭矮小，身上還穿著短袖套裝，浸泡在放滿水的浴缸。水龍頭持續流落生出一朵朵蒸霧的溫熱水。沒有人控制開關，水流自動調大轉小。落水沒有停止，流水也持續漫溢出浴缸。福生教授拿起沐浴潔身刷，按壓沐浴乳，打起牛奶泡沫，擦拭老婦人的手臂。特別是皮膚上深褐近黑的老人斑。他施力搓洗，視那黑斑為不潔皮膚。但愈是用力，黑斑非但沒有被戳洗，反而由小點變成一塊，感染般染色其他只是老化的健康皮層。

「還有一個。不要忘記，還有一個，還活著。」老婦人說。她的話語被流水捲入溫熱水缸，一個字一個字失去呼吸的能力。人聲溺斃之後，老婦人緩緩沉入浴缸。

教授的手隨後沉入浴缸，順著溫熱的流意，撫摸躺臥水中的老婦人的臉頰。她睜著眼，呼吸，從鼻腔口腔吐露出許多氣泡。氣泡成群浮升，接觸浴缸水面便一一破裂。微聲破裂，或許是驅趕吧。氣泡持續滾身，有大或小，如一顆顆睥睨之眼，逼視水面上搖晃的另一具倒影，直到福生教授起身，離開了這處無間蒸籠。

這一切你都親臨，不單單目視，而且耳聽。

他轉身走回書房，你亦被帶回同一空間。拐個彎的短瞬時差，你沒有看見走在前頭的教授。再一次看見他，已是趴伏在書桌上的一具軀體，依舊是死去的亡他者。方才行走於宅內的福生教授，是否只是魂魄？是否在眨眼瞬間回體？抑或你晃眼看見的是停藥後復發的幻象？你無法判斷，也沒有恐懼。窗外的夜色天光曖昧，你決定繼續翻閱記事本。掀開紅皮同時，那支頑皮惡意的鉛筆，再度寫字摩擦紙張。你確認，這些聲音不是從過往偷渡到現時、再次糾纏現世的夢魘。

還有更多他者支命，躲藏在這老宅裡呢喃。

他者們以寫以字，形成處處碎語：

藍知悉這一切。這是推測。

每每天亮前，她會請求我，朗讀一小段我翻譯的文章給她聽。

藍一定知道，那段「被翻譯的」文字，根本沒有原文，也沒有出處。如此寫落，並非我真的寫下了某些如詩的文字，再假藉翻譯公開。這些文字，只是另外一個異名作者我所寫的詩，再由我翻譯成抒情雜文。我向藍解釋，我所做的翻譯，更像是由我揣測異名作者我的詩解讀。我進行是，表演的角色練習，僅只如此。但是，藍依舊相信我翻譯了某位詩人已經完成的詩歌。

藍深深相信自己對此的堅持。如此篤定，也讓我新生疑竇，她是不是已經發現，藉由應福生教授之名所寫的那段如詩文字，預演了其後可能發生的所有事情。只不過，聆聽到詩歌的人無法相信親耳聽見的聲音。或許，我應該易換不同說詞——聆聽那詩歌的人，無法相信自己已經死去，沒有意識自己已經是一位亡者，也成為另一個從他者生命裡逝世的缺席者。

我曾經告訴藍說：「異名者是唯一的寫者。」

如此聆聽之後，藍凝視我的眼睛，像是另一個死後世界的活者。僅存她一人在那裡活著。

為了她，我多次朗讀，這些假借翻譯異名作者我的詩。在我們最後一次溝通對話時，藍告訴我，她發現了一句類似詩的話語：「亡者無法讀取詩。」

他者支命又無預警噤聲了。

紅皮記事本裡的寫者我，應該就是已經死去的陌生亡者。你為此判斷，落入另一處謎團——為何應福生教授，會知道你不久前才給予他的命名？那些被朗讀的詩文，如果是寫者我的異名作者應福生所寫，那麼寫者我，又是誰？

而在這段講述裡，出現另一位女子。她與先前看見的強壯男子、瘦骨女孩、白髮老婦人不一樣。她被聲音裡的寫者我，命名為藍。

你並不對命名著迷，有時更覺得命名之於活者極為廉價。但有極微小的念頭閃過你的眉尾——為陌生者命名。——這讓你和寫者我，出現了共感。

異名者是唯一的寫者——你專注尋找這句話的微弱共感共鳴。

書房無聲無息。不知時間走過多久，你抬頭，才發現有一女子背對站立。你先看一眼應福生教授，先確立他的死，才開始打量眼前的她。女子留落一頭烏黑長髮，穿著灰底黑碎花的小洋裝。細膩的膚質無法判斷年齡，但有一層明顯的皮下脂肪，會令男人想要擁抱。你不知豐腴性感的她，何時走進書房。她長髮半遮，你無法看見完整的臉蛋，只能猜測長相。

她轉身，形體有些失落沮喪，走到書桌旁。她伸手撫摸他的頭。

死去的肉身軀體，這瞬間，顫動了一下。

隨著女子的撫摸，應福生教授緩緩撐起身，凝視著你，哭出兩道湛藍色的眼淚。女子隨後也凝視你，眼角也接續鑽出濃烈的淚水。她的眼淚，乾淨，沒有沾染一絲湛藍。她的眼淚，有生命跡象，是活的，凝結成蛆之身形般的透明液體。你試著轉頭，卻無法使用頸部肌肉與關節。你嘗試閉眼，也無法控制眼瞼的落與合。你逐漸發現連呼吸都開始費力。

吞嚥也失敗之後，咽喉彷彿被繩索綑綁，你極力掙脫，全力伸展下顎與脖頸，憒憒的聲音流出齒縫：

我要離開這裡。

竊取者，附聲於你。又彷彿有另一竊取者，假聲附身於你。

在潛入這幢百年老宅之後，你第一次聆聽到自己的吶喊。那音源聽起來渾渾噩噩，遙遠不明，而且染了油垢髒汙。你所說的每字每字，彷彿被磁鐵吸附阻絕而斷裂。你無法相信，這如此陌生的聲音，是你的吶喊。

如果步履於夢

你從僅僅一張紙頁厚薄距離的熟睡之境甦醒過來。

你這一生都著迷於甦醒，這一再重複的日常動作。

窗外的庭園，已然天亮。黑膠唱盤緩緩滾盤，唱頭失去年代遙遠的女伶歌聲。唱針只有電磁力氣，茲茲聲爬行。應福生教授的屍體，一動也不動趴伏於書桌。你伸手觸摸腰間的長型腰包，確認那整疊鈔票藏放安妥。接著，你看透窗戶，測量庭院的日間光感。那些困在石英裡的稜角，映亮著令你迷惘許久的吉光片羽。

你曾體悟，那玻璃裡光之稜角，是獸身一毛，落於深水不被染濕，遇火焚燒也不懂焦炭餘燼。祂將光羽遺落在世間，是給活者有機會窺探亡者的小徑。只是，游移迄今，你也鮮少發現那條無草無石的泥地小徑。

亡者如光逝去，吹飛離散的念想，都應歸落於缺席他者的過往所在所存。這是還願意續活的生者唯一可做的後事。你如此信仰，便將「他者支命」紅皮記事本，放回到書桌原點位置。

天更加光亮，光羽落影於書桌旁的牆面。那裡，貼了許多黃色便條紙。每一張紙面上，密密麻麻，寫著更短的字句。

它們彷彿是尚未寫定的「他者支命」片段。

你讀它們，雜亂跳躍，像是塵埃滾身，但滿溢著生命：

應當穿著的工作服，必然潔淨無染。
清水裡，游著活生生的三色錦鯉，但不可親吻皮膚。
如何模仿血液的流動？
遲遲未能成年的年幼亡者。
蜘蛛絲有光，足以垂吊懸掛者的全身重量。

這一張紙一段單句的描述，有些像是某角色的註記，有些則像情節小抄。其中一張黃色便條紙，寫著「他者支命的暗號」——門鈴。敲門。三聲、兩聲、一聲。你試著記憶暗號，又覺得如此記憶，有些荒謬也幼稚。然後，你留意到另一張，紅色的便利貼。

那裡，寫著：

失去天光的那一天
苟活著的鬼演
以不知名的原因
死於另一他者的書房書桌

不同於黃色便利貼，你猜臆這段字句，會不會是一首被翻譯的詩？一首禁唱的遙遠歌曲？然而，你最大的疑惑是：

鬼演，是什麼？

門鈴這時乍然響亮。

你倒吸一口氣，凝視福生教授。他半瞇著眼睛、微微張開一條隙縫，讓你懷疑——那裡，還有看見什麼嗎？

你不出聲，先把那疊信封夾入他者支命的紅皮記事本，藏入書架隱密夾層。你從背後抱起的應福生教授，搬移他離開書房。搬動屍體時，那一疊紅色的便條紙掉落到地面。

紅色便條紙的最上面一張，是空白的，沒有任何一段字句。但是，你隱約發現了，其下的第二張，寫著一些字句。你來不及看，趕緊收入腰包，一起藏在書櫃的某一格抽屜，趕緊繼續搬運應福生教授。

臨神

你走出老宅，經過晝時的庭園。白天的老宅屋外，比夜晚你經過時，多了似曾相識的輪廓。日式的藍漆木門，靜靜關閉。身後屋內再次響起門鈴。接著，敲門。三聲、兩聲、一聲。你翻開門板上的小鐵蓋，窺看門外。門外站著一位短髮齊肩的女子。她一直背對藍漆木門的監視小窗。你猶豫了一會，解鎖，推開門閂，開門。短髮女子轉身，臉上盡是藍色調彩妝。她先冷冷瞧你，再探看庭園與老宅。

「教授呢？」她說。

她詢問的教授，同樣也令你驚訝。一時間，你無法斷定她說的教授，是誰？

「教授不在。他出遠門，沒有說去哪裡？」你說。

「你是誰？」

「我？我是教授的新助理……杰。」

你支支吾吾。那粉嫩湛藍的臉妝，沒有掩蓋她閃現的懷疑。

下一個時間停頓點，她轉身回頭，凝視某個點。隨後，她的視線一路跟著那個點，好像有什麼正從空無的那裡，走近過來。她後退，讓開身，彷彿那個點的位置，有一無體的人，也走到了藍漆大門口。

「你可以往旁邊站一步嗎？」她說。

你遲疑一會，緩緩側身，讓出一個身軀可以寬容通行的路。她隨後挺身，也跟著走入庭園，跟隨著那個移動中的、無體無物的空無點，走向百年老宅。

你突然想起什麼，問說：「妳是誰？」

她停步，短髮因此搖擺，依舊背對著你說話：「教授的客戶。」

你流露不耐煩，說：「客戶？客戶也總有個名字吧？」

她極為緩慢回身，完全回頭之後才說：「我是藍。」

返回屋內，你不知道那個空無點，落腳屋內何處。藍走到書房門口，凝視空然的書桌。

「教授真的不在……」藍說。

「我剛說了，教授出遠門。妳有什麼事嗎？」你說。

「工作的內容，我已經委託教授了。」

「是……他者支命嗎？」

藍沒有回應，轉身移動，走入客廳。行走間，那頭齊肩短髮，僵硬如自然風乾的膠。沒有一絲頭髮，因誰搖晃，為誰擺動。藍裸露於外的皮膚，一塊塊被室內空氣染濕。那濕氣，只有皮膚可以感觸。皮膚染了濕，毛細孔排出異香分子，宛如珊瑚排出的無數微卵。你的眼睛無法看見，唯獨嗅覺察覺了那特異的氣味。藍走過你，夾雜濃郁汗味的異香也經過你，包圍你。

她到茶几旁，落眼那桌上型行事曆。

「教授跟我約定，今天。」藍說。

「今天，教授不在。他沒跟我說，什麼時候回來。」你說。

「委託給工作室的事，不能改時間。這是教授一直堅持的規定。如果……你是助手，教授不在，由你協助。」

話語剛低落地，藍便往臥室走。幾步之遙，忽地又停腳。她的視角落在客廳書櫃前的地板上方。你剛推想——先前的那空無點，是不是待在那裡？藍便跟隨她所凝視的移動點，一路沿著長廊飄，直到抵達那個大型冰櫃。

「教授，禁止別人開他的冰櫃。不是嗎？」藍說。

你點頭同意，但沒有出聲。藍逕自走往那間有工作檯的臥房。

你看那個大型冰櫃，開始生出擔憂。但這時你沒有解答，只能沿著由藍臉與其他皮膚排出的、由異香氣味化成的絲線，走入那間臥房。

白日裡，這間由臥房簡單陳列的工作室，光照不足，反而掉入曖昧昏暗。藍卸下肩上的側背包，背對著門口，沉默等待。你一進入工作室，藍便開始褪去外衣，直到只剩一套湛藍的內衣褲。

「接下來的對話，不能猶豫，你要很明確，直接回答。」藍說。

「好。」你說。

「你知道怎麼扮演自己嗎？」

「知道。」

「今天，你是誰？」

「研究助理。」

「你確定？」

「是的。我是應福生教授的助理。」

「好吧……」

「你的表情猶豫，我不懂。」

「你不懂，沒關係。今天，我是應教授的女研究生。」

「只有今天嗎？」

「只有今天。」

「那昨天之前，妳是誰？」

藍色調的臉妝被這句提問風乾僵硬。她靜置豐腴的身軀，即便那雙充滿疑惑、盯著你看的眼珠，都靜止了。一會之後，藍伸手從床頭櫃的其中一個抽屜，取出一黑盒。她打開，裡頭是極細的長形細針，一根根整齊排列於黑色的絲絨軟布。

「你幫我。」藍說。

「我不會針灸。」你說。

「我跟你說怎麼做，你跟著做。」

藍將黑盒交給你，躺平在工作檯。你獃然望著針盒，心緒紛亂，如何在藍色絲織的胸罩內褲的布料之外，把細針扎入她騙來光纖的皮膚？你的慌張，引來不遠的摩擦。唱盤在未知處滾動，唱針沿著黑膠的規則滑動。從書房傳來另一首來自遙遠之地的歌。

你清晰知道，是一九五九年的〈只有你〉。

只有你　你給我生命
只有你　你給我生活甜蜜
你好比一陣陣和暖的春風
我就是在那春風裡生長的桃李
只有你　你永遠在我心底
只有你　你把我放在心裡……

只有你，依舊不確定自己為何知悉。這首歌由歐文譜曲。而歐文可能是著名作曲家姚敏的另一個不知為何存有的異名。歌詞則由音樂詞人李雋青寫成。他的詞文總要淺白，副歌容易重複唱誦，抵達有如爛泥的柔軟心層。那像是冬日輕輕搖晃的人面花一般的演唱，是女伶李香蘭聲音。那約略捲舌的用力，不是把想念唱出喉頭，而是藏起相思。

那一盒細針聆聽了，也不理解你為何知道這些冷門音樂知識。

你知道我受不了痛苦的分離
你知道我也禁不起相思兩地
只有你　只有你

只有你，聽著書房傳來的歌聲，出神游移到另一個無體無物的視覺焦點。

藍輕撫你的臉頰，引你回來，專注在她的身體。那手先示範一次下針入針，領著你的手，也練習一次。接著她以指尖按壓穴位位置，引你下針。女伶演唱的副歌不斷重複，你也謹慎進行下針入針的重複動作，直到撲伏靈光的皮膚布滿細針。藍早已一動也不動，彷彿模仿了那隻雄盜蛛。她像一具死未闔眼的軀體，但那雙睜開的眼裡，你看見了淡淡的憂傷，夾雜著思念，也有怨憤。窗外的世界，依舊緩慢推進時間。

藍的一隻腳趾，動了一下，動嘴說話：「拔針。」

你無法抗拒這個要求。她的指示覆蓋了遙遙歌聲。

每一次拔起一根細針，那有光嫩滑的皮膚，就被向上拉扯，彷彿不願意那些細針離開。細針一根根有秩序地回到原來的黑盒裡，她的肢體也隨著更加靈動，再一次甦醒。

等你拔除全身皮膚上的細針之後，藍，真的從假死裡，重新活回來。

——原載二〇一九年十二月《印刻文學生活誌》第一九六期

出版長篇小說：《2069》、《泡沫戰爭》、《幻艙》；短篇集：《烏鴉燒》、《奔馳在美麗的光裡》、《傷疤引子》、《肉身蛾》等等。小說已翻譯英文、法文出版。曾獲林榮三文學獎、中國時報文學獎、聯合報文學獎，入圍長篇小說金典獎與台北國際書展大獎。劇本《肉身蛾》獲得金鐘獎電視電影編劇獎。劇本《烏鴉燒》入圍台北電影節最佳劇情長片，獲得紐約國際電視電影節劇情片金獎。現專職寫作。

附錄

一〇八年年度小說紀事

邱怡瑄

一月

・六日，《亞洲週刊》公布二〇一八年十大華文小說入選作品，台灣入選作家與作品為——張貴興《野豬渡河》、劉兆玄（上官鼎）《阿飄》。

・十一日，二〇一九年台北國際書展大獎暨金蝶獎公布，「小說獎」得主為駱以軍《匡超人》、董啟章《愛妻》、張貴興《野豬渡河》。

・二十八日，公視舉辦吳明益《天橋上的魔術師》改編發布記者會，由楊雅喆導演，預計為十集電視劇，於八至九月間開拍。

・二十九日，第三十八屆行政院文化獎由小說家李喬獲獎。

二月

・十二至十七日，第二十七屆台北國際書展於台北世貿一、三館登場。本屆以「讀書正好」為主題，邀來五十二國、七百三十五家出版社參展。書展主題國為德國，為紀念金庸，設立「金庸茶館」展區。

・二十七日，台北市文化局主辦，文訊雜誌社執行的「二〇一九台北文學季」舉行開跑記者會，邀請國際小說家嚴歌苓蒞臨。並規畫「文學街巷的說書人」講座、走讀、體驗等，以及大型主題特展「耳朵帶路——台北街道尋聲」。

・二十五日，中興大學設置「李昂文藏館」舉辦開幕記者會，由建築師李祖原規畫展場空間，除展出作者手稿與文物，並結合「李昂數位主題館網站」、AR擴增實境與VR虛擬實境等，讓參訪者透過手機觀看李昂親身介紹展示文物。

三月

・五日，九歌出版社舉行「九歌一〇七年度文選新書發表會暨頒獎典禮」，由阮慶岳主編小說選；選出年度得主王定國〈訪友未遇〉。入選者尚有：童偉格〈任意一個〉、羅浥薇薇〈斷代史〉、宋澤萊〈一個小鎮上不及格的驅魔士〉、陳柏煜〈寫信給布朗〉、黃錦樹〈論寫作〉、吳億偉〈練習生〉、鄭如晴〈廖齒科〉、章緣〈失物招領〉、董啟章〈愛妻〉、蕭培絜〈在船上〉、夏曼・藍波安〈大海之眼——失落在築夢的歲月中〉、朱國珍〈王正義〉、黃崇凱〈夾子〉。

・二十四日，新台灣和平基金會舉辦之第四屆台灣歷史小說獎公布：首獎從缺，選出兩名佳作為錢真〈羅漢門〉、李旺台〈蕉王吳振瑞〉。

・二十七日，第五十屆吳濁流文學獎公布得獎名單：小說正獎顏敏如《我們，一個女人》，佳作獎顧德莎《驟雨之島》。

四月

・一日，曾任《現代文學》主編柯慶明教授逝世，享壽七十四歲。台灣大學中文系畢業，曾任美國哈佛大學燕京社研究員及日本京都大學文學部招聘教授、台灣大學中文系教授兼台文所所長，著有《一些文學觀點及其考察》、《萌芽的觸鬚》、《文學美綜論》，散文集《出發》、日記《二〇〇九／柯慶明：生活與書寫》等。

・二日，客家電視台文學戲劇《日據時代的十種生存法則》，舉辦首播記者會，本劇改編自台灣新文學之父賴和作品。

・十五日，作家顧德莎因癌逝世，享壽六十一歲。曾陸續出版詩集《時間密碼》、台語詩集《我佇黃昏的水邊等你》、回憶錄《說吧。記憶》、小說《驟雨之島》。

・二十日，位於桃園龍潭的鍾肇政文學生活園區開幕。該園區以日式宿舍5號、7號為大河學堂，9號為以文會友講堂，11號曾為鍾肇政舊居，包含書房、起居間、廚房、浴室及豬圈等。

・四至十月，國立台灣文學館分別於李榮春文學館、賴和文教基金會、國立台灣文學館等舉辦「走找文化運動ê腳跡」系列講座與走讀。

五月

・七日，作家吳明益受文化部駐紐約辦事處台北文化中心及美國筆會之邀，赴美參與二〇一九年世界之聲文藝節。

・二十三日，皇冠集團創辦人平鑫濤辭世，享壽九十二歲。曾任《聯合報・副刊》主編，創辦《皇冠》雜誌，成立皇冠出版社，設「皇冠基本作家制度」與妻子瓊瑤一起創立火鳥與巨星影業公司，翻拍多部瓊瑤的小說作品成電影、電視劇。著有《逆流而上》，以筆名費禮譯作小說《原野奇俠》等。

・二十四起至六月六日，台北市文化局主辦、台灣電影文化協會承辦的「二〇一九台北文學・閱影展」在光點台北電影院登場，以台北文學獎紀錄片《拾字前行》為開幕片。

六月

・二十五日，第二十一屆台北文學獎舉辦頒獎典禮，小說類首獎王麗雯〈戴黑禮帽的馮內果〉，評審獎張龍龜〈JOSUSHI〉，優等獎魏執揚〈三隻猴子〉、石香〈絕垣〉，同時頒贈第十九屆文學年金，由逝世作家李維菁遺作《人魚紀》獲獎。

・二十六至二十七日，台北文學季邀請國際小說家、電影編劇嚴歌苓蒞臨出席「在寫實中虛構：跨越現實邊緣的小說和小說家們」講座，與平路、蔡詩萍對談；「不斷說故事的人——小說／編劇家嚴歌苓」與梅家玲對談。

・十五日，聯合文學出版社重出早期短篇小說《到梵林墩去的人》，文學評論家尉天驄，於舊香居舉辦新書座談，黃春明、奚淞、季季、李瑞騰等人蒞臨。

・十四日，第二十二屆夢花文學獎公布得獎名單，短篇小說優選黃可偉〈山中行〉及邱靖巧〈拾虎〉。

・十八日，旅日台灣作家李琴峰以《倒數五秒月牙》入圍第一六一屆日本芥川獎。二〇一七年她以日語創作《獨舞》獲第六十屆「群像新人文學獎」，並自任譯者，中譯該書，一月在台出版。

七月

・五日起，國立臺灣文學館與臺灣當代文化實驗場C-Lab合作推出「妖氣都市：鬼怪文

八月

學與當代藝術特展」，以許丙丁《小封神》、佐藤春夫〈女誡扇綺譚〉、巴代《巫旅》、甘耀明《殺鬼》為文本，共三十四組跨域創作，集合文學、美術、圖像插畫、VR／AR、裝置行動、遊戲、遊行等多元藝術形式。

・六至七日，旅歐編舞家林美虹以李昂小說〈彩妝血祭〉為靈感之舞作《新娘妝》在衛武營進行亞洲首演，李昂並親自上場演出。

・十七日，台積電文教基金會與聯合報副刊共同主辦的二〇一九年第十六屆台積電青年學生文學獎公布得獎名單，短篇小說首獎廖育湘〈我見到你就好像我已經死了〉，貳獎歐劭祺〈不會退的浪〉，參獎魏子綺〈聾〉，優勝楊智淵〈我曾為總統上過菜〉、王有庠〈家事練習〉、陳子珩〈妹妹的紅金魚〉、朱可安〈深海〉、吳浩瑋〈換〉。

・十九日，台中文學季開幕，「文學日常」為主題，，舉辦文學之旅、名家對談、大師開講、文學創作坊、文青音樂會、文學愛電影、親子文學劇場等。

・十二日，文化部公布金鼎獎得獎名單，文學圖書獲獎小說有洪明道《等路》、張貴興《野豬渡河》。特別貢獻獎由兒童文學推手幸佳慧獲獎。

・二十九日，台南文化局舉辦的「第九屆台南文學獎」公布得獎名單，台語短篇小說：首獎王永成〈地獄谷〉，優等蘇世雄〈紅霞再會〉，佳作林連鍠〈向望〉、陳正雄〈選舉ê故事〉、林榮淑〈落西北雨〉。華語短篇小說：首獎陳昱良〈雙叉路〉，優等林芳瑜〈連鄉樓〉、佳作張英珉〈盲眼帥豬公〉、方子慈〈一個臺南小農村家庭的非典型兒子的家族回憶錄〉、黃絹文〈一六六二，北京〉。

・十日，九歌現代少兒文學獎舉辦贈獎典禮，首獎范芸萍《少女練習曲》、評審獎李郁棻《古物飛揚》、推薦獎賴怡秀《鯨魚的肚臍》、榮譽獎邱靖巧《短褲女孩青春週記》。

・二十一日，台灣推理作家協會舉行第十七屆徵文獎頒獎典禮，首獎：王元〈海洋裡的密室〉，入選：八千子〈少女監禁六十天〉、余索〈山間別墅〉、重慶月經詩人〈白居寺站〉、吳非〈和騎士度過的那一夜〉。五篇作品集結成徵文獎作品集《和騎士度過的那一夜》。

・二十三日，文化部於齊東詩舍舉辦「青春起步．出版給力——青年創作成果媒合及發表會」，邀請張瑛姿、吳宗泰、陳韋任、詹雅晴、張琬琳、程敏淑六位受青年創作補助的作家發表最新作品，題材涵蓋小說、報導文學等，呈現台灣在地文化歷史、偏鄉音樂教育、愛滋病困境報導、印度女性街友研究探討等。

・二十六日，二〇一九年台中文學獎得獎名單揭曉，小說家王定國二〇一三年復出後，每年均有作品出版，受到文壇高度評價，獲頒文學貢獻獎。小說類第一名沈台訓〈鬼的體味〉、第二名陳育律〈像是做三菜一湯〉、第三名潘榮飲〈鏡中之我〉、佳作秦佐〈胡言〉、黃一娟〈黑蟲〉、張桓溢〈補破網〉、陳泳劭〈恰圖蘭卡〉。

九月

十月

・二日，新北市文化局公布第九屆新北市文學獎得獎名單，短篇小說類首獎首獎魏執揚〈政彥〉，優等蕭信維〈水族〉、鄭博元〈九年一貫〉，佳作陳昱良〈虛空〉、呂穎彤〈象的離開〉、莊家輝〈過生日〉。

・七日，桃園文化局「二〇一九桃園鍾肇政文學獎」得獎名單揭曉，短篇小說組正獎陳昱良〈隧道口〉、副獎林佑軒〈香蕉小孟迷蝴蝶〉、葉宇峰〈陰陽海〉。長篇小說正獎傅正玲〈春靜〉、簡李永松〈再見雪之國〉。

・十六日，作家幸佳慧病逝，享年四十六歲。幸佳慧，一九七三年生，為英國新堡大學兒童文學博士，長期從事兒童文學創作、推廣、研究與翻譯，獲第四十三屆金鼎獎特別貢獻獎。著有《掉進兔子洞》、《走進長襪皮皮的世界》、《用繪本跟孩子談重要的事》、《蝴蝶朵朵》等。

・二十二日起，台中文學館推出「密室之約——推理文學世界的詭計佈局」特展，以「密室、詭計、障眼法與寫作佈局」為主題，並以推理故事貫串展區。

・二十六日，彰化文化局公布第二十一屆磺溪文學獎得主，短篇小說類磺溪獎葉琮銘〈鳳汝出嫁〉、優選獎嚴翊〈連假〉、范虹〈阿公的泰姬陵〉、汪恩度〈浪潮〉、薛博駿〈人屍之間〉、林佳儀〈貓生〉。微小說類磺溪獎黃春美〈錄音檔〉，優等獎丁世聰〈木電線桿〉、謝立品〈彰化蛋佛〉、薛博駿〈全自動剪髮機〉。

・本月，資深小說家黃春明出版新作《跟著寶貝兒走》，以幽默生猛的直接語言描繪性事，在嬉謔笑鬧中捕捉社會現象。

・三十一日，台中文學館推出雙主題特展：「創作・戲劇——發現美的事物：呂赫若特展」及「文學與影視戲劇特展」呈現台中作家呂赫若的文學跨界作品及自八〇年代以來文學作品改編影視戲劇作品的風潮並精選近年來與台中相關《疑霧公堂》、《當迷霧漸散》、《花甲男孩》三部文學改編的影視戲劇作品為主要展出內容。

十一月

・九日，第十五屆林榮三文學獎頒獎：短篇小說獎首獎姜天陸〈擔馬草水〉、二獎寺尾哲也〈州際公路〉、三獎劉旭鈞〈猴〉，佳作何敏誠〈探病〉、陳柏言〈雨在芭蕉裡〉。

・十二至十八日，台籍旅日作家東山彰良擔任東華大學駐校作家來台校內外講座，分別與許又方、魏貽君、須文蔚、吳明益、黃碧君對談，並出席新書座談宣傳以西門町為背景的《小小的地方》。

・二十四日，二〇一九年打狗鳳邑文學獎舉辦頒獎典禮，小說組首獎李璐〈辭土〉、評審獎星垂平野〈沒有他方〉、優選獎林新惠〈小物〉、高雄獎蔡昇融〈回到泵島〉。

・三十日，二〇一九年「Openbook好書獎」公布。共分中文書、翻譯書、美好生活書、童書四類。獲獎小說有張亦絢《性意思史：張亦絢短篇小說集》、陳淑瑤《雲山》、邱常婷《新神》。

十二月

・三日，第二十一屆國家文藝獎得主揭曉，文學類得主為小說家黃娟。

・七日，一〇八年高雄青年文學獎舉辦頒獎典禮，短篇小說（十六至十八歲組）首獎鄭宇涵〈金盞花〉，二獎王煥緯〈默劇醒來之後〉，三獎蔡孟庭〈那是極為黑暗的湖〉。短篇小說（十九至三十歲組）首獎嚴翊〈母狗〉，二獎李奇儒〈晚餐〉，三獎嚴翊〈「我愛我媽」〉。

・十日，國藝會「長篇小說創作發表專案」公布補助名單，由鍾文音《北回歸線》、廖鴻基《最後的海上獵人》、鄭千慈（伊格言）《來自夢中的暗殺者》、張郅忻《山鏡》獲得補助。

・十二日，二〇一八台灣文學獎舉行贈獎典禮，年度大獎由張貴興《野豬渡河》獲獎。金典獎獲獎小說有洪明道《等路》、賴香吟《天亮之前的戀愛：日治台灣小說風景》。

・十四日，「第九屆全球華文文學星雲獎」於佛光山舉辦贈獎典禮，長篇歷史小說，首獎從缺，貳獎張英珉《Rio Douro》、參獎潘榮飲《七彩雲》及評審推薦佳作黃心郁《苦苣菜》。短篇小說首獎張英珉〈馬馬的山丘〉，另外兩名得獎者為葉琮〈甘露水〉及姞文〈佛陀回家〉。「長篇歷史小說寫作計畫補助」由鍾文音《雲遊僧與甲木薩》、周遠馨《于闐太子》。

・十七日，金石堂書店發表二〇一九年閱讀趨勢報告、十大影響力好書得獎名單，同時揭曉年度風雲人物，由小說家吳明益獲得。十大影響力好書中文小說由李維菁

《人魚紀》獲選。

・十七日，文壇拓荒者尉天驄病逝，享壽八十四歲。尉天驄一九三五年生，原籍江蘇碭山，一九四九年來台，曾任政大中文系所教授。主持《筆匯》、《文學季刊》等編務，是台灣文壇重要的拓荒者與傳播者。著有小說《到梵林墩去的人》，散文《回首我們的時代》、讀書札記《荊棘中的探索》等。

・二十日，國立台灣文學館委託文訊雜誌編纂「台灣現當代作家彙編」，完成第九階段，舉辦新書發表會，本階段後轉型資料庫彙整作家研究資料。各書傳主：吳漫沙、隱地、岩上、林泠、席慕蓉、吳晟、張系國、李渝、季季、施叔青。

・二十三日，永遠的小太陽兒童文學大家林良逝世，享壽九十六歲。林良一九二四年生，曾任國語日報社長、董事長，與文友共同創立中華民國兒童文學學會，曾獲國家文藝獎特殊貢獻獎、金鼎獎特別貢獻獎、楊喚兒童文學特殊貢獻獎等。著有散文《小太陽》、《和諧人生》、《在月光下織錦》，兒童文學《我是一隻狐狸狗》、《小紙船》、《一窩夜貓子》、《第二隻鵝》，翻譯《聖誕禮物》、《流光似水》、《烏鴉愛唱歌》等。

・十二月，資深小說家鍾肇政之子鍾延威先生執筆撰寫其傳記《攀一座山——以生命書寫歷史長河的鍾肇政》，由客家文化發展中心出版。

九　歌　文　庫　　1　3　2　5

九歌 108 年小說選
Collected Short Stories 2019

國家圖書館出版品預行編目（CIP）資料

九歌小說選 . 108 年 / 張惠菁主編 . -- 初版 .
-- 臺北市 : 九歌 , 2020.03
　面；　公分 . -- (九歌文庫 ; 1325)
ISBN 978-986-450-282-0(平裝)
857.61　　109001280

主　　編——張惠菁
執行編輯——張晶惠
創 辦 人——蔡文甫
發 行 人——蔡澤玉
出　　版——九歌出版社有限公司
台北市 105 八德路 3 段 12 巷 57 弄 40 號
電話／02-25776564・傳真／02-25789205
郵政劃撥／0112295-1

九歌文學網　www.chiuko.com.tw

印　　刷——晨捷印製股份有限公司
法律顧問——龍躍天律師・蕭雄淋律師・董安丹律師
初　　版——2020 年 3 月
初版 2 印——2021 年 1 月
定　　價——400 元
書　　號——F1325
I S B N——978-986-450-282-0

本書榮獲 台北市文化局 Department of Cultural Affairs Taipei City Government 贊助